传唱者

玉珊瑚　著

南方传媒　花城出版社

中国·广州

图书在版编目（ＣＩＰ）数据

传唱者 / 玉珊瑚著. -- 广州 ：花城出版社，2024.6
ISBN 978-7-5749-0091-2

Ⅰ．①传… Ⅱ．①玉… Ⅲ．①长篇小说－中国－当代
Ⅳ．①I247.5

中国国家版本馆CIP数据核字(2023)第235483号

出 版 人：张 懿
责任编辑：钟毓斐
责任校对：梁秋华
技术编辑：林佳莹
封面设计：集力書裝 彭暄童

书　　名	传唱者
	CHUANCHANGZHE
出版发行	花城出版社
	（广州市环市东路水荫路11号）
经　　销	全国新华书店
印　　刷	广东虎彩云印刷有限公司
	（东莞市虎门镇黄村社区厚虎路20号C幢一楼）
开　　本	880毫米×1230毫米　32开
印　　张	8.625
字　　数	220,000字
版　　次	2024年6月第1版　2024年6月第1次印刷
定　　价	43.00元

如发现印装质量问题，请直接与印刷厂联系调换。
购书热线：020-37604658　37602954
花城出版社网站：http://www.fcph.com.cn

目　录

第一章　遗珠

广州的九月，天气依旧热气腾腾，一点秋意都没有。

史梦站在屋檐下不停地擦着汗，虽然手里的电动小风扇一刻都没停地对着自己的脸吹着。

关于这次人员借调的安排，史梦始终十分不解。

好歹她也是个计算机专业毕业的研究生，也在文化局干了好几年了，怎么就给调到这小小的社区文化站来了呢？

杀鸡焉用牛刀？大材何以小用？

史梦不解，但却没办法。调令一下，她不来也得来，否则就只能彻底走人。

说到底，史梦目前还是没想辞职的，借调到文化站就借调到文化站吧，等他们文化站那个休产假的人回来了，人员满了，她也就能回去了。

说白了，生个孩子、休个产假能有多久？

想到这儿，史梦重重地叹了口气，略微调整了下心情，抬手敲开了福源社区文化站的门。

来开门的是个中年男子，不高、有些黑。

"请问你是……"还没等中年男子问完话，史梦就先开口说话了。"我就是史梦,今天过来报到。我坐哪儿?"史梦虽然语速很快,但语气却有些懒懒的。

中年男子一愣,反应了一会儿,笑着继续道:"原来是'死'才女!欢迎欢迎!"

这突如其来的"粤普"口音实在有些别扭,差点一句话就把史梦送走了。

史梦面色一僵,道:"以后叫我阿梦就好了。"

"好的好的!"中年男子自己也笑了,向史梦伸出了右手,"你好,我是陈哲,福源社区文化站的负责人,欢迎你的到来!"

史梦淡淡一笑,伸手轻轻一握然后收了回来,仍旧没有放弃道:"我坐哪儿?"

陈哲会意,带着史梦找了个位置坐下。

"你先休息一下,我忙完手上的几个表格就带你转转,了解一下。"陈哲边说着边坐在电脑前忙活起来。

史梦抬眼望了望,不禁摇了摇头,不屑地笑了一声,心道:这不过十几平方米的屋子,能逛出个什么来?

自打那天起过了一周,史梦在上班的路上依旧感到十分郁闷,甚至痛苦。

这一周她都干了什么?

先是在社区附近派了好几天禁毒教育传单,而后又是帮着在长者饭堂维持了几天秩序,再然后就是在社区的办公室里帮几个阿婆填写了不知道多少个Excel表格,还顺道向几个阿伯普及了什么是Excel……

就在昨天,一个舔着棒棒糖的小女孩笑着问她:"姐姐,你小时候的梦想是什么呀?"

史梦在键盘上飞快打字的手一顿,冷笑了一声,心里回答道:一定不是现在这样!

高等学府计算机硕士毕业,她的肚子里装的可是数学建模、矩阵论、Java这些个东西！Microsoft这些"毛毛雨"现在可是连小学三四年级的孩子都玩得很溜好吗？！

史梦觉得有些崩溃。

想到这儿，史梦又叹了长而重的一口气。

昨天临下班前，陈哲说，今天会安排她见识一下福源社区的宝贝，说接下来的工作安排跟这有关。

史梦觉得，据她这么多天对陈哲的观察，这个活儿十之八九又是一个坑。

还没等史梦把心情调整过来，她一推开门，就见一个满头白发的老人家坐在她隔壁的位置上翻着她昨天没带回家的书。

"阿婆，"史梦瞥了她一眼，语气略有些生硬道，"昨天的社区活动报名已经填完上交了，您要是还想参加，自己到街道报名好了。还有，这书不是您的，就别乱翻好吗？"

"哦，好的。"坐她隔壁的人听话地把书放回去，然后坐回到隔壁的位置。

史梦等了一会儿，见她没有走的意思，转头道："阿婆，我们打算忙了，您要是没什么事儿就先让一让，待会儿我同事回来这位置还要坐的。"

"早啊！"话还没说完，陈哲便笑着从外头走了进来，略有些意外道："欸，不是说十点半再回来吗？怎么这么早就上班了？"

史梦不解，正打算问个明白，坐在她隔壁的老人家却开了口。

"老了，醒得早，反正在家也没事干，就早点过来了。"

"也是，您老就是闲不住！"陈哲笑着接话道，"史梦，给你介绍一下，这位就是我们福源社区的宝贝，咸水歌传唱人罗玉盈罗老师！"

史梦一愣，想了好一会儿道："所以，你昨天给我说的就是这位……罗老师？"

陈哲十分满意地点着头："小姑娘挺聪明的嘛，一下子就猜到了。"

"所以，接下来的工作是我要跟着这位罗老师，是这个意思吗？"史梦没好意思把自己的心里话直刺刺地说出来，虽然她此时很是不相信这位已经过了退休年纪的老人家能带着自己带出些什么来。

"正是正是！阿梦，你看，我可是把我们福源社区最宝贝的资源都介绍给你学习了，待你不薄吧！"陈哲说着，自己笑得很欢。

"你呀就别王婆卖瓜自卖自夸了，有这么个年轻厉害的后生加入我们福源社区，我学习还来不及呢！"罗玉盈也跟着笑了起来，而后朝着史梦伸手道，"阿梦你好！我是罗玉盈，欢迎你跟我一起宣传推广咸水歌！"

史梦机械地握了握手后问道："咸……咸什么来着？"

咸水歌，广东地区传统歌谣，起源于珠江三角洲常年漂流在水上的居民的日常即兴演唱。

据说，这歌谣到如今已经有将近六百年的历史。

据说，它被列为国家级非物质文化遗产。

今天这一天下来，史梦捧着一沓厚厚的资料站在罗玉盈身边听得快要睡着了。

咸水歌是什么东西，史梦这一整天都没搞明白，但罗玉盈却兴致勃勃地又唱又讲的，史梦从一开始硬着头皮听了一天，最后终于忍了又忍，开了口。

"罗老师，您只管告诉我要怎么帮您就行，关于这东西……恕我实在欣赏不来。"

讲得正愉快的罗玉盈微微一愣，显然，她并没有想到这个看上去温文尔雅的女孩子会这么直截了当地表达自己不满意的情绪。

但这似乎对罗玉盈并没有太大的影响，她想了一会儿笑着道："不急，年轻人接受一门传统文化总是需要些时间的，我们慢慢来。

你下了班是坐地铁还是坐公交车？我跟你一起，咱们边走边聊。"

史梦颇觉意外地看了罗玉盈一眼，面色无奈道："罗老师，下了班时间就是我自己的了，有什么事儿咱们明天上班再说就行，我的话您明白了？"

"阿梦，我没别的意思，就是想换个方式聊聊，兴许你不觉得那么闷呢？"罗玉盈又道。

"罗老师，您还不明白吗？我之所以觉得兴趣不大并不是因为在室内坐着听还是在室外走着听，归根结底是我和这东西八字不大合。不过您放心，既然这活指派到我头上，我就会好好地把它做完，绝对不会拖您后腿。"史梦说着看了看自己的手表道，"下班了，我先走了，咱们明天见。"

话毕，史梦便拎着包迈步越过罗玉盈径直离开了。

出门前，陈哲刚从外头进来，撞见史梦走出门，便笑着道："阿梦，今天学得怎么样？"

史梦似乎没听到陈哲的话，推开门就走出去了，陈哲愣在原地一时有些尴尬。

"这姑娘脾气还不小。"陈哲回过神来往里走，对着罗玉盈道。

罗玉盈笑着道："都这样！我家那两个不也是，想法多、有主见得很。年轻人嘛，也正常！"

"您老人家倒是心大，要换作我的闺女这样，我可受不了。"陈哲摇了摇头，叹了口气。

"陈哲同志，要我说可就是你心胸狭窄了。"罗玉盈顺手拿起桌上的茶杯，喝了一口道，"我倒是觉得年轻人有点脾性未必是坏事。我倒是觉得，这丫头现如今有点'蛟龙困浅水'的想法。"

"哦？怎么说？"陈哲顿时来了兴趣，"愿闻其详！"

"呃……具体的我现如今也还说不上来，毕竟也才刚认识，感觉罢了！等我理清楚了再同你说！"罗玉盈想了想解释道。

"也行，反正也不急这一两天。"陈哲笑着点了点头，又道，"对了，您不是说赶着回家吃饭吗，还不赶紧回去！"

"哦，是啊！"罗玉盈这才想起来，轻拍了拍脑门道，"今天女婿下厨，特别邀请我回去品评，确实耽误不得！"

"您真是全才，什么都能行，连厨艺都顶呱呱啊。"陈哲笑道。

"那倒没有，女婿尊重我们老两口，怕我们推脱才这么说。殊不知，他不管做什么，哪怕是碗白粥我们都会赞不绝口的！"

"哈哈，这倒是句大实话，赶紧回去吧！剩下的东西我来整理就是了。"

"好，那就麻烦陈站长了！我先走了，咱们明天再接着忙活！"

罗玉盈回到家，外孙子外孙女迎了上来，一片其乐融融的样子。

女儿女婿忙活着招呼大家吃饭，对于出差半个多月的罗玉盈来讲，惦记了十多天的天伦之乐让她笑得合不拢嘴。

一家人吃得正欢的时候，一个不期而至的电话让罗玉盈霎时陷入了沉寂。

"请问，是罗老师吗？"电话那头问道。

"对，我是罗玉盈。"罗玉盈接通了电话。

"罗老师，我是阿楚的女儿，我爸爸他……今天下午去世了……"话毕，电话那头安静了下来，隐约传来抽泣的声音。

听到这通电话的罗玉盈瞬间流下了眼泪。

阿楚，是罗玉盈的老友，说起来也是对她这二十多年来传承咸水歌这一事业见证时间最长的一位水上居民。

咸水歌，最初并非出于文艺的角度创作出来的，乃是疍家人在艇上生活时应运而生的一种沟通方式。

疍家又称艇家，是旧时在珠江水系上谋生人家的一个称呼。他们多以撑船搭客过渡为生，或以捕鱼为业，世代居住在自家的小艇上不曾上岸，在旧社会地位极其低微。

直到中华人民共和国成立，疍家人才从昔日的"疍民"改称"水上居民"，并且在官方的安排下逐渐迁到岸上居住。

说起来，这些都是20世纪50年代的事情了。

罗玉盈就出生在这个时候。

那会儿水上居民分批上岸，罗玉盈在儿时仍旧能听到那些或悲戚或喜悦，或哀怨或深情的水上歌声。

对于年少不知事的罗玉盈而言，这些人唱的歌宛如天籁，每天傍晚时分，站在水边听着归来的船只上传出来的这些歌声，是她最愉悦和陶醉的时刻。

记不清是多少个夕阳西下，也记不得是多少个月升乌啼，现如今让罗玉盈再回忆起来，那时的天、那时的月或许模糊得只剩下一个轮廓，但当时的歌声却深深地印刻在了心里，只"动听"二字便能勾起那时的心境。

这样美妙的音乐整整持续了好几年，不知道别人如何，但罗玉盈自己知道，她是这些水上居民即兴表演最忠实的粉丝，那热情丝毫不比现如今奔着跑着参加某歌星演唱会的年轻人逊色。

尽管如此，罗玉盈的这份美好还是伴随着家中父母的搬迁而不得已中断。

自那之后，咸水歌渐渐地尘封在了脑海的某个角落，虽然安静了下来，但却从未褪色。

直到二十多年前的某一天，罗玉盈带着女儿在荔湾的西关大屋间穿梭游玩，无意间在泛着岁月痕迹的广府小巷里听到一两句熟悉的歌谣时，记忆的大门才被重新开启，原本静默了多年的鲜活重新充斥着她的内心。

那时起，罗玉盈便萌生了一个念头，要把那些动听的、日渐消失的咸水歌谣收集起来。

也是从那时起，阿楚成了帮她迈出艰难第一步的水上居民……

旧时的水上居民，日子过得十分艰辛。

最初，疍家人以捕鱼为生，同其他水上居民一样，他们几乎所有的时间都待在疍艇上。

后来，随着商贸和客运、货运的发展，疍家人摇着小艇开始做起了渡客的生意，渐渐地，"搭渡"的这份活儿成了很多疍家人赖以生存的收入来源。

因为旧社会延续了不少前朝陋习，疍家人不准上岸，即便上岸了也不准穿鞋这样极富歧视意味的规定让诸多疍家人一辈子都如同漂泊的浮萍一样，依水而生、依水而亡。

岸上的灯火通明、车水马龙似乎与他们无关。夜以继日流淌着的珠江里有数以百计、数以千计的疍艇，这是疍家人的家亦是他们的根，尽管这根随波而动，毫无稳固可言。

狂风来、骤雨去，疍家人日复一日、年复一年地在水上漂泊着。

他们中绝大多数人没有接受过正规教育，更多的是沿用父辈划桨摇橹的本事维系生计，故而常在旧时的阶级划分中被视为社会底层。

正是因着这些历史遗留下来的问题，很多疍家人的后代骨子里都带着些与生俱来的自卑和伤感，这份自卑和伤感融在他们的骨血里，贯串他们的一生，又尤为巧妙地幻化在一首首即兴演绎的咸水歌里。

从某种程度上来讲，咸水歌是这些水上居民的生活态度。

日子很苦，但却很想把它们过得甜起来。

在疍家人的日常里，其实一直贯串着咸水歌。

比如，今日月明星稀、无风无浪，疍家人会唱一首咸水歌来表达安逸。此时晚霞铺陈、水面泛着粼粼红光，几句咸水歌也能描绘得惟妙惟肖。

明日要见心爱的人了，今夜思念浓重无法入睡，一首真挚动人的咸水歌飘在静谧的水面上，为这夜增添了几分柔情。

再暖和些，同住水上的疍家人要娶亲，趁着闲暇时试着哼唱几句出来，以备到时候赛歌凑热闹，也未尝不可……

总之，对于水上居民而言，这随心随性的咸水歌就如同一日三餐、日升月落一般，融在了日常的一点一滴里，成了习以为常的生活。

后来，中华人民共和国成立了！

疍家人和其他受压迫的人民一样站起来当家作主，也开始在政府的不懈努力下悉数迁到了岸上居住。告别了旧时划桨摇橹生活的水上居民开始投身到更有作为的各行各业当中去。

昔日里那些传递心意、表达情感的咸水歌也被逐渐淹没在时代的洪流里。

在罗玉盈的脑海里，疍家人是质朴纯真的，他们用歌声打动了她，在她的脑海里种下了挥之不去的印记，让她有了收集这些文化遗珠的动力和想法。

然而，万事开头难。

虽然罗玉盈的想法很符合时代精神和历史召唤，但再如何宏大的意义最终也还是要落实到每个音符、每个人以及每个故事上头去。

时代的洪流势不可挡，但岁月却是缓缓流淌前行的。过去六百多年的时间里，咸水歌是水上居民习惯而熟悉的日常，但在不再需要摇橹、不再需要通过歌声传递信息和感情的日子里，它们却在搁置中被遗忘。

要想搜集没有被记载、只靠口口相传的咸水歌，最为关键的是找到这些上了岸的水上居民以及他们的后代。

然而，这样的思路说起来简单，做起来却并不容易。

对于很多水上居民和他们的家人而言，以上旧事或许并不是什么乐意提及的事情。

而这，也是罗玉盈一开始处处碰壁的原因。

"这位阿哥，请问幸福里93号怎么走？"这是罗玉盈第一次见到阿楚的时候说的第一句话。

此时的阿楚正低着头在屋外的小灶上熬着一锅艇仔粥。

听到这话时，阿楚眉头微微皱着抬起头，想了一会儿问道："你揾边位？"这是粤语，意思是你找哪位？

谁都知道幸福里住的都是以前在疍艇上过活的人，但来寻他们的人却并没有很多。

"我找阿雄哥。"罗玉盈笑着道。

"找阿雄？"听口气，阿楚是认得这人的，"找他什么事？你和他相识？"

对于面前这人的刨根问底，罗玉盈有些意外，但她似乎也挑不出什么别的不是来，想了想继续道："我来找他了解下咸水歌，我在市文化局的存档资料里知道他的，想让他帮忙……"

"他不会见你的，也不会唱的，你回去吧。"阿楚说完，把火一灭，端着粥进屋了。

罗玉盈站在原地，脸上竟是不明所以的茫然。

再仔细想想，她似乎也没做错什么、没说错什么，怎么就被这么赶了回来呢？

带着些许失落，罗玉盈回到了家，家里人见她神色不悦，自然也就晓得了今天的事情了。

"你跑哪儿去？干了什么？"老伴一边看着报纸一边问道。

"我有一个想法，想把以前小时候听到的那些水边的歌谣搜集起来，你不觉得它们现在越来越少听到了吗？再这么下去，可就没了。"罗玉盈一本正经道。

老伴和女儿齐齐看向她，盯了好一会儿皆是一脸不解之色。

见他们不说话，罗玉盈笑着道："怎么了？是不是觉得我这想法特别好、特别有意义？"

女儿想了想，支支吾吾了半天道："老妈，您这想法好是好，但是……这事儿跟您有关系吗？这些活儿不都是文化部门去完成吗？您一个普通工人，每天上班下班的，哪里有精力忙活这些事儿？就算是您精力旺盛真能把这事儿完成了，这些东西搜集来顶多也就自娱自乐，谁还能去听不成？"

"这……"罗玉盈竟然一时说不出话来，"但是我觉得……"

"女儿说得没错！"老伴收起手里的报纸，笑着道，"今天这闭门羹也没什么不好，起码能让你收收心，是不是？行了，今天也跑了一天了，明天还得上班，好好休息吧！"

听了这些话，罗玉盈坐在窗边看着外头皎洁的月亮，心里头凌乱不已。

按说平时，家里人的意见她还是很尊重的，况且她也不是个独断的人，随和也是她向来的人生准则，可唯独这会儿她对家里人的这些说法不是十分认同。

老伴也说过咸水歌很耐听，女儿也不是完全没听过的人，怎么会在这件事情上同她的意见出入这么大呢？

难道真的要就此放弃？难道真就这么任由那些曾经鲜活的韵律慢慢消逝？

对此，罗玉盈心里头是有不甘的。也正是因为这份不甘，这一夜的她彻夜未眠……

第二章　冰点

第二天恰逢轮休，罗玉盈一大早便换好衣衫出门了。

依旧是前往幸福里，依旧奔着阿雄的住处去的，依旧碰上了在家门口忙活着的阿楚。

罗玉盈笑着上前，还没开口，阿楚便先开了口："又是你？"

"这位阿哥，早啊！又碰见您了！"罗玉盈笑着客气道。

天蒙蒙亮，加上下着点小雨，没多少人出门。能在这个时候再一次碰上阿楚，罗玉盈觉着很是巧合。

"你又是来找阿雄的？"阿楚皱着眉头问道，"还是想跟他请教咸水歌？"

"嗯，没错。昨天您还没告诉我他家住哪里呢？"罗玉盈诚心诚意地来，又一次开口问道。

阿楚面色有些不大耐烦，轻叹了口气道："你们找他问咸水歌干什么呢？他都已经上岸住了，就不能放过他？"

罗玉盈有些意外，她不过是出于喜欢和好奇想要了解咸水歌而已，怎么会被阿楚这么看？

"阿哥，您是不是有什么误会？我只是觉得咸水歌很好听，所以想来搜集下资料。"罗玉盈解释道。

"你们这些搞文化的总是这么自以为是！"阿楚不屑地重复了一遍昨天的话道，"回去吧！他不会见你的！"

罗玉盈更是不解了。他不过一个随缘而遇的人，也并非她所要找的那个人，凭什么开口让她回去？再者说，她昨天无缘无故在他这儿碰了壁，今天特意再来了，总不能再跟昨天一样吧？

别看罗玉盈平日里性子随和谦谨，骨子里却还是有股韧劲儿的，否则也不会对儿时刻在心头上的美好如此执着。

"阿哥如何称呼？"罗玉盈想了想，转而问道。

阿楚抬头看了她一眼，语气懒懒道："叫我阿楚就好了。"

"阿楚哥，多谢您提醒。不过我既然是来找人的，没找到阿雄这么回去了也说不过去。既然您不方便帮忙，那就不打扰您了，多谢！"

话毕，罗玉盈便礼貌地离开了，继续循着两边的路牌寻人去了。

阿楚多少有些意外，毕竟他方才的语气并不好。

原本以为这样可以让这人自觉没趣儿地离开，却不想她竟然没觉着郁闷，反倒依旧这么执着起来。

说起来，阿楚和阿雄倒是熟络的好友。

两人的家离得并不远，只是住在幸福里93号的人家挺多，若不是有人告知，挨家挨户地去问，怎么都得敲上六七十家的门。

阿楚站在门口冷冷地笑了一声，而后收拾完手里的东西回屋了。

接下来几天，阿楚并没有在家门口碰上罗玉盈，一忙活起来，也把这人这事儿给忘了。

但在罗玉盈这儿却不是。

除了最开始阿楚跟她说上几句话之外，接下来的几天里，罗玉盈再碰上什么人问阿雄的事儿几乎都是回答"不知道""不清楚"，要真论起来的话，或许阿楚还真是最认得阿雄的那一个了。

只可惜，阿楚不愿意帮忙。

站在幸福里的入口处，罗玉盈略有些无奈地叹了口气，而后决定把93号里头住着的人家挨个问一遍。

为此，罗玉盈特意跟单位请了三天的假，还专门随身带了个本子，用作寻人记录。

第三天的午后，在阁楼上烧水泡茶的阿楚听到了隔壁楼下传来阿雄带着怒气的声音。

"走走走，不要问我这些陈芝麻烂谷子的事，我不晓得，我全家人也都不晓得，别再来问了。"阿雄的话才刚说完，便传来院子的木门被重重拴上的声音。

阿楚想了想，探头往楼下望了望，见到了几天前就被自己忘了的罗玉盈。

阿楚轻哼了一声，自言自语道："倒还挺犟，果真让她找着了。"

站在阿雄门口的罗玉盈又朝着门拍了好几下："阿雄，你先开开门好吗？我没有什么恶意，就是想搜集一些关于咸水歌的资料，仅此而已！"

里头的人早就进屋了，压根儿就没理她。

站在门口拍了好一会儿门的罗玉盈最后还是停了下来。她沮丧中带着些许生气，这里头对阿楚多少有点埋怨的意思。

事实上，阿楚就住在隔壁，倘若他愿意说的话，罗玉盈早就直奔阿雄家里去了。只是他没打算帮她，也懒得去搭理这些事儿，故而罗玉盈才忙活了这么好几天。

阿楚一副看戏的样子盯着楼下看，却不料眼中那人抬眼看见他在阁楼上喝茶，两人对上目光时，不由得退缩回来的，竟然是他自己！

广州的雨有时候是说来就来的。

本来这几天就是忽阴忽晴的天气，方才还好好的，太阳不过一会儿工夫就被藏在了乌云后头，豆子般大小的雨点啪啪地往下掉。

因着下雨的缘故，加上方才不由自主地慌了一下，阿楚干脆把阁楼上的帘子放了下来，进里屋歇息去了。

罗玉盈小跑着来到最近的避雨处时，身上的衣服已经湿透了，这让她更觉灰心丧气。

说实在话，她一开始动这个念头那会儿并没有想到这后头有这么多碰壁的事儿。

刚开始她不过是想找到懂行的人请教一二，而后慢慢地、循序渐进地记录下来，事情也算完整。

可这才刚开始寻人便有这么多枝节横生出来，这多少让她有些意外，同时也影响了继续下去的想法。

罗玉盈抬头看雨这么下着，顿时有些困惑。

只是，一想到就这么放弃了，罗玉盈心里头却仍旧有一丝不甘。

坚持一件事情有时候是需要信念和理由的，但在这件事情上、在罗玉盈身上似乎更多的是因为这一丝不甘，甚至连一个简单的口号都不需要。

不甘的罗玉盈下雨后重新回到阿雄家门口候着，好不容易才找着他，这么回去岂不前功尽弃？更何况，阿雄总不可能不出门吧？

可阿雄出门是出门了，却视她如无物，该怎样还怎样，也不赶她也不说她，只当她不存在似的，完全屏蔽了罗玉盈的所有话。

坚持了大半天的罗玉盈夜深之时才疲惫地回到家，一进门倒头便睡，第二日浑身开始滚烫起来。

"您这到底是为的什么？好端端地把自己整出病来！"女儿在一旁一边端水一边埋怨道。

丈夫和她都没说话，静默了一会儿女儿又道："这事又不挣钱又不讨喜，做了也未必有人知道，何苦遭这趟罪？就因为喜欢？……可谁还没个喜欢的事儿呢？都这么坚持蛮干还了得？！"

女儿刚上中学，本就想法渐渐独立，加上见妈妈生病了多少心里不舒坦，话便这么来了。

"你妈病着呢，有什么好好说。"丈夫在一旁调和道。

女儿闻言低头静默了一会儿，而后起身拿着课本回自己房间去了。

夫妻俩相视一笑，没再说什么。安静地等罗玉盈把药吃完，丈夫才开口道："原本以为你也就说说，不想你还当真了？"

罗玉盈淡淡一笑，点着头。

"就这么想做这事儿？"丈夫确认道。

"嗯，"罗玉盈抬手指了指胸口，道，"这儿放不下……"

一句话，丈夫倒也懂了。想起当初一块下乡在文化宣传队那会儿，她每每在闲暇于田间地头唱上两句，总能一会儿就让自己满血复活，连带着让村里的老少也跟着乐呵上一阵。

那样的歌声里有那样灵动鲜活的她。

若说女儿不理解她，他却还是知道的。有些事情本就没法儿这么条分缕析地解释清楚，也不是权衡利弊能权衡出来的。

她打心眼里喜欢这东西，所以一直惦记着；因为一直惦记着，所以任谁再怎么阻也未必能停下来。

丈夫是这么想的。思索了好一会儿，他才道："先好好养病，好了我陪你一块儿去。"

罗玉盈微微一愣："还是我自己去吧……"

"不行，要这样我也跟着女儿一起反对了！"丈夫打断道。

罗玉盈见丈夫执意，一时不想争执起来，故而点了点头，没再说什么。

可是，她却不愿丈夫与她一道去。

阿雄之前是接受过一次访问的，否则她也不会晓得他的名字。

但怪就怪在他现如今拒绝提及，甚至于对她、对她要做的事情持抵触态度。连邻居阿楚都对她并不友善。

在没弄清楚事情原委之前，贸然地让丈夫加入进来，只会让问题变得更加复杂难解。

于是，罗玉盈决定还是只身一人再去一趟！

在幸福里93号的巷口，再次出现了罗玉盈和阿楚不期而遇的场面。

或许是因为此前罗玉盈与阁楼上的阿楚那一次对视，阿楚再一次见到罗玉盈的时候，少了不少敌对的神色。

"早……早啊！"阿楚看着罗玉盈开了腔，她的脸色明显不如前几天那般鲜活。

"早。"罗玉盈轻声回了一句，身体的不适让声音变得有些中气不足。

"找阿雄吗？"阿楚开腔道，"他昨晚上睡得晚，估计这会儿还在睡吧……"

"无妨。我在他家门口等着就是了。"罗玉盈回了一句，而后绕过阿楚朝阿雄家走去。

"你为什么非要找到他？"阿楚在罗玉盈擦肩而过的那一刻问出了这个放在心里好几天的问题。

罗玉盈想了想，微微一笑，只道："我也说不清楚，大概……是因为喜欢咸水歌吧。"

话毕，二人彼此安静了一会儿，屋檐上有清晨大雨时未流尽的雨水滴落下来。

"跟我来吧，你想知道的，我来告诉你。"这话在阿楚脑海里酝酿了很久，终于说出口来。

罗玉盈微微一愣，抬眼对上阿楚的目光确认了好一会儿又问道："你都知道？"

"嗯，关于阿雄的、关于咸水歌的，我都晓得。"阿楚说着，转身推开自家大门，将罗玉盈迎了进去。

也是从阿楚的口中，罗玉盈解开了这几日不明所以的问题。

阿雄是地道的水上居民，当初他与他的家人同其他人一样欢天喜地地上了岸，并在适应岸上生活的过程中追逐崭新的生活。

那一日，一名自称文化工作者的采访人员获得了阿雄的同意，进行了有关咸水歌的采访。

在那一次采访中，阿雄对很多船上的记忆进行了展示，无论是那些曾经被人看轻的过往经历还是渐渐被人遗忘的咸水歌，在阿雄看来，现如今的他没什么理由对此抱有羞涩之意，毕竟现如今日子已然不同。

可就在那次采访之后，越来越多人晓得了那些不为人知的经历和旧时的艰辛过往。

当时阿雄的孩子们才刚上小学，班里的孩子年纪尚小，缺乏辨识能力，加之当时的人们不懂得要尊重不同文化，因此有人将它们作为笑料用了阿雄的孩子们身上，这样的中伤带来的伤害不仅仅伤害孩子，同时也影响了孩子背后的家人。

这样的话很多，就连孩子们背在背上上学用的水壶都被一些皮孩子说成是当年挂在水上居民孩子身上的浮木。

要知道，水上居民为了生计渡客乘船过江，万般无奈之际才将半大不小的孩子独自放在岸边，这些孩子的身后都背着一块浮木，就是怕他们一不小心落水，这块浮木能让他们漂浮在水面上，不至于溺水。

因此，这样的玩笑很伤人。

正因为孩子们受到这样的伤害，阿雄才开始将打开的心扉封闭起来，而对于罗玉盈第二次为咸水歌前来造访一事，更是反感至极。

"原来如此。"罗玉盈只说了一句，而后沉默了许久。

阿楚把泡好的茶给罗玉盈续上，轻叹了一口气，道："说实在的，我很不喜欢那些拿他们开玩笑中伤他们的人，再怎么说也是过去的事了，现如今大家都是平等的居民，何故闹出这样的歧视来？"

罗玉盈点点头，同样叹了一口气："怪就怪没人识得这些东西的可贵。……可话又说回来，这不正是我要做这件事的目的吗？"

阿楚不大明白罗玉盈的意思，目光中带着些不解之色。

"你看，说起来咸水歌和水上居民以往的生活是密不可分的，从某种意义上来讲，咸水歌更多的是一种有关水上生活的动听的符号。如果我们能把它们中精华的、耐人寻味的、经得起时间推敲的内涵整合升华后展现出来，非但咸水歌能就此保留下去不至于失传，水上人岂不是因此更加值得尊重了？"

罗玉盈说着，脸上不禁露出满足的笑意，这是她眼下能想到的彻底改变阿雄他们这些人处境的最好的办法。

"你真是这样想的？"阿楚反问道，"可……这谈何容易？"

罗玉盈是个实诚人，从不言过其实，面对阿楚的疑问，罗玉盈想了想道："容不容易的，我现在也说不出个准数来，但有一点我心里明白得很。如果我们现如今不开始整合收集这些零零星星的文化符号，等到若干年后我们再想收集的话，恐怕这东西已然消失了。你看看现在年轻人都听些什么歌，多数是港台流行情歌吧，连咱们这辈人都很多人不晓得咸水歌是什么东西，更别说他们了，是不是？"

一席话，让阿楚陷入了沉思。

想来，咸水歌于他而言也是曾经嵌在生命里的，就这么消逝不见，于他而言多少也是会感到心痛的。

两人沉默了一会儿，阿楚开了声："好！我信你这话！你想了解什么尽管问吧，再不行我把阿雄喊来也是可以的，只不过这样的话你恐怕得多等上几天！"

阿楚的转变让罗玉盈颇感意外，同时也觉出了几分感慨，这么多天下来总算打动了这些水上居民的后代，这不禁让身体有些虚弱的罗玉盈湿了眼眶。

也是从那时候起，在阿楚的带动下，越来越多的人加入到罗玉盈收集咸水歌素材的行动中来，这一晃也二十多年过去了……

这一夜，因为阿楚的噩耗，罗玉盈彻夜垂泪。

第二天，陈哲也知道了这个消息。

史梦来到福源社区文化站的时候，只见罗玉盈和陈哲神情悲伤地沉默着，一时不知说什么好了，只能轻咳两声道："咳咳，我来了。你们没事吧？"

两人闻言起身，罗玉盈抬手擦了擦眼角的泪，对史梦道："麻烦阿梦帮陈站长写个吊唁词，是关于我的一个老朋友的。"

罗玉盈说着，把一篇有关阿楚的报道递给了史梦，让她最好今天完成。

史梦听了这话心头不免有些火气升腾上来。

没错，她是被借调到这里来历练，但不是说什么破事儿都能接。

前几日那些打杂赔笑的活儿干也就干了，怎么没完了呢？这会子连死人的事都要管，也太不把她的学问当回事儿了吧？！

已有些情绪的史梦接过了罗玉盈给的资料看了看，只觉得这不过一个寻常老人而已，并非什么功勋过人的角色，就会唱咸水歌这事儿能写出什么真挚的吊唁词来？

想到这儿，史梦撇了撇嘴，颇有些嫌弃道："罗老师，这恐怕不大好写吧。但凡吊唁词，要么是对死者进行赞颂，要么是对他的亲人进行安慰，要么是表达自己悲痛的心情。您给我的这位大爷有什么丰功伟绩值得称颂吗？他的家人我又不熟悉，要从何安慰起？再说我也不认得他，悲伤要从何说起？"

说起来史梦就是这么个藏不住话的性子，一溜烟就把心里头的话都给说出来了。

罗玉盈和陈哲不约而同地看了彼此一眼，竟一时不知道该怎么说了。

陈哲这些时日对这位年轻高才生的我行我素多少有些看不惯，但作为领导他也不好这么直接劈头盖脸地训斥一顿。

加上史梦身份特殊，只不过是借调一些时日过来顶岗而已，并非长期在文化站里工作，若是真的这么不管不顾地吼上几句，日后她回了上级单位，岂不是自己给自己找罪受？

心里头情绪翻涌却仍旧不忘思前想后的陈哲对着史梦眉头皱了松、松了皱，却始终说不出一个字来。

"阿梦，"罗玉盈深吸了一口气，上前一步道，"我并不认同你刚才的那套说辞。旁的话我也不多说，你今天把这吊唁词写完，这周五上午跟我一起出席他的葬礼。就这样，忙吧。"

"……"史梦有些傻眼了。

不是，这唱的哪一出？站长都还没敢对自己这么硬着指派任务，这位罗老师是哪儿来的底气？还有，为什么要让她去出席一个陌生人的葬礼？罗老师不嫌麻烦，她自己还嫌晦气呢！

"我……不写，今天忙得很，待会儿还有很多表格要填。"史梦把方才罗玉盈给的资料一扔，直截了当地拒绝道。

罗玉盈没想到她竟然会这么对待这件事情，见她执意要同自己杠上，罗玉盈并没有就此放弃。

"站长，我申请帮史梦完成今天的普查表格填写，以便她有足够的时间写这份吊唁词，望批准！"罗玉盈看了史梦一会儿，转头对陈哲道。

陈哲想都没想便道："同意！申请即刻生效！"

史梦再一次傻眼了。但面对工作安排，她却只能服从，虽然她心里头的火气越攒越大。

吃午饭的时候，陈哲想了想，还是问出了心里的疑问："罗老，您就真的要把阿梦拽过去参加阿楚的葬礼？你也晓得她的性子，要是当场闹出点什么名堂来，到时候岂不更加伤阿楚家里人的心？"

"放心吧。怎么说她也是受过高等教育的，但凡有点素质都不会贸然闹出什么东西来。"罗玉盈边吃边道。

"可是您为什么非要把她带去？我是怕……"陈哲依旧不大放心。

"站长，我只问您一句。要真正了解咸水歌，不去认识和熟悉水上人算得上真正了解吗？"罗玉盈望向陈哲，眼神中带着诚恳。

陈哲摇了摇头。

"阿楚的儿子说，周五来参加葬礼的有一半以上都是阿楚平日里玩得开的儿时伙伴，他们那时候一起在艇里玩、一起在水上漂，现如今这样的人越来越少了，真要结识他们的话，难不成再去举办一个什么聚会吗？这恐怕更不现实吧？"罗玉盈想了想，继续道，"水上人有水上人的告别方式，我们说了解水上居民不仅要了解他们的喜乐还要了解他们的哀怒吧？否则谈何熟识、谈何传承？"

一席话下来，陈哲竟无言反驳。

"再有，要让阿梦真正认识水上居民的咸水歌，那么像阿楚这样的前辈难道不应该尊重吗？"罗玉盈叹了口气，"原本我是想着尊重她的意愿询问一下这周五是否同行，但她今天早上说的话却让我更加坚定了要将她带去的想法。现如今的年轻人啊，还是过于自我了一些……"

罗玉盈平日里并不大批评人，像今天这般挑出史梦的不足的确十分少见。

一旁的陈哲十分认同地点着头："您这么说我倒是明白了，还是您想得周全！我支持您！"

罗玉盈闻言，笑着谢了他，而后吃完午饭两人便回到办公室。

只见史梦把写好的吊唁词打印出来放在了陈哲的桌面上，上头附着一张请假条，写着"身体不适，到医院急诊"几个字，人已经早就离开了。

陈哲把纸条递给罗玉盈，颇为无奈地摇了摇头。

罗玉盈接过一看，轻笑一声道："慢慢来吧，这也急不来不是？"

"还是您老看得通透。算了，我就把这小丫头交给您了，相信您一定能把她调教出来！"言毕，陈哲把请假条随手一揉，就近丢进了垃圾桶里。

史梦从文化站出来，买了一杯冰镇白桃乌龙，坐在广场的台阶上自言自语道："老天爷，您到底有没有眼光的？让我这么大材小用真的合适吗？！"

而后狠狠地喝了大半杯后，火气才算消了一些。

第三章　南江

史梦觉得自己长这么大从来没这么憋屈过。上学那会儿自己想学什么专业、要不要考研、考不考编制内的工作，全都自己一人决定一人忙活，自在又舒心。

自打考了这编制内的工作，别人倒是好好的，忙活得风生水起，自己却一再"滑铁卢"，被派到这地方来已是屈就，现如今竟要去一个完全不认识的人的葬礼上忙活，实在心气顺不了。

可是能怎样呢？一走了之是个好法子，但于她而言，至少现在还是没想辞职的。

思前想后的史梦把那杯冰饮料喝完，起身拍了拍裤脚的尘，转身往回走。

下午，史梦尽量让自己看开些。话依旧不多讲，活也依旧干，但办公室里却难掩一份尴尬之意。

罗玉盈和陈哲自然也感受得到，不过他们并不打算说什么，这一天也就这么过去了。

周五，约好参加阿楚葬礼的时间。

史梦不知道费了多大劲儿才把自己从床上拉起来，上班路上一路烦躁不安。

"来了？"罗玉盈在文化站门口等她。史梦也没打算寒暄，拎起备好的东西便驱车出发了。

很快，罗玉盈便带着史梦站在了当初她和阿楚碰面的幸福里93号的街口。

罗玉盈不由停下了脚步，望着眼前的物是人非，眼前浮现出阿楚扶着门框微微笑着的模样，触景伤情，不禁湿了眼眶。

阿楚的葬礼并不繁复，就在他住了二十多年的这屋子里举行，只有至亲的家人和好友参加，罗玉盈也在其中。

此起彼伏的哭泣让身处悲伤中的人更加悲伤。

唯独史梦一直游离于这场悼念之外。

阿楚的孩子们把父亲生前还未完成的那些新编的咸水歌手稿递给罗玉盈，望着上头熟悉的字迹，罗玉盈轻轻擦拭着再一次湿了的眼眶。

史梦一瞥，不过是一些写得并不规整的谱子，她虽然不是音乐科班出身，也能看得出这些资料上头有一些粗略就辨识出来的错误标记，这样一来更让她觉得可有可无了。

几个认识十几二十年的老相识上前来，罗玉盈迎上去，大家又是一把鼻涕一把泪地哭了好一会儿。

因着同他们还有一些话没说完，史梦同罗玉盈出来只不过请了半天的假，也晓得史梦一时半会儿在这里也无法融进去，因此罗玉盈转身对史梦道："阿梦，不如你先把车开过来，待会儿咱们直接从这儿出发回去。我这儿还有好些话说，一时半刻走不了。"

史梦会意，心头一松，点点头道："好，我去开车。"

"对了，把这资料带回去放车上，免得我一会儿稀里糊涂弄丢了！"罗玉盈说着，把方才拿到手的咸水歌手稿递给了史梦。

史梦微微皱眉，难掩心中嫌弃之意，却一时找不到由头拒绝，故而勉为其难地接了过来，转身迈步出了门。

出了门的史梦吐了一口气，步子不觉轻快起来，想着罗玉盈还要好些时候才能离开，故而盘算着给自己买一杯奶茶喝。

不多时，街角奶茶店的露天长椅上便多了史梦的身影。

这些日子工作上不顺心，每天回到住处最好的解压、打发时间的方式就是打游戏。对于史梦而言，眼下空出时间来边喝奶茶边等人，闲着也是闲着，禁不住心痒痒地想玩上一场。

温热的奶茶、被嫌弃的手稿就这么被史梦放在手边，玩到最激烈的那会儿，史梦连天开始下雨都没反应过来。

直到豆大的雨点直接砸到手机屏幕上模糊了界面时，史梦才想起来得挪动挪动。

"坏了，得赶紧上车里躲躲去！"史梦慌忙起身，一手捏着手机一手端着奶茶，急匆匆地朝不远处的车赶去。

这一天，罗玉盈的心是沉重的。

想起此前阿楚还同自己一起唱过几段咸水歌，虽然那会儿精气神不如之前，但他却总说再吃个几服药就好了，以至于罗玉盈从未想过他会这么突如其来地不辞而别，任她如何痛苦，都不得不面对知音再也难觅的结局。

而更让罗玉盈感到心生悲伤的是，阿楚的儿子今天终于明明白白地同她说，接下来不再参与到咸水歌的相关事宜中去了，理由也很直白，那就是生计、家口都要他耗费心力去经营，咸水歌的事情实在无暇顾及。

加之最近几日忙忙碌碌不曾好好歇息，罗玉盈的神色黯淡了不少，连平日里对她不怎么上心的史梦都能觉察得出来，只刚上车，罗玉盈便靠在座位上闭眼歇息起来。

还没等史梦开口询问，罗玉盈却先开了口："把刚才阿楚家里人给的手稿给我吧，我趁现在有空看看，待会儿回去整理完递给陈站长审批归档。"

"哦……啊！"史梦随意应了一声后回过神来才忆起方才在奶茶店门口玩游戏时下了雨，因起身匆忙竟然忘了把手稿一并带走。

"怎么了？"史梦的大声叫唤让罗玉盈不由得吓了一跳，"喊这么大声，出什么事儿了？"

"罗老师……我好像刚才走得急……把手稿给……丢了……"史梦虽然有些心虚，但话还是坦白地说了出来。

"什么？！"这次换罗玉盈喊起来了，"怎么可能丢？从幸福里到停车场不过一公里不到，你直接拿到车上的东西怎么可能丢？！"

罗玉盈显然是不信的。

"我刚才在路口转角那儿喝了杯奶茶，下雨时急着上车躲雨，就……"还没等史梦说完，罗玉盈便开了车门急匆匆地将自己扔进雨里了。

这场暴雨突如其来，漫天满地地下着。

"欸！这雨大得很，这样淋湿的话会病的！"史梦望着罗玉盈远去的背影喊了起来，只是罗玉盈似乎压根儿就没听到，反倒是脚下蹚水的步伐越走越快了。

"真是个老糊涂！"史梦生气起来，重重地叹了一口气，随手拿起一把伞便下了车，朝着罗玉盈离开的方向快步跟了过去。

果不其然，下了车还没走出几步，罗玉盈浑身上下就已经湿透了。

花白的头发湿漉漉地耷拉在额前，脸上的皱纹和斑点似乎更加明显了，全然没了往日神采奕奕的模样。

史梦追了上去，见到她这副模样的时候不觉心头一颤。

毕竟，这是个年过六旬的老人家了。

"罗老师！"史梦在滂沱大雨里喊了起来，"您知不知道以您现在的年纪如果这么任性的话，别说生病，生命都可能受到威胁！怎么说也是个长辈，能不能想清楚再行动，别添乱，成吗？！"

史梦见她这模样，心底里有说不上来的着急，便胡乱说了一通。

罗玉盈盯着史梦看了好一会儿，轻笑了一声又摇了摇头，退出了史梦刚刚撑过来的伞下。

"史梦，要说少不更事也不是没有，但如你这般乖张缺乏教养的，我这么多年下来倒是见得不多。"罗玉盈看着史梦一字一句道。

史梦瞪大了眼睛看着罗玉盈，颇有些不可思议，不大相信平日里和善可亲、总是眉开眼笑的罗老师会突然间跟自己这么说话。

"我……我怎么了？！现在都什么年代了，有多少有价值有新意的东西摆在眼前，琳琅满目，你们却还对那些过时的东西这么执着，有必要吗？大浪淘沙再正常不过了，就那几份错漏百出的手稿也值得你把命豁出去？！"史梦被罗玉盈的话一激，反倒更加口不择言了。

罗玉盈竟一时不知如何回答，安静了一会儿后道："史梦，你说得没错，时代进步了，有价值有新鲜感的东西是不少，但这几张手稿也并不逊色。它有它的厚重，背后承载的悲欢不是什么东西都能代替的！"

史梦顿时语塞。

看着罗玉盈转身离开，史梦站在原地神色复杂而无奈，在嘴里默念了"老顽固"三个字之后，又迈步跟了上去。

两人来到刚才史梦打游戏喝奶茶的地方，因着下雨的缘故奶茶店外头的长椅上已然没了人，湿漉漉的椅面上什么都没有，史梦顿时心下一沉，道："这回坏了，真丢了！"

罗玉盈在长椅的四周来回翻看，也不管雨越下越大，只埋头找着，看得史梦很不是滋味儿。

"雨太大了，回去吧！"史梦撑着伞上前为罗玉盈挡雨时道。

"现在不找到，回去就更难找到了！"罗玉盈道。

"可是……"

"不，一定得找到……"

就这样，两人在雨里头翻找了好一会儿，奶茶店的伙计从窗户里头往外问道："你俩干什么呢？"

"我们找东西呢，几张手稿刚才落下了。"史梦道。

伙计闻言，低头在柜子里翻了翻问："是这个吗？"

罗玉盈循声望去，果真见着了那几份阿楚留给她的东西！

"是的！就是这个！"罗玉盈忙抬手接过来看了看，感激道，"多谢这位小哥哥了！多谢！"

压在史梦心头上的一块大石头卸了下来，她情不自禁地跟着罗玉盈道了几声谢谢。

陈哲站在急诊室门口，盯着一言不发的史梦，气得够呛却不知从何说起，老半天才开了腔："罗老师真要有个什么闪失，你我该如何同她家里人交代？"

"是她自己不管不顾跑进雨里头去的，我拦都拦不住……"

"这还狡辩上了？"陈哲打断史梦道，"那她为什么这么跑下车，你想过没有？"

史梦安静了。

见她这般，陈哲也没再说什么，叹了口气道："进去看看吧，跟罗老师道个歉，这事儿就这么过去吧。"

史梦听了进去，但却没挪动，仍旧站在原地一动不动。

陈哲晓得她的性子，也不勉强，自己先行进去了。

史梦微微咬着唇，又这么站了一时半刻，才深吸了一口气跟了上去。

"老姐姐，咱可年纪不小了，再被这么浇个几趟可不是闹着玩儿的。"花白头发的老医师边填病历边说道。

"您说的是，我下回会注意的。"罗玉盈微微笑着应道，状态好了许多。

"行，先这样，回去按时吃上三天，再不济的话我再给你瞧瞧。"老医师把药单递给了罗玉盈。

罗玉盈应下，起身那会儿见着了站在门口的陈哲和微微低着头的史梦。

想了一会儿，罗玉盈道："你也别再责备她了，刚才大雨里头才被我一顿骂，想来也懂了。"

史梦没有说话，踌躇了一会儿才道："罗老师，抱歉！今天是我没有处理好。"

罗玉盈循声望去，深吸一口气道："过去的就过去吧，再说今天的手稿也没丢，我也没事了。"

史梦闻言，抬眼看向罗玉盈，一时心绪有些复杂。

接下来的几日里，罗玉盈虽然因着阿楚的事儿伤心，但在收集和整理咸水歌的事情上却似乎更忙碌起来。

对此，史梦是觉察得到的，也晓得罗玉盈身子浇完大雨之后才刚好转，史梦心里多少有些不安。

忙完手里的活，也快到下班时间了，但罗玉盈似乎并没有打算结束今天的工作，而是伏在案前整理文稿。

史梦想过去帮手但却迈不动步子。一来是自己对于咸水歌不甚了解，二来是自己对于在这小小的文化站里忘我工作这件事依旧心存抵触。

最后，史梦在自己的位置上徘徊了几分钟后，还是关了电脑拎起背包离开了。

连着几天下雨，今天终于放晴了。

福源社区位于江边，文化站就设在小区里，隔一条马路就到江边，一出门就能见到西斜的夕阳把整个江面染成红色。

这是史梦一天中最喜欢的时分，闲适而温馨，就算自己一个走在江边吹吹江风也是好的。

　　如同往日一样，史梦沿江边走着，手里拿着一杯刚才买的金橘柠檬，看着几只通体洁白的水鸟盘旋于低空，偶尔停在拴于岸边的一两艘小艇上，不由停下了脚步。

　　有风吹来，江面泛起了细细的浪，小艇随着这些浪花轻轻晃着，引得几只海鸥展翅离去。

　　史梦低低念叨起来："有水的地方就有船和艇，有艇的地方就有水上人家……"

　　念叨至一半，史梦忽然停了下来，猛地想起来这话竟是罗玉盈同她讲解咸水歌的时候说的！

　　史梦不可置信地摇了摇头，自嘲一声，自言自语道："难道我也糊涂了？"

　　而后，史梦从包里把无线耳机拿出来，连上手机的蓝牙，挑选了一首音乐平台飙升榜上最热的流行曲单曲循环起来，还不忘把手机的音量调到最高……

　　曾经，一部根据广西民间传说改编的戏剧电影《刘三姐》让无数人认识了歌仙刘三姐，并且喜欢上了荡漾于山水间悠远而动人的山歌。

　　这是民间文化的瑰宝，也是有幸被现代人发掘、用现代艺术展示的民间音乐文化。

　　然而，并不是所有民间文化都这样幸运。

　　广府水上居民贯串于平日生活中，融入点点滴滴感情凝聚而成的"咸水歌"却面临着截然不同的命运。

　　事实上，在水上居民上岸之后，咸水歌便一度失去了传唱下去的依托。

　　抛开艺术形式是否完善、留存手法是否齐备这些因素暂且不论，最为关键的要素"人"其实是最大的阻碍。

阿雄家的故事不是特例，当水上居民逐渐上岸之后，他们中有不少人其实是抗拒承认起初的这个身份的。

尽管时代的步伐强劲而有力地踏出"平等"的强音，但对于小人物而言，这样高远的立意却无法在顷刻间照进他们的生活，换言之，他们的状态一度处在一个较为尴尬的位置。

又或者说，物质上的、硬件上的改善是相对轻而易举的，但深藏在意识里的、根植在思想深处的东西要想连根拔起却并不是一朝一夕的事情。

水上居民世世代代漂泊在水上，无根无基，终于熬出了头上了岸，这本是皆大欢喜的事情，但却不得不承认，他们左右不了原来岸上的居民对他们到来的排斥和不悦。

当然，不会有人去公然阻止他们上岸定居，但他们却在日常生活里受到很多不礼貌的对待，水上居民和他们的孩子被排挤、被孤立、被冷落，等等，这些际遇和伤害，都在无形中使他们羞于承认原本水上居民的身份。

可以想象，连最根本的、咸水歌赖以生存的水上居民的身份都被刻意淡化，那这些歌又有谁会唱出来，又有谁会传下去呢？

无疑，对于广府土生土长的水上歌谣而言，这样的伤害是致命的。

也因着这样的历史原因，时至今日罗玉盈要想更多地、更完整地搜集到水上居民遗留下来的有关咸水歌的资料，比预期的更加困难、更加复杂。

这一天上午，史梦刚到办公室的时候，罗玉盈已经急匆匆地准备出门了。

"史梦，你来得正好。陈哲给你发短信了吧，他临时要去开会，你跟我一起去吧。"

"你说什么？"史梦这才想起来拿出被她关了静音的手机，果真里头有陈哲的一通未接来电。

"哦,是这样的,今天南江社区联系我说,又寻到了一个原来在珠江上靠划艇为生的疍家老人,我正打算过去。原本陈站长打算跟我一块儿去的,这不是突然间安排不过来嘛,所以……你跟我一块儿去一趟吧。"罗玉盈把事情言简意赅地交代了下。

"哦,行。"史梦应了一声,跟着罗玉盈一块儿出了门口。

对于工作,史梦虽然不是十分认同文化站这两位"长者"的工作方式和工作习惯,但基本的职业道德还是有的,毕竟现如今她无论怎么说都是文化站的一员,这是她自己心里头明白的。

紧接着,史梦打开车门上了驾驶位,确认罗玉盈系好安全带后,便在百度地图上开启导航,朝着目的地出发。

南江社区和罗玉盈他们现在所在的福源社区相距一百多公里,一南一北,这距离让史梦刚一导航的时候就微微叹了一口气。

"这里这么远,咱们当天去当天回吗?"史梦问道。

"嗯,"罗玉盈笑着道,"日子越来越近了,时间不大够用,耽误不起。辛苦阿梦了!"

罗玉盈的话颇有些没头没尾的,史梦有些听不明白,但开着车也不好往下细问,虽然她这些日子也感觉到罗玉盈日常赶时间的状态。

罗玉盈说完,原本打算再说些什么,但想了想还是把话咽了回去。

史梦不喜欢他们这里、不喜欢咸水歌,甚至于不喜欢同他们做一样的事情,这一点罗玉盈是知道的,能让她现如今跟着自己一块儿山长水远地到一百多公里以外的地方搜集咸水歌的资料已经不容易。

此时的罗玉盈心里生怕再多说些什么史梦不喜欢的东西惹她不愉快,这才没把话继续往下说开来。

就这样,两人一路上一句话也没说,连音乐都没有播放,只因这公家车上原有的音乐风格史梦不喜欢,而史梦喜欢听的那些歌曲罗玉盈也听不懂，干脆，就这么安静地前行，这对于现如今的她们而言，其实更好。

南江社区有些年头了，史梦她们刚到的时候已经有人等在门外了。

罗玉盈下车，笑着迎了上去，还没等她开口，人家便开了腔。

"罗老师，您好！我是南江社区的负责人，陈老太已经在家里等您了，咱们这就上去吧！"

来人正是此前同罗玉盈联系过的南江社区负责人张新。

"这位是？"张新笑着抬眼看向史梦问道。

"这是我们文化站新来的干事，史梦。"罗玉盈简单介绍了两句，两人简单认识了一下，便跟着一块儿进了小区。

陈老太今年快八十岁了，但身体却硬朗得很，来之前张新介绍她时还提过，说她现如今还自己做饭洗衣。

见到罗玉盈他们前来，陈老太竟十分欢心。

"进来坐，不用客气！"陈老太是地道的水上居民，说起话来音调软软的，乍一听跟唱歌似的。

罗玉盈上前喊了一声："老姐姐，您好呀！"把两人的距离又拉近了不少。

史梦跟着走了进去，跟张新两人并肩坐下。

"外头这么热，你们累坏了吧，我去斟水给你们喝吧！"陈老太招呼着准备起身。

"不忙不忙，我们不渴，您就别忙活了。"罗玉盈笑着道。

"那怎么能行？"热情好客的陈老太坚持道。

"没关系的，您太客气了……"罗玉盈道。

见两人来回让着，张新起身道："两位老人家都坐着，我来就是了！"

"你这小伙子倒是不错，挺有眼力见儿嘛！"罗玉盈笑着打趣了一句，惹得大家都跟着笑了起来。

　　不过几句寒暄过后，罗玉盈和陈老太便聊起了记忆深处的岁月，而后又因着一句咸水歌聊得更加热乎起来。

　　"一叹家贫苦到边，日夜思量夜无眠……"这是陈老太忆起当年水上漂泊的岁月时，触景生情的一句话。

第四章　参与

过往的岁月被尘封在陈旧的记忆里，方才还开朗健谈的陈老太提及儿时作为疍家孩子同父母在船艇上的漂泊生活时，却也禁不住湿了眼眶。

"现在的你们越来越多地听说过以前日子的不容易，但事实上，你们很难想象当时到底有多艰辛。"陈老太深吸了一口气，又重重地叹了一口气。

罗玉盈没了平日里面带笑颜的模样，在一旁若有所思地点了点头。

这不是她第一次见到疍家人说起当年的生活时陷入忧伤，也不是她第一次听到类似这样的话。

换言之，也正是为了让更多的人知道当时疍家水上人的不易，让更多的人了解他们的文化载体咸水歌，罗玉盈才二十几年如一日地坚持走访和搜集。

所以，陈老太的话，罗玉盈很明白，至少比同在一旁听陈老太讲述的史梦和张新要明白得多。

"现在想想，我阿妈当时还真是一个能干的人啊！"陈老太继续感慨道，"我记得她后脑勺上盘着一个光洁浓黑的发髻，一年到头总是光着脚，身上总是穿着一件黑色的土布衣裳，虽然旧，有些地方破了，却看不出邋遢和肮脏。

那时我还小，我阿妈要撑船渡客，家姐比我大一些，阿妈和很多疍家女人一样，把我背在背上，把阿姐放在船头，就这么撑船渡客为生。"

"你阿妈很厉害！"罗玉盈接话道。

"嗯，我当时也这么觉得。"陈老太点点头，"那时候没有桥，过'小海'（也就是渡客过珠江，旧时人称过江叫'过小海'）都要靠小艇，江两岸乌泱泱的都是艇。还有抢生意的，都是些伶牙俐齿或彪悍的女人才能抢得过，偶尔也有为了抢一单生意，连背上背着的小孩儿哇哇大哭都没办法理会。后来为了避免恶性竞争，约定了每次横渡不能超过十人，情况才好了起来。"

"孩子……就没人能帮忙看一下吗？"听了好一会儿的史梦思量了半天，开口问道。

罗玉盈颇有些意外地转头看向史梦，并非因为她这问题有些明知故问，而是没想到她竟然也会参与到这话题中来。

因此，罗玉盈没有打断她，更没有指出她这问题缺乏价值，而是耐心道："疍家人生活不易，家里头稍有点劳动力的都出去干活了，不像咱们现在有老人在家或者保姆能帮忙看护。有些孩子甚至于直接放在水边等候大人撑船回来才能接上，所以才会给他们背上一个葫芦或者浮木，以防跌落溺水没了性命。"

史梦微微皱着眉头，若有所思。

"小姑娘这么问倒也不奇怪，毕竟你出生那会儿日子已经甜滋滋的了。"陈老太笑着道。

史梦轻轻一笑，没再接话。

聊了这么一会儿，天较先前刚来那会儿暗了不少，好几片厚厚的乌云正逐渐朝这边压过来。

要下雨了，而且这雨估计还不小。

陈老太抬眼看了看远处的天，继续道："以前吧，全家人一见到这样的乌云就眉头紧锁、唉声叹气，这乌云一来，漫天大雨一倒，没法干活不说，最怕就是连命都会随时搭进去。"

"有这么严重？"张新开了口，一脸不相信的模样。

"对的啊！"陈老太对上张新的目光，颇为严肃道，"若只是雨大些倒也还好，可要是大风大雨齐齐来，渡客渡到一半碰上大风大浪，大人们极有可能翻艇落水，直接送到鬼门关……"

陈老太顿了顿，继续道："我阿爸就是这么离开我们的……"

"茫茫珠江远近闻，轻轻小艇客满临。三餐不保为生活，渡人遇浪倍惊魂。"这是咸水歌《渡客》里的一句话。

罗玉盈听闻陈老太的话，沉默了一会儿，不禁神情哀伤地念了出来。

史梦跟张新相视一眼，皆陷入了沉默。

这两位年轻人其实年纪相仿，都是地地道道的"95后"。

1995年的中国跟陈老太还是孩提时的中国有着天壤之别。

在史梦的记忆里，家、孩子、父母本就是个不用多加言语的天然组合。父母上班挣钱，作为孩子的她每天上学放学，周一到周五学习考试，周末放假父母陪着到游乐场玩玩，这是再正常不过的事情了。

在她前面十八年的人生里，最要紧的事情就是"好好学习、天天向上"，其余的什么生计无着、一日三餐、风吹雨打等这些词汇都与她无甚关系。

说起来，现在她能忆起来的儿时最伤心的事情估计也就是那一次数学期末不及格，在班里倒数了吧。

在来南江社区之前、在倾听陈老太讲述过往之前，史梦大抵也知道到这儿就是来忆苦思甜。只是让她倍感意外的是，这份"忆苦"竟然能让她听出惊心动魄来。

史梦不禁设想，如果是她，阿爸在孩提时永远离开了自己，那么她会如何去面对？

犹记得一次爸爸原定一周的出差，因工作原因推迟到一个月后才回来，她到最后几日都开始寝食难安了，更别说面对生死分离了。

可是，就是这让她无论如何也接受不了的事情，面前这位老人家在她还是孩子的时候却不得不去面对和接受，也许她连死亡是什么都还没弄明白，就已经懂得了跟阿妈相依为命。

尽管她还会在夜深人静的时候问起阿妈，阿爸去哪儿了，还回不回来？

尽管她在日后的生活里缺乏最起码的善待时，会哭着鼻子想，要是阿爸在就好了……

珠江水一如既往地、安静地向海而流；岁月在天明天暗间日复一日地流逝。

在那些无人问津的记忆深处，在那些被岸上行人熟视无睹的漂浮不定的船艇上，曾经有那么一群人在艰难地、依旧不失渴望地生活着。

"一叹家贫苦到边，日夜思量夜无眠……"

一番沉默之后，陈老太又唱起了这句咸水歌，唱起了这首充满无奈又如实反映了疍家水上人生活的《十叹家贫》。

对于罗玉盈而言，今天陈老太同他们说的以及这中间唱的一两句咸水歌都极具意义。

虽然她此前也听闻类似的口述内容，但这一次却有些不同，不同之处就在于史梦参与到了其中。

要知道，此前她在文化站的办公室里将已经收集到的咸水歌的故事和内容讲述给她时，她的抵触情绪还是分明可见的。

罗玉盈知道，这些东西单靠她这么一字一句地讲给她听确实有些枯燥，更何况史梦本就带着些不悦来到他们文化站，到现在都还没有缓过来。因此，这些工作在史梦看来更像是任务，她仍没有发自内心、自觉地参与其中。

被动卷入和主动参与的差别还是很大的。

陈哲同她说过，上级单位之所以用借调的方式将史梦安排到他们文化站来，很大程度上是因为她那份"不食人间烟火"的傲气。史梦是个人才，但却明显缺乏历练，这是上级部门打算好好栽培她却难免顾虑的地方。

作为基层公务人员，如果过分高傲的话是无法实打实地为人民服务的。

这一点，上级单位知道、陈哲知道，连罗玉盈也是明白的。

只是，要想彻底地把史梦身上的这份傲气去掉却不是一时半刻就能完成的事情。

正当罗玉盈在想如何更有效地让史梦参与到这些基层的、看似小而烦琐但却极具意义的工作当中来时，今天歪打正着的这场造访却打开了罗玉盈的带人思路。

"老姐姐，您稍微唱得慢一些，我这儿录完音还得打进电脑里去，好做保存，麻烦了！"罗玉盈笑着解释道。

由于时间紧迫，罗玉盈打算今天边采风边记录，这样的话回去就不用再耗费太多时间整理了。

"好的好的！"陈老太很是理解，"我慢点儿唱，你慢慢来！"

只是罗玉盈的想法虽然不差，但实施起来却并不容易。

年过六旬的罗玉盈虽然在此之前曾经花过精力苦练了一阵子的电脑打字输入法，在同龄人里算是手速不差的了，但要跟年轻人比起来、要运用到现场记录上来，却还是有些吃力的。加上眼睛老花得很，更给这个主意的实施增加了难度。

这一点，张新在看着罗玉盈输入陈老太说的第二段话时，就已经看出来了。

"罗老师，我来吧！"张新自荐了一句，而后起身替换了罗玉盈的位置坐在电脑前，记录起来。

只是张新虽然是个年轻小伙子，但却自己也没想到自己边听边记竟然会手忙脚乱起来，急得脑门上都冒汗了。

"不急不急，我再慢点讲！"陈老太见他这样子赶忙道。

大家都知道陈老太这是在给张新解围，可今天的行程这么紧张，按张新眼下的速度，估计得忙到大晚上才能结束。

罗玉盈顿觉有些尴尬，怪自己想了这么个没考虑周全的主意，也是不知该怎么把这速度提起来。

"我来吧！"

正当三个人围着电脑着急忙慌的时候，一直站在他们几个身后的史梦开了口。

三人齐齐望向她，安静了一会儿。

史梦没再说什么，直接把笔记本电脑拿起来放在自己双腿上，双手搭在键盘上后道："陈奶奶，您接着说。"

陈老太依言往下说了起来，史梦的十个手指头在键盘上飞舞着，键盘声一直啪嗒啪嗒地没停过。

"这么快！"站在一旁的张新一时有些傻眼了，不禁感慨道。

罗玉盈笑了起来，小声在张新耳畔道："阿梦学计算机的，打字非常熟练，跟咱们吃饭似的。"

的确，罗玉盈平时只看到史梦没精打采地完成工作，却还没见过她这么精气神十足的样子。

直到完成今天的工作，从南江社区出来的时候，张新都难掩惊讶之色。

"史梦，你这打字速度也太让我傻眼了，怎么能这么快?！"张新道。

"熟能生巧吧。"史梦笑着，而后转身对罗玉盈道，"罗老师，咱们这就回去了还是……"

"嗯，回去吧……"罗玉盈话刚说出口，站在一旁的张新便拦了下来。

"别呀，罗老师，您好不容易来一趟，哪能这么就回去了？再说了，这也到饭点了呀！"张新指了指手上的表道。

罗玉盈同史梦对视了一眼，道："那咱们就吃了再回去吧！"

史梦一笑，将驾驶位让给了张新，自己同罗玉盈一起在后排落座了。

罗玉盈面露微笑，神色中带着些满足。

方才出门前，罗玉盈见史梦站在角落从包里拿出了一颗糖果送到了嘴里。罗玉盈也有个女儿，当过妈的自然心细很多，这才将这细节入了眼。

罗玉盈觉得，史梦说起来是个高才生，但到底还有些孩子气，这是饿了却没法儿说，张新的提议刚好解了这围，这才接了这话，带着史梦他们一块儿去吃饭。

"小张，把车开去渔上人家，这餐我请你们吃。"罗玉盈嘱咐道。

"罗老师，这怎么好意思？您是客人，怎么好……"张新自然不同意。

"就这么定了，这也没有你请客的道理。要是你不同意我这么安排，那我们可就直接回去咯。"罗玉盈笑着道。

"行行，"张新笑了起来，"听您的！"

张新一路开着车，外头的天渐渐暗了下来。

夕阳铺在水面上染红了半江水的场景史梦见了很多，但这般渐渐入夜，岸上渔火、路灯次第亮起来的景致倒是第一次见。

史梦不禁托着下巴，把手肘靠在车窗边上，向江面投去更深的目光。

渔上人家是一家坐落在江边的大排档。才刚入夜，这里就已经排起了队。

张新把车停好，罗玉盈带着他们并肩步行而至。

"这家店我之前来过几次，做的都是地道的疍家美食。我想既然来南江了，就顺道过来尝尝。……伙计，上茶。"罗玉盈带着史梦他们坐在靠窗能看到江景的一个位置。

夜风缓缓吹来，史梦垂在肩头的头发被吹起，颇有些惬意。

史梦想：这边吃边聊倒也是件不错的事情。

南江的这片水域不过是最近几年才被开发的。

前几年罗玉盈刚来南江那会儿，这里一入夜就暗下来了，没什么人气。但现在不同了，光是依江而建的水上民宿、水上食家就已然灯火通明了，更别说那些时不时举办的烟花展演、花灯游园等活动，更是让这片江面色彩斑斓了不少。

渔上人家在这些沿江大排档里算是老字号了。和其他大排档一样，这里的陈设相对普通，干净整洁却不讲究，不像那些高档酒楼端着个架子。

如果说那些高档酒楼宛如大家闺秀的话，那么这些大排档便是小家碧玉了。

大排档很少有什么广告推广，多是靠食客的口碑招揽生意，所以物美价廉变成了最大的推荐亮点。

渔上人家的招牌菜很多，罗玉盈翻了翻菜牌，从里头挑出几样具有代表性的疍家美食，推荐给史梦和张新品尝。

三人聊了一会儿，店家最先送上来的，是冒着热气的炒田螺。

这些田螺个头不算大，尾部皆被剪开，以紫苏、香葱、辣椒、生抽做作料炒制，热腾腾地起锅，香气诱人。

"这炒田螺也是疍家美食？"张新笑着夹起一个田螺在嘴里吸了两下，边吃边问道。

"这……怎么吃？"史梦看了看这盘炒田螺，又看了看张新，神色颇有些为难。

"你没吃过？！"张新又是一脸不可置信。

"呃……见是见过，但没吃过。小时候肠胃不好，家里人不让吃，大了大了也就没这习惯了……"史梦解释道。

"那可真是'走宝'了！"张新激动道，"这玩意儿搭着啤酒，那简直是人间一大享受啊！"

"每个人的饮食习惯不同，这很正常。"罗玉盈见状插话道，"史梦对这东西不大熟悉，我倒是可以讲讲。"

"您说！"史梦喝了一口茶，笑着应道。

"田螺这东西呢，虽然看上去不起眼，但炒制起来却甘香诱人，不管是水上人还是岸上人都很爱吃这口。以前的疍家人在水上生活，对于他们而言捕捉田螺并不是什么难事儿，但这对于住在岸上的人来讲却不容易。所以，有头脑的水上人会在靠岸的时候炒制上一锅田螺在小艇上叫卖，因为香气诱人，很受食客欢迎，通常不过半天就全都卖完了，这也是水上人贴补家用的一种方式。"

"哇，这主意好耶！要是我就不划艇了，见天儿地卖田螺，指定发财。"张新玩笑道。

"你可拉倒吧！"史梦笑着接话道，"要是真能发财还用等你来发现？再说了，虽然水上人捕田螺不算难事，但田螺也不是时常有的，还得看天气、看潮起潮落，并不容易。"

"你不是不吃吗？怎么知道这么多？"张新说话间又尝了一把田螺。

"没吃过猪肉还没见过猪跑吗？"史梦说着，把手机百度搜索的界面展示给张新看，一脸得意道，"现在想知道点儿东西也不难吧？"

"我就说嘛！"张新恍然大悟地笑了起来。

说话间，服务员又上了一锅香喷喷的艇仔粥。

"这个好吃！"因着同罗玉盈、张新逐渐熟络起来，史梦也没了先前的拘谨和距离感，笑着开了口。

"看你这小模样瘦瘦的，倒是挺会挑啊！"张新笑着把勺子递给了史梦。

史梦微微嘟起嘴，一脸得意的模样。

罗玉盈很喜欢这样的史梦，笑着把艇仔粥往前推了推，道："都给你！小心烫！"

如今在广府地区，无论在星级酒家还是街边粥铺，艇仔粥都是一道人见人爱的美食。

对于很多生于广府、长于广府的人而言，艇仔粥不仅是儿时就识得的美食，更是与生俱来的、印刻在脑海里磨灭不去的乡土记忆。

艇仔粥是生滚粥里加作料煮制，做法简单却胜在料足味全。又因起初多是水上人在艇上售卖，故而多了几分趣味。

正宗的艇仔粥鲜虾和鱼片这两类是最主要的食材，其他的作料除了最常见的炒花生仁、海蜇、猪皮之外，多数人喜欢加入一些酥脆油炸之物，比如炸鱼皮、"油炸鬼"（油条）等，配以葱花、姜、盐调味，风味无穷，极为诱人。

在坊间，有关艇仔粥的传说流传最广的有两个。

其一，就是渔家女小金水曾经放生过一条被网困住的鲤鱼，时隔多年之后，在小金水的父亲病重无钱看病之际，这条鲤鱼幻化成仙女，指点小金水在粥水里加入这些材料熬制售卖。小金水依言熬粥并在艇上售卖，换了不少银钱带着父亲看病，救了父亲一命，而这艇仔粥也就这么流传下来了。

其二，一个落魄的西关少爷，为了维持生计，不得已租了一条小艇在水上卖起了粥，并将手边所能寻到的材料如鱼片、河虾、瘦肉、油条等材料加入其中一并增香，不想这粥的美味不胫而走，故而流传了下来。

无论是哪个版本，最终都绕不过两层意思：一是加入鱼片、河虾等各式作料的生滚粥；二是在艇上售卖。

对于以前的水上人家而言，这是贴补家用的一个重要来源。

同是一锅艇仔粥，旧时承载着艰辛的生活，现如今成为增添生活滋味的一道美味佳肴，其中的天差地别，水上人以及他们的后代们无疑是感触最多的。

紧接着，闻名遐迩的黄埔炒蛋、盆粉等美食依次呈现在史梦面前，见张新每上一道菜就赞不绝口的样子，史梦抿嘴笑了起来。

"你今天是没吃饭吗？怎么每见着一道菜都这么开心？"史梦笑问道。

"阿梦，你这就有失偏颇了。美食当前，不管今天有没有吃饭，都不影响我对它们的欣赏。更何况，这可是罗老师极力推荐的，地地道道的口碑菜，我这反应再正常不过了！"张新边吃边道。

"什么反应？就……吃啥啥不剩的反应？"史梦道。

"嗯……"张新吃糊涂了，跟着点完了头才明白过来，"欸，不带这么拐弯损人的啊！"

一句话，惹得罗玉盈和史梦禁不住哈哈笑了起来。

第五章 骗局

跟着罗玉盈从南江回来，史梦虽然不像往日那般板着脸干活，但依旧没能加入到罗玉盈的日常安排里。

因为，罗玉盈要完成的事情已经快要到截止时间了。

史梦已经不止一次见到罗玉盈通宵达旦地整理那些零散的资料。有手抄的，有从报纸杂志上裁剪下来的，还有一些陈年旧本里头夹着的残页，总是零零星星地四处摆放着。

自打那天帮了罗玉盈一趟，加上那日陈老太说的那些陈年往事对她的触动着实有些大，史梦这几日总会不经意地稍稍停住脚步，却不知从何问起。

陈哲这些日子又一直在市里头开会，屋子里就剩罗玉盈和史梦两人。罗玉盈忙着整理案头的资料，并没留意到史梦这一反应。

这样的情况持续了两天，第三天上午，史梦想了想，起身为罗玉盈泡了一杯龙井，将水递到案头上时，思索了一会儿问道："罗老师，我手上的活儿忙活得差不多了，您这里有什么需要我帮助的吗？"

"帮我把这些整理出来的书面材料录到电脑里头去吧……"罗玉盈正全身心投入在资料整理里头，想都没想地应了一句后才想起来是谁在同她说话。

罗玉盈抬头，笑着看向史梦，确认道："你现在有空？"要知道，若是换作平时，史梦可是不会来过问这些咸水歌资料搜集的事情，但她今日竟然主动提出来了，多少让罗玉盈有些感到意外，但与此同时，也感到十分欣喜。

"嗯，有空的。"史梦没多说什么，只继续问，"是这些吗？"

罗玉盈回过神来，忙把要录入的资料递给了史梦，看她还有什么需要解答的。

不过史梦并没有什么需要解答的，直接拿着资料忙活了起来。不得不说，有了史梦的帮忙，这资料的录入速度有了质的提升。

"您……这么赶时间是有什么任务要完成吗？"史梦把惦记了好几天的话问了出来。

"还不是因为出版社的卢编辑给我下了最后通牒，让我赶紧交稿。"罗玉盈解释道。

"出版社？交稿？"史梦顿时有些疑惑起来。

按照方才史梦帮罗玉盈整理的资料质量来看，这些资料其实并不具备出版的水准。换言之，无论是内容的整体逻辑性还是细节上的讲究程度都远没有达到出版的标准。

但是，史梦清楚，罗玉盈并不是夸大其词的人，犯不着说这些话诓她。

但既然如此，有哪家出版社愿意出版这些质量并非上乘的书籍呢？

史梦总觉得哪个地方不对劲，继续打了一会儿字后问道："是哪家出版社？截稿时间是哪一天？"

"方升文化，《都市报》名下的一个工作室，专门承接文稿出版的。截稿时间嘛，我们约好了定在下个月五号。"罗玉盈不大明白史梦问这些问题的出发点，笑道，"怎么了？你也晓得出版的事情？"

"哦，没有……我就问问。"史梦把话题给终结了，没再继续往下说。

这一整天下来，史梦一直心存疑虑，但见罗玉盈一腔热情又没日没夜地投入精力在这件事情上，史梦还是把话咽了下来，没有明说。

不过，这并不代表史梦就这么把这件事情压下来。

下了班，史梦如往常一样走在江边，给自己的大学同学打了通电话。

"萧晓，我问你个事儿。你听说过方升文化这个公司吗？听说是你们《都市报》名下的一个承接出版的工作室。"史梦开口直奔话题。

萧晓是史梦的大学室友，毕业之后直接应聘到了《都市报》，现在在《都市报》的数字版面当编辑。

罗玉盈说起方升文化的时候，史梦便想到咨询这个同学了。

"方升文化？"萧晓有些蒙，"你等会儿啊，我帮你查查。"

史梦应了一声，而后等萧晓在电话那头查询完答复她。

"你确定是我们《都市报》这儿的？"萧晓更蒙了，"倒是有个方盛文化，不过去年就注销了，没再继续营业了。会不会是这个公司？"

史梦一听，当下心头一沉：该死！这个单纯的老家伙不是被人给骗了吧！

"萧晓，麻烦你个事情。"史梦赶紧道，"帮我了解下这家公司的机构代码和法人代表，最好是能找到营业执照的副本，然后拍给我。"

"这个好办。你等着啊，我一会儿发你！"萧晓爽快地答应了。

"好，麻烦你了。"

挂断电话的史梦在江边站了好一会儿，心里头越想越不对劲。

她耐着性子等到萧晓把资料发过来后，立马转身朝福源文化站的办公室奔去。

"怎么？忘记拿什么东西了吗？"罗玉盈还在座位上埋头整理资料，见史梦气喘吁吁地跑回来，不禁问道。

"那家方升文化的法人代表您知道是谁吗？你见过他们的营业执照吗？他们给你出版开了什么条件？"史梦一进来，气还没喘匀便问道。

"……你这是怎么了，突然问这些问题？"罗玉盈仍旧不解。

"您先别问我怎么了，先把我刚刚问的问题回答上来。"史梦坚持道。

"这我还真不晓得……"这个问题罗玉盈一时回答不上来，也难怪，一般情况下很少有人关注企业的营业执照，尤其是她这样上了年纪的人，办起事来更是难免不大周全。

"这样，您把这些资料给我，我要确认下这家公司是不是去年倒闭的那家。"史梦直言。

"不是吧？！"罗玉盈听了这话有些慌，"这怎么可能呢？我明明上个月还跟他们的编辑通过电话，他还给我发了他们的账号让我把出版费用划过去……"

"什么？！您给他们转账了？"史梦打断道，神色紧张起来，"划了多少？"

"出版一万册一共是三万元，前期费用一万五，剩下的另一半交稿后给……"罗玉盈如实说了出来。

"这就对了！"史梦一下子打通了这前后因果，叹了一口气皱眉看向罗玉盈道，"罗老师，关于方升文化这档子事儿，您很有可能……是被骗了。"

罗玉盈闻言，瞪大了眼睛，满头雾水地坐回了座位……

罗玉盈虽然一时无法相信史梦的话，但细想想却觉得有些地方着实说不通。

比如，为什么这个工作室当时约稿的时候一上来讲的便是出版费用的事？

比如，为什么他们连前头的样章都不用审就直接承诺一定能出版？

再比如，他们自始至终都没有拿出一份文件或者合同出来给她瞧瞧，即便是她专门过问此事也依然如此……

这里边的破绽实在明显，而她竟然一点也没有发现，还傻傻地给人家汇钱过去，说到底，是自己心太急了，很多细节都被生生地忽略了。

史梦陪着罗玉盈一起到派出所报案，把事情讲清楚，再把有关资料提交上去，出来时已经是大半夜了。

昏暗的路灯下，罗玉盈的身影显得有些落寞，还带着点哀伤。

在派出所门口道别时，罗玉盈虽然神色憔悴，却还是在脸上挤出些笑容，感谢史梦今天的提醒和后来陪她一起报案。

史梦没有说什么，只是点头应了一声，而后看着罗玉盈渐渐走远的身影，心头慢慢紧了起来。

站了这么一会儿，史梦深吸了一口气，心里怕一个上了年纪的老人家被这么一通打击后独自一人夜深回家会有什么意外，故而迈步跟了上去。

罗玉盈垂着脑袋走路，没发现史梦走了上来。

史梦跟了一会儿，在罗玉盈身后轻咳了一声，她才回过神来。

"你怎么……"罗玉盈有些诧异道，但史梦晓得她要问什么。

"我去朋友家玩儿，刚好得往这边走。"史梦道。

"哦，好。"罗玉盈应了一句，神色有些怏怏的。

"嗯……"史梦想了想还是开了口，"您也不要太自责了，终究是那些人居心叵测，不怨您。"

刚才在派出所报案的时候，罗玉盈埋怨了自己好几次，听得史梦也觉着有些伤感，这会儿正好把话说出来，也算是尽了一点同事之谊。

"哎，也是我自己太糊涂了。一门心思想着把咸水歌推广出去，以为出一本书就能大功告成，"罗玉盈说着摇了摇头，"这还没怎么样呢，就先闹了这么一出，真是笑话啊！"

史梦看着罗玉盈，思索一会儿，蹙眉淡淡道："为什么一定要把这些东西推广出去呢？我的理解是，它们不过是时代洪流中一些过时的音符而已，有人知道又怎样，没人知道又怎样？这么做值得吗？换言之，有人知道你做过这些事情吗？又或者说……你想以此来博得一点关注，是吗？"

史梦是个直来直去的性子，这些话虽然在她心里藏了好些日子，但该说该问的时候她并没有藏着掖着。

直到现在，对于咸水歌的传承和推广她依旧是这样理解的，虽然她对罗玉盈不如此前那样剑拔弩张，虽然她从南江社区回来以后不再像之前那样不闻不问。

不可否认，史梦这样的想法并不独特，相反，它在某种程度上代表了很大一部分年轻人的态度和想法。

罗玉盈抬起头，看向史梦，认真道："阿梦，有些事情可以过时但却不可以被遗忘。过时是无能为力的，但会不会被遗忘却是可以选择的。你明白我的意思吗？"

史梦一愣，似懂非懂，但却没再说什么，只问："您家里人晓得这件事情吗？"

罗玉盈摇了摇头："钱花的是我自己的养老钱，他们不知道。"

一句话，让史梦的心更加沉了，心里道：是该说她纯粹呢，还是应该说她傻呢？

要知道，在基层文化站工作，收入其实并不算高。更何况，收入提升也是最近这些年的事情，按照以前的薪酬水平估计，罗玉盈干了这么多年下来，其实并没有存下多少钱，几万块钱对她而言不是个小数目。

但就是在这样的情况下，她还是想都没想地把钱花了，这让史梦费解得很。

不过，看眼前这位老人家泛黄的眼眸中有些泪光，史梦不忍再说她什么，只道："既然不知道，那就先这样吧，这事说来也不算太大，待过些时日警察找着人了，钱也就回来了。"

罗玉盈也晓得史梦是在宽慰她，点头应了一声，便与史梦一道并肩朝前走去。

回到家，萧晓来了电话："你傍晚问我的事后来怎么样了？"

"那伙人果真在行骗。我在企查查看到公司状态确实已经注销了，可他们还在扮编辑招揽生意，以自费出书名义骗钱，我已经报案了。"史梦简单道。

"不是吧，招数这么低级，真当你瞎吗？"萧晓笑道。

"汇钱的不是我。"史梦道。

"啊?!还真有人上当啊！你什么时候和这些没眼力见儿的人搭上伙了？"萧晓说着，在电话那头捧腹大笑起来，"不行不行，这年头这么行骗的人就够傻了，还能有人被骗，还有比这更搞笑……"

"是我一个同事，"史梦打断道，"这没什么好笑的……一点也不好笑。"

萧晓一愣，安静了下来。

之前她们宿舍四个人在学校里都是数一数二的成绩好、脑瓜灵，聚在一起吐槽这些"脑子不好使"的人也是常有的事，有时史梦不屑聊顶多也就不说话，却没见过她这反应。

"那……那你早点休息。"尴尬了好一会儿，萧晓开口道。

"嗯，你也早点休息。"

挂了电话之后，史梦站在窗边望着静谧的夜，闯进脑海的是罗玉盈这些日子里弯着腰背埋头整理资料的画面，以及她今晚在街灯下走起来颇有些费劲的身影。

这样的画面交替出现，让史梦眉头不禁紧了紧，心头觉出一丝难受之意。

为什么难受？史梦说不上来。

过去这么多年，尤其是从最开始学习理科到后来的计算机方向，这些年的专业影响让她越发趋于理性、冷静。

细细想来，最近几年除了被莫名其妙地"扔"到福源文化站当个"打杂的"这件事让她起了情绪之外，鲜有别人的事能让她生出心绪来。

但今天这事，却硬是让她夜深难眠……

罗玉盈在家门口徘徊了好一阵子，才拿出钥匙开门进屋。

一进门，外孙子外孙女一如往常一样奔了过来，只是罗玉盈难掩一脸疲惫之色，没法儿好好同他们玩闹，只得让老伴儿将这两个小家伙招呼到他身边去一块儿看报纸。

现在的女儿是已经有了一儿一女的母亲了，正是人到中年"上有老、下有小"的年纪。见着罗玉盈这副神情，叹了口气道："妈，您能不能歇歇，别折腾了？"

"您说您已经到了这个年纪了，就在家好好帮着接送下孩子，好好地享受天伦之乐，何苦每天跑来跑去忙些有的没的，最近还总是忙到这么晚，到底为的什么呢？"女儿一边收拾碗筷一边道，"给您留了一碗凉瓜黄豆排骨汤，热着呢，我去给您端出来。"

"好。"罗玉盈应着，却不知道怎么继续往下说。

虽然她知道自己整理咸水歌、推广咸水歌的脚步没法儿停下来，但今天的事情却着实让她心里不好受。

史梦临告别前跟她说，这件事既然一开始瞒着了，那就别再提及。但罗玉盈心里仍旧不好受得很，总觉得有些对不起家里人，得回家找家里人说说。

可没想到还没等她开口，女儿就已经是一番"数落"了。

也难怪，女儿和女婿都上着班，孩子确实需要有个家里人帮着照应，这是人之常情，也是他们这些街坊邻里时常见到的相处模式。

罗玉盈当然是明白女儿的心思的。如果她不"折腾"这些事情，一来可以在家好好休息，二来可以帮着照看孩子，确实是件其乐融融的事情。

可现如今，就因为她每天都把大部分的精力放在了走访、搜集和整理咸水歌的资料上，这些女儿期望的事情别说做了，就连想都没时间想。

方才说的那些话不是女儿第一次说了，今天之所以口气重了些，也是因为她今天将近十点半才进的家门。

这一番思绪下来，罗玉盈觉得史梦说的不无道理，她碰上的这档子事儿若是让家里人知道了，岂不是更加担心、更加鸡飞狗跳了？

所以，罗玉盈选择了闭口不提。

然而，老伴儿却是个细心的人。

女儿把汤端了出来，看出了母亲面容疲惫倦累，只当是今天整理文稿的活儿又超负荷了，眼中浮现出一丝心疼，道："今晚可不许再忙活了，待会儿吃完饭冲完凉就上床休息！我一会儿还要备课，让两个小东西来监督您！"

罗玉盈轻笑着点头，但却没像平日一样接话玩笑起来。

老伴儿放下手里的报纸，缓步走到餐桌前，坐在了罗玉盈身旁，道："慢慢吃，不够吃的话我再给你煮碗竹升面吃。"

罗玉盈一顿，鼻头有些酸楚，却没让眼眶继续湿润下去，而是想了想道："够了，不饿的。"

当年，罗玉盈跟老伴儿在同一处下乡，每每碰上困难或者不如意的事情，老伴儿就总能在第一时间出现在她身边，关切地询问她的状态如何，饿不饿，需不需要做一碗面吃……

婚后这么多年下来，老伴儿依旧保持着关心自己的习惯，成了他们俩之间心照不宣的秘密。

方才老伴儿说的话直接戳到罗玉盈心里头去了。

他这是看出来她心里头有事，而且是让她伤心的事情，这才说了这话。

老伴儿就这么安静地待在罗玉盈身边，陪着她把这碗汤喝完，而后起身帮她把喝完的空碗拿进厨房洗刷干净后，见女儿进屋备课、孩子们在自己房间里做作业，这才开了口。

"碰上什么事儿了？"老伴儿蹙眉，抬手抚在罗玉盈手上，关切道。

罗玉盈望向老伴儿，一时红了眼眶，却不知该从何说起。

"如果没想好，就迟一点再说也行的。"老伴儿看出了她神色有些为难，"总之，有什么扛不过去的还有我在，千万不要自己硬撑，知道吗？"

罗玉盈笑了笑，点头道："嗯，知道的，谢谢！"

"一家人，这么客气做什么？不管碰上什么事儿，再难都有我在！"一句话，让罗玉盈支撑了许久的坚强终于柔软着陆了。

温暖的家，是负重前行的人最温馨的港湾。这句话放在什么时候都不会过时。

到现在，罗玉盈其实也说不明白自己到底是出于什么原因执意要把咸水歌整理出来让更多的人知道。

一开始或许是因为喜欢吧，但喜欢更多的会是一时心血来潮，却没办法支撑她这么多年始终如一地做这一件事情。

经过了这件始料不及的事情之后，如何面对那一堆辛苦跑来还未整理完毕的资料，是罗玉盈必须面对的问题。

难道就这么放下？对于罗玉盈而言，这是不可能的。

暂且不说她是否甘心，单就这些年跑下来这些人对她殷切的期待和诚恳的参与，就让罗玉盈身上多了几分无法轻易卸下的责任。

这份责任感与她心底里最初在老西关的那些旧巷里生出的那份不甘一起，让罗玉盈无论如何也没办法就此停下脚步。

夜静了下来，罗玉盈站在自家的小院儿里看着天上的月亮，感触良多。

同此时的史梦一样，今天的事情又在脑海里翻涌出来，思绪万千。

说起来，今天多亏了史梦发现了其中的破绽，才及时止损，否则，真到罗玉盈把书稿整理完毕，再把尾款打过去，那可就真的是损失惨重了。

这件事让罗玉盈开始往另一个方向思考问题。

这么久以来，她和陈哲的思维都是致力于将福源文化站的工作从他们手上原原本本地交到史梦手里，甚至于到现在都认为史梦的首要任务，是将他们教授的东西都给接受下来。

但似乎这里头有一个重要的问题给忽略了，那就是史梦和他们之间的年纪代沟，以及这个代沟带来的他们在很多事情上的想法和处理方式的不尽相同。

而这，或许就是他们这么久以来一直无法真正融入彼此的关键所在。

第六章　邀请

今天这件事情虽然让罗玉盈有些失落，但对于现如今年轻人的处事态度和想法却有了更进一步的了解。

时代在不断地变化，史梦这样的年轻人的确是对这个时代最为熟悉的人。

他们有自己的想法，也有自己的判断，比如今天的事情，史梦的判断确实比她有过之而无不及。罗玉盈不得不承认，年纪大了的人有时很容易犯"倚老卖老"的毛病，总觉得自己经历得多、看得多，并因此觉得年轻人大多缺乏历练，现在想想，这样的看法确实有失偏颇。

对于史梦的工作安排，罗玉盈刚来的时候陈哲就跟她说了，让史梦跟在她身边学习，如何把咸水歌的背景和相关文化内涵传授给史梦、如何安排史梦在文化站工作中的日常，这些陈哲都有明确的指示。

可唯独没有一点，那就是让史梦真正参与到咸水歌这项非遗文化的传播工作中来，并且发挥她的能动性来推动这项工作的进展。

毕竟在陈哲看来，史梦就是一个心气太高的高才生，要以锻炼耐性为主。此前，罗玉盈也是这么认为的。

可是，这样的安排真的就是对的吗？罗玉盈不禁反思起来。

去南江社区造访陈老太，在她和张新对着电脑显出尴尬时，史梦的专业技能派上了用场，并且发挥了很大的作用。但如果不是陈哲突然参加会议没办法一同前去的话，史梦是否有机会参与其中呢？答案当然是否定的。

再有，这几天史梦忙活着文化站里一些日常海报修图，如果不是她正好有空闲起来帮忙录入那些咸水歌原始资料的话，可能到现在为止罗玉盈仍旧蒙在鼓里，还在耗费宝贵的时间和精力配合那群骗人的家伙。

就这么思索到了下半夜，罗玉盈自己总结出一个道理：有必要让史梦加入接下来的咸水歌传承保护工作，并且很有必要发挥她的主观能动性。

往大了说，这也是时代的需求，如若不然，等她和阿楚这些人日后一一归了尘土，这东西不也一样面临无人知、无人晓的境地吗？

想通这一层的时候，外头的喧嚣已然沉寂了下来，露出了白天难得一见的安静和冷清。

罗玉盈站在阳台上眺望这个逐渐熟睡的城市，决定把这几天经历的事情以及由此引申出来的新的工作思路告诉陈哲。

第二天上午，罗玉盈同陈哲一五一十地讲了个明白，陈哲听得一愣一愣的。

"竟然有这样的人！真是太可恶了！"陈哲有些生气，"也怪我，先前一直忙着自己的事儿，竟也忘了帮您把把关。真是抱歉，罗老师。没什么损失吧？"陈哲关切地询问了一句。

说起来，当初要把咸水歌的资料整理出来结集成书的想法是罗玉盈最先提出来的。

当时陈哲虽然同意，但却为渠道的事儿犯愁，且不论能否找到不追求市场热度、不急财的工作室或出版社承接这件事情，就是整理资料这件事就很让他头大。毕竟罗玉盈上了年纪，文化站稍微年轻的干事又快要生了。

所以这件事当时并没有第一时间就被定下来，但罗玉盈却心心念念地想要完成这件事情，故而此后又正式、非正式地提起几次，还不忘自己找渠道帮着推进。

最后，罗玉盈从网上找到了这家文化公司并且初步促成了签约出版的意向，并再次提出了自己的这个提议。

陈哲见罗玉盈十分坚持，其渠道也找好了，故而最后同意了这件事情，只道若真要干成，他恐怕没时间帮忙。

罗玉盈当然明白，于是自己扛下了所有的流程和工作，只希望这本带着她满满期待的书能快些结集出版，与广大市民、广大读者见面。

却不想，原来是这么一档子不靠谱的事儿！

罗玉盈晓得陈哲的个性，若是知道她之前不慎在里头垫了钱，一定会二话不说地给她转账的。

在罗玉盈看来，这件事源头在她，是她自己没有处理好，自己付出点代价也无可厚非，若是让陈哲帮着背锅，那可比她自己多汇一两万元都要内疚难受的。

于是罗玉盈回答道："倒没什么，只是投入了点精力而已。不过也没关系，毕竟这些资料本来也需要整理，不妨事。"

陈哲对上罗玉盈的目光，试图确认罗玉盈是不是说的真心话，却不想罗玉盈早已扭过头，从手机里翻出那天在南江社区，史梦与陈老太的合影。

"我觉得，阿梦并不是真的如我们看到的那样。我总觉得，她是个心地善良纯真的孩子，否则也不会有这张照片，你说是不是？"

罗玉盈拿出来的是他们从陈老太家出来，陈老太下一楼台阶时，史梦赶忙过去扶着她的照片，照片里陈老太脚边有一摊雨水。

"我们出来那会儿雨小了，但却没停，天上的乌云黑压压的，因为怕一会儿暴雨说来就来，我和张新急着赶到车上，却在转身之际看到了史梦猛地跑过去扶着陈老太，叮嘱她脚底下有摊雨水。我当时就想，如果她真的是一个高冷、自以为是的人，在我们采风完毕为什么只有她惦记着搀扶陈老太，甚至比我和张新更心细、更贴心？"

"嗯，这么听的话倒也没错。"陈哲接过照片，点了点头又笑着道，"但这应该不是您今天特意找我聊这一通的核心内容吧？"

罗玉盈也跟着笑了起来："没错！我跟你说这么多，是希望你能调整下工作安排，让史梦跟着我一起，把咸水歌非遗推广传承的事情做下去。"

陈哲思考了一会儿，问道："你的意思我明白，这几天的事她的表现确实出乎我对她的预料和判断，但……你真的觉得她可以帮得上忙吗？"

罗玉盈顺着陈哲的话认真想了一下道："嗯！我确定她会是个好帮手。"

"既然如此，那就试试吧！咱们多碰碰，中途真有什么意料不到的，也好及时调整不是？"陈哲松了口同意道。

"行！没问题！"

和陈哲聊完之后，罗玉盈同陈哲并肩回到福源社区文化站的办公室，待史梦忙完今天手头的活儿之后，罗玉盈笑嘻嘻地起身上前，把一份简洁却不失隆重的邀请函递到了史梦手里。

看来，罗玉盈早就准备好了。

"史梦，我代表福源社区文化站郑重邀请你加入到非遗咸水歌的宣传和推广项目中来，希望你能同意！"

罗玉盈一脸笑意，史梦抬眼望向她，感受到了比以往更加浓烈的亲切感。

"罗老师，我……还没弄明白，咱们不是一早就在做这个事情了吗?"史梦轻笑一声,直言道。

见史梦不大明白,陈哲接了话:"确实,之前你也从罗老师这里接触到了咸水歌文化,也算不上陌生。只是这次邀请与之前不同,这一次我们打算改变只对你进行简单介绍的模式,转而让你发挥自己的主动性,参与到其中来,用你们年轻人的思维模式和做事方式来为这个项目添砖加瓦,不知你意下如何?"

史梦听明白了陈哲的话,但却神色有些为难,想了想微微皱眉道:"陈老师、罗老师,很高兴你们将这样的重担交给我,对此我很高兴。只是……"

罗玉盈见史梦欲言又止,似乎并不意外,毕竟这个年轻人从来都有自己的想法和判断,而且独立得很,绝不会因为难为情或无法推脱而勉强自己去做不喜欢做的事情。

在这个问题上,昨晚上罗玉盈的老伴儿说的话不无道理。

昨夜,罗玉盈家的阳台上。

老伴儿说:"你想让这个史梦加入的想法是好的,我也理解你希望年轻的、符合时代的思维模式和做事方式让这个项目更加顺当地开展下去。可是有一点你也许操之过急给忘了。"

"你是指什么东西?"罗玉盈不解道。

"现代年轻人的独立和自主恐怕会比我们那个时候,甚至比女儿那个时候都要强烈,这一点,你同她接触了这么久,应该比我更清楚才对。"

老伴儿的话让罗玉盈陷入了思考。

也正是这些思考,让罗玉盈在向史梦发出邀请时,面对她的一时难以点头有了足够的心理准备。

"没关系的,我们只是先向你发出邀请,同不同意看你自己,我们也不催你,想好了是加入还是不加入,和我们说一声就行了,不需要有负担。"罗玉盈的这席话让史梦的眉头极为明显地舒缓了一下。

"好，"史梦应了一声，"今天让我回去好好想想，明天给你们答复！"

"好，随时等你！"

言毕，史梦收拾好办公桌上的东西，离开前同陈哲和罗玉盈道了别，而后下班回家了。

陈哲望着史梦离开的背影，重重地叹了一口气道："罗老师，说句你不爱听的话，我担心，你一片期待最后付诸东流啊！你看看……"

陈哲说着，指了指史梦刻意留在办公桌上的邀请函，又道："这才刚刚从你手上接过来，就扔下走人了。现在函是你给她的，我不好说什么，但要是从我手里接过去的这么扔下，我估计会喊她回来拿走！"

罗玉盈看着陈哲一本正经吐槽的样子，不禁笑了笑："你跟一个孩子置什么气？"

"孩子？"陈哲道，"要是孩子就好了，还知道有怕的东西，现在就是这么天不怕、地不怕的性子才最难管！"

陈哲的话罗玉盈还是明白的，毕竟他的身份和角度决定了他对史梦的要求和看法和她不同。

说起来，陈哲是个管理者，管理者就会有管理者的思维。

这一点，罗玉盈并不打算扳过来，而是持尊重和理解的态度。正如陈哲在她所专注的咸水歌宣传推广项目上给予她足够的尊重一样，这两者是一个道理。

"你也晓得这个事情真要坚持做下来，不是一两句话表明决定或即刻接受就能完成的。"罗玉盈平复着陈哲的怒气道，"要我说也未尝不是好事，起码说明她对咱们的邀请还是挺慎重的。如果她真的能经过深思熟虑后参与进来，那么日后必然是一把好手。要是她拒绝接受咱们的邀请，那么就算现在勉强答应咱们，以后也总会有退出的一天，还未必能全身心投入呢，岂不是更给咱们添累赘了？"

罗玉盈的话不无道理，让陈哲虽然仍在气头上却找不出话反驳，只道："但愿吧！希望她不要辜负你的期望就好了！"

"不会的，放心吧！"罗玉盈笑着应了一句。

面对罗玉盈今天的邀请，史梦确实有些意外。

沿着江边走着，看着随着江风摇曳的水面以及水面上时不时被观光艇划破的水痕，史梦开始静下心来，认真思考这份突如其来的邀约。

陈哲的话说得明白，在史梦看来，陈哲的意思就是以前一直当你是个"外人"，现在要把你当成"自家人"，然后拥有与他们俩一样的身份去完成福源社区里的事情，尤其是咸水歌宣传推广的相关工作。

这一点，是史梦最无法接受的一点。

从来福源社区那一天开始，史梦就没想过在这里长久地待下去，换言之，一直在这里当一个"外人"，而后混到时间到了回上级单位去，是史梦所期望的最好的安排。

可现如今，这份"最好"的安排似乎要被这个邀请给打破了，如果真的成了福源社区文化站里不可或缺的一员，那么日后她岂不是回归无门了？

想到这里，史梦不由得心沉了沉。

就这么坐在江边的长椅上，史梦前前后后思索了很久，想到这些日子以来在福源社区遇到的各种事情，一时难以下决定。

依旧思绪有些乱的史梦迈着懒懒的步子走到了地铁站，打算径直回家冲个热水澡再好好思考这个问题的她，却在刚进地铁站时，被眼前的一幕绊住了脚……

地铁的通道里，下班时分人来人往。同往常一样，史梦背着包，微微低着头，径直往前走去。

与平日不同的是，史梦在打算转弯时听到了通道尽头处隐约传来吹笙的声音，不由得疑惑，这个时候有谁会在这里吹笙？

起初史梦以为自己听错了，可这声音虽然隐约却不绝于耳，她随即转头朝着声音传来的方向走去。

果真，转过一个弯，史梦远远地见到了一攒笙和正吹着它的主人。

史梦想了想，迈步走了过去。

这是一攒通体黑色但看得出斑驳的笙，但它依旧能够被吹奏出来，虽然音质并没有十分优质，但却还是流畅的。

它的主人是一位满头银发的老妇人。

她穿着一身同样黑色的粗土布衣衫，手肘的地方打了个不大不小的补丁，不仔细看的话看不出来，此时她正好抬手抱着笙对着气口吹着，史梦顺势见着了。

老妇人坐在地上，一只脚盘着，另一只脚伸直在前头，脚上穿着有些脏的布鞋，里头套着白色的袜子。

脚边放着一个盒子，是专门收路人零钱用的。

没错，这位老妇人在卖艺乞讨。

她正在卖力地吹着一首曲子，听起来挺耳熟的，史梦仔细回想了下，这首曲子外婆在她小的时候唱过，好像叫《南泥湾》。

老妇人卖力地吹着，人来人往的多是年轻人，有些人会瞥一眼而后匆匆离开，但大部分都低头看着手机若无其事地路过。

也不知道这位老妇人来多久了，纸盒子里孤零零地躺着一张五块钱，什么都没有了。

史梦低头去翻自己的包，打算给这个老人家放下二十块钱，心里想着起码二十五块钱够她吃今天的晚饭了。

可打开钱包的时候才发现，钱包里除了几张银行卡之外，一点现金也没有。

再想想，这样的情况已是常态，自从习惯了电子支付，她就没了带钱的习惯，甚至试过过年时找开的一百块钱到十一国庆了都还没花出去。

老妇人依旧吹得很认真，一攒笙吹出来的声音有些孤零零，同她当下的处境十分相近。

史梦不觉动了恻隐之心，转身到地铁站的便利店换了些零钱回来，最后把二十块放进了老妇人的纸盒里。

老妇人正把心思都花在吹笙上，没工夫看史梦放了多少钱，待史梦转身离开、曲子正好吹完之际，老妇人看清了，才在她身后连声道谢。

史梦停下脚步，转头轻笑了一声道："不客气！您吹得很好听！"

说完这话，史梦思绪万千。

笙，是传统古老乐器的一种，史梦之前听说过，它是这个世界上最早的自由簧乐器。

虽然她上学的成绩不错，学什么东西都快，但学一样乐器有多不容易，尤其是学这种传统古老的乐器有多不容易，史梦还是心中有数的。

可以想见，当初这位老妇人学习这件乐器的演奏时，一定是花了不少精力的，否则吹不出一首完整流畅的曲子。

只是，她当初学的时候应该没有想到过最后会在繁华城市的某个角落里，坐在地上凭借着这点技艺换钱吧！

然而，事实却已然如此。

史梦觉得，仔细听，其实这演奏并不差劲儿，只是这笙略微有些陈旧了，所以吹奏出来的声音不那么动听，但笙的演奏就是如此，老妇人虽然席地而坐，却没有折了这攒笙与生俱来的使命。

可是，没有人停下脚步欣赏，甚至有很多人都没有注意到这个角落里有个老妇人正认真地吹着一攒笙。

史梦很感慨，心里头冒出一个想法，觉得之所以如此，十之八九是这些年轻人觉得不好听吧！若是觉得好听，若是有被打动，谁又不是情不自禁地靠近、赞叹、欣赏呢？

可说起来，如果不是最近跟着罗玉盈见到那些满头白发的老艺人、老歌唱者，她其实也不会将时间和精力投入在这些事情上。

关于这一点，罗玉盈对于她心心念念的咸水歌不正是如此吗？

想到这里，史梦顿时明白了罗玉盈在咸水歌的宣传和推广上不遗余力的原因了，说起来，她与咸水歌生出了共鸣，爱上了这东西，故而义无反顾。

而她呢？从来只听欧美排行榜、流行风向标的她，此时站在这里听一位老妇人吹奏一攒上了年纪的笙，还生出了赞赏之情，又是为什么？

这个问题一直萦绕在史梦的脑海里，直到临睡前，她才在喧嚣退尽的夜幕里找到了答案。

夜很深，很适合思考一些凌乱而找不出头绪的问题。日间来来往往、车马喧嚣的城市在慢慢地安静下来，在这座城市里，忙碌了一天的人要想抬眼看看天上的月亮，只有在奔波了一整天之后，才有这样的闲暇和心情。

史梦是个直率的人，同时她也从来不避讳讲自己感性的一面。

她自己清楚，今天停下脚步听这位老妇人吹笙，很大程度上是看到了这个表演背后曾经的认真付出和如今的艰难境地。

而这，也并不只是为这位老妇人所有。

推此及彼地想想，罗玉盈坚持搜集、推广和宣传的咸水歌，那些逐渐被淹没在时代洪流中的曾经的艺术，不也有着同样的处境吗？

　　这些日子下来，她在福源社区见到罗玉盈如此卖力地、忘我地投入到咸水歌宣传项目中，却一个不小心被居心叵测的人给坑了。

　　在这件事情上，她有着同样的恻隐之心。

　　今天，她忙里忙外地为这位老妇人换了二十块的零钱，虽然麻烦，她却觉得很有必要，甚至没来得及想自己为什么这么做。

　　那么，对于碰上同样困境的罗玉盈呢？对于同样碰上这种艰难处境的咸水歌呢？她又该做些什么？又能做些什么呢？

第七章　融冰

如同往日一样，夜深时分，仍旧是罗玉盈埋头整理资料的时间。

临睡前，罗玉盈才把手机打开来，看到史梦给自己发来的信息时，不觉有些意外。

"罗老师，如果您还没睡的话，我能给您打个电话吗？"

罗玉盈看了看时间，是三分钟前发过来的，随即回复道："我还没睡，你有什么事打给我吧！"

不一会儿，史梦的电话便打了过来。

"罗老师，真不好意思，打扰您了！"

"没事，反正也还没睡，谈不上打扰。是有什么事情吗？"

"嗯……我想了想，决定接受您今天发出的邀请，跟您一起加入福源社区咸水歌项目，您看行吗？"

罗玉盈以为自己听错了，微微一愣后，回过神来道："当然行！当然行！"

史梦一笑，道："那咱们明天就开始吧！"

"好！"罗玉盈想了想，又问，"我能知道是什么原因让你这么快做出这个决定的吗？"

史梦在思考："是恻隐之心，也是责任吧！"

罗玉盈没有明白史梦说的是什么意思，但就她对史梦的了解，她绝不是心口不一的人，她能决定加入，还有什么比这更重要呢？

第二天，陈哲知道这个消息的时候正在吃拉肠，咬进嘴里竟是一口也没嚼，生生愣了半天。

"怎么？太咸啊？"罗玉盈见他如此，忙递水道，"喝口茶缓缓。"

陈哲回过神来，嚼巴干净之后问："你确定她这不是心血来潮吗？昨天下午那样的态度，昨晚上临睡前就想明白了？怎么听着这么不靠谱呢？"

"行了你，就别吹毛求疵了。"罗玉盈道，"人家好歹是答应了呀，再说，我还是那话，她不是随便应付的人，应该是想明白了什么的。"

"想明白了什么？"

罗玉盈摇摇头："一时没问明白，还不知道。"

"你都没弄明白就这么笃定，要是她……"陈哲有点不依不饶起来。

"所以你不想让她加入，是不是？是的话请直说，不用这么来回说车轱辘话。"罗玉盈打断陈哲道。

陈哲叹了口气，也知道自己确实带着情绪去看待史梦这个问题。

"行吧，反正这事儿你比我专业，你都点头了，我还能添乱吗？总之，一切能好好地进展，就最好了！"

"放心吧！我会随时向你通报情况的。"罗玉盈笑着保证道，"既如此，那就择日不如撞日，我今天就带她去采风吧！"

陈哲欲言又止，想了一会儿，道："行，去吧。"

于是，一个半小时之后，史梦便和罗玉盈坐在了另一位水上居民后代宋金嫡宋阿姨的家里。

一些过往辛酸事仍旧听得大家心情不甚愉悦，只是今天有所不同的是，史梦参与到了其中，带着自己的思考和好奇参与到了宋金嫡的回忆里头去。

"宋阿姨，您方才说您有一个好姐妹叫金钏，您的哥哥叫金水，还有一个隔壁小伙伴叫金宝的，我有点好奇的是，为什么大家都起这样类似的名字？按说可用的字也有很多，可为什么唯独'金'这个字用得这么广呢？"

史梦的着眼点与罗玉盈有些不同，很大程度上是带着年轻人的视角寻找问题。

宋阿姨一笑道："你倒是说对了。能用在名字里的字很多，但水上人家给孩子取名还真是来来回回绕不过那几个字。'金''银'这样的字用得多，主要还是水上人家生活苦、穷，取个富贵点的字有点期盼吧。"

"那还有吗？这种很有水上人家特色的名字还有吗？"

"当然有啊！水上人家的孩子并不娇贵，总喜欢叫些接地气的名字，比如'虾仔''虾妹''水娣''水妹'这些，我们小时候那会儿一听名字就能猜中这个人是不是住在艇里的。"

史梦一笑，在电脑上记了下来，道："真有意思！还有人叫虾仔的！"

见史梦对此颇感兴趣，宋阿姨又多说了几句。

"你别说名字了，其实就是现在广府人还保留着当初水上居民生活用语中的一些习惯，我估计这里头有一些你也是听到过的。"

"哦？"史梦果真来了兴致，问道，"比如呢？"

"胜瓜听过吗？"

"嗯嗯，听过，很多酒楼的菜牌里都有这个名字，上菜的时候其实呈上来的是常见的丝瓜。可为什么叫胜瓜呢？"

"在粤语里，'丝'和'尸'是同一个发音，水上人家天天在水上漂，命都悬在船艇上，故而很不喜欢这个字，就给改了，改成了人定胜天的'胜'，后来就这么传开了。"

"原来是这样啊！一个字都这么讲究，说明真是有所忌讳。"

"可不？还有很多外地人不是很明白的'猪润''通菜'都是这个意思。猪润就是猪肝，通菜就是空心菜，'干''空'这样的字样都不吉利，故而都给改了。"

史梦笑着把这些话一一记录在了自己的电脑里："还有呢？"

"还有很多，比如吃饭不能把筷子搁放在碗上，行船在外要避讳'搁浅'；所用的食具不能倒置，避讳'翻盖'；水上人一般不吃鱼的眼睛，怕看不清航路等，都是水上人基于自己的日常生活和行为习惯逐渐衍生出来的一些生活风俗。"

"是的，这些水上人的习惯在广府生活文化里还真是随处可见。下次再有人请我吃粤菜，我就可以'掉书袋'了，哈哈哈！"史梦说着，自己调侃起来，引得罗玉盈和宋阿姨也跟着笑了起来。

走出宋阿姨家的门，史梦道："罗老师，我回去再过一遍今天的笔记，如果没问题我就发给你。"

"好的，不急！"罗玉盈笑着道，"有你在，我今天的采风速度还真是快了不少啊！辛苦你了！"

罗玉盈对史梦今天的表现很满意，一来是她主动参与到了其中，二来是她用自己的视角发现了很多自己感兴趣，也是很多年轻人能接受的内容，这是罗玉盈自己采风没有办法做到的。

"罗老师客气了！那咱们先回去，晚上联系！"

"好！"

这天正好是周末，史梦跟着罗玉盈从宋阿姨家回来，正打算打开电脑整理今天的数据，却接到了萧晓的电话。

"小美女，你回去没有，我和小媛她们正好在这附近玩儿，你下来一起唠！话说咱们也好久没聚聚了！"

史梦想了想，和她们几个确实好久没有见面了，尤其是最近这些时日，由于她的岗位的调动，就连在群里头发言都少了很多。

作为住了四年的室友，刚毕业那会儿倒是时常聚聚，但后来大家都忙了，聚的次数就少了，聚的时间也短了。

这么久了，她们几个出来玩儿依旧想着带上她，这让史梦觉得实在不好推却，故而笑着道："你把地址发给我，我把事情处理完就过去！"

"好！"萧晓笑着应道，而后在微信上给史梦发了一个地址。

史梦看了下地址，预计了下前往目的地的时间，又看了看尚未完成的文档，给罗玉盈打了个电话。

电话那头的罗玉盈如同白天一样，笑着迎接她的每次提问和需求。

"怎么了？回到家没有？我刚到家。"现在的罗玉盈和史梦之间有了先前没有的熟络，故而说起话来也少了很多客套。

"罗老师，我有个不情之请，不知当讲不当讲？"

"嗯嗯，说吧！"

"今晚上有几个大学同学约着去聚聚，想问下您这稿子明天周六加班完成可以吗？"

"当然！年轻人嘛，工作得工作，生活也得生活，这我懂的！没问题，你去吧！"

"谢谢罗老师！那陈老师那儿……"到福源社区这么久，史梦对于陈哲依旧有几分畏惧，只因他对她着实严苛，她甚至能感受到一丝不满。

"他那儿我去说，没问题的。放宽心，好好玩！"

"好，那就麻烦罗老师了！"史梦放下电话，心里轻松了许多，随即又发了个信息，告诉萧晓她现在叫车过去。

在罗玉盈看来，年轻人的世界本就应该是丰富多彩的。

作为过来人，罗玉盈虽然现如今上了年纪，但这么多年下来却很关注同年轻人的交流，尽管在实操过程中，她有很多碰壁的地方，但这样的想法始终没有变过。

这一次与史梦能合作开来，罗玉盈觉得很开心，至少让她觉得自己还没有变成一个让年轻人不屑理会的老人家。

既如此，那她就应该给予年轻人足够的尊重，而不是一味地强调奉献、付出、顺从和服务。

诚然，这些因子在年轻人的成长过程中是十分必要的，更是构成良好从业习惯的重要因素。然而，现在的年轻人同罗玉盈他们这一辈不同，他们更加有活力、更加有主见甚至思维更加宽泛多变，这在某种程度上决定了他们与上述要素之间会存在冲突。

聪明的前辈和管理者会在这两者之间做调整和平衡，独断专行的管理者则通过施压来解决问题。

虽然出发点是一样的，但效果却截然不同，尤其是后者，非但不能把年轻人并入自己的行列，稍有不慎还会让他们朝着事与愿违的方向而去。

所以，罗玉盈从来没有强制史梦完成任何事情，相反，她更倾向于把决定权交到史梦手上，让她自己去做决定。

这样的相处模式更加轻松也更加愉悦，至少到目前为止，史梦给予的反馈都是超出她的预期的。

想通这一层并不容易，在这件事情上，女儿给了她很大的启发。

临休息之前，罗玉盈想起了方才史梦的担忧，害怕陈哲那里过不了关。

对于史梦临时改主意去玩儿而放弃整理资料这一事，罗玉盈闭着眼睛也能猜到陈哲会怎么说："年轻人，要以工作为重，玩乐的事情以后大把时间安排，怎么能放弃提升自己专业素养的机会呢？"

想到这儿，罗玉盈笑了笑，心道：陈哲有时候确实有些严苛了，搞得孩子们都有些心惊胆战的，是该改改了！

在一家名叫"芭堤"的临江酒吧，史梦见到了许久未见的大学室友。

这是一家里里外外都透着北欧风的时尚酒吧，来这里喝酒泡吧的多是史梦这个年纪的年轻人。

上班的史梦多是穿衬衫半裙，在严肃认真里度过日渐充实的每一天。

但下了班，换上自己的衣服，史梦就跟换了一个人似的。

一身粉蓝紫色法式茶歇长裙，配上白色高跟鞋、棕色小皮包，把日常扎起来的头发一放，整个人宛如一幅动人的油画。

加上史梦本就长得好看，这么一扮上更是成为这个酒吧里的一道风景线，从推门进来就有人在一旁吹口哨。

史梦停下脚步找了一会儿，终于找到了同样穿着时尚的小伙伴们。

"你怎么这么快就来了？我还以为你又要忙到大半夜了。"萧晓笑着迎了上去，给了史梦一个拥抱。

史梦笑着回应，而后坐到伙伴中间去了。

"老板，那杯'火地烈焰'可以上了，我们人来了。"萧晓招呼了起来，把刚才替史梦点的鸡尾酒叫了上来，"你尝尝，这味道和我们当初去德国玩的时候喝的味道很接近，我觉得你会喜欢。"

史梦点头，接过这杯"火地烈焰"尝了一口，禁不住点头道："你果然记性好，确实和当时的味道很像，爱了爱了！"

虽然许久未见，但好友之间的情谊却始终如旧，无须客套寒暄，也无须形式过场，简简单单的几句话而已，又把大家都拉回了熟悉的状态。

这很好，史梦很喜欢。好在方才给罗玉盈打了电话，她这会儿才能安排好手上的活儿，出来同她们聚会，要是一开始打给陈哲的话，估计她这会儿还在电脑前头整理采风素材呢！

想到这里，史梦不禁一笑，又抿了一口手里的鸡尾酒，愉悦地扬了扬眉毛，同她们聊开去……

"难得你们都在，我可要吐槽吐槽我们老板！"萧晓最先开了口。

"得了吧，就你那份优哉游哉的工作还有得吐槽，我还没开口轮得到你？"小媛叹了口气垂头丧气。

大学毕业以后，史梦和跟她共处了四年的室友们去了不同的行业，萧晓当上了网媒编辑，小媛去了一家新兴的互联网公司，史梦则考上了事业编制。

还记得刚毕业见面那会儿，大家一聊起来多是讲自己在工作中碰到的新鲜的、有意思的事情，对各自的未来都充满了期待。

工作了几年之后，大家再聚会的时候就多是吐槽了。

"好好好，看你这么丧，你先说！"萧晓笑着拿起一块西瓜，一副洗耳恭听的样子。

"当初我以为到一个朝阳产业去任职能有源源不断的新鲜感，却不想这种'996'的上班模式真的很让人伤脑筋啊！"小媛捏了捏自己的腰，道，"看，我都累胖了！"

一句话，惹得大家哈哈大笑起来。

"每天坐在电脑前伏案干活，回到家倒头就睡，天天吃外卖，这就是典型的过劳肥啊！"史梦总结道。

"你说的一点儿都没错，但这样的状况将长期存在，我都看不到头了……还是该把秤扔了才算明智？"小媛一脸愁容。

"显然是后者！"萧晓斩钉截铁道。

史梦闻言，在一旁笑了起来："我也赞成！"

"史梦，你变了，你可从来不是这样的人！你的善良、正直哪儿去了？"小媛佯装生气道。

史梦轻笑，没再说什么。倒是萧晓把话接了过去："你崩溃，我也崩溃，一个稿子改了百八十遍的，最后到总编那里直接给刷下来了，你们说我改那么费劲图什么?! 干吗不一开始就跟我说不用呢? 玩我呢是吧?"

她们一一说起各自不愉快的经历，只是她们几个都知道，吐槽其实是另外一种方式的调节，是为了让自己更好地投入新的工作里头去。

史梦觉得自己似乎也应该跟着吐槽什么，如果是之前刚被指派到福源社区文化站那会儿，或许她吐槽得并不比她们俩少。

然而，她仔细地在脑海里想了想，却发现竟然没什么想要抱怨的，别说萧晓她们不相信，就连她自己都不相信。

"你就一点想吐槽的点都没有?"小媛确认道，"还是说，编制内的工作就是好，根本没得吐槽?"

"当然不是。"史梦笑着道，"我也不知道为什么，或许……是因为她给了我足够的尊重吧!"

讲到这儿，史梦脸上的笑意更浓了。

"尊重?"萧晓不可思议道，"不可能吧，你那里不是该乖乖干活才是吗? 更何况你是什么性子我们又不是不知道，规规矩矩的体制内领导应该最不喜欢你这种'刺儿头'吧?"

"就是，你会感觉到被足够地尊重? 我是不相信的。"小媛道。

史梦笑着望向窗外，看着江面上映着岸上点点灯光，若有所思道:"我也不知从何说起。也许她也不是专门把选择的主动权交给我吧，但确实是做到了，这一点我也是心存感谢的。很多事情自己想去做、愿意去做，跟别人让你去做，终究还是不一样的。"

小媛见她这么郑重地感慨着，与萧晓相视一笑道:"看样子不像是假的，能让史梦这么说的人倒还真不多! 话说，你现在负责哪方面工作? 是不是还是系统维护开发这一块?"

史梦回过头来想了一会儿道:"我现在负责一项非遗文化的推广

和宣传。"

"嚯，高级了呀！什么项目啊？粤剧还是粤绣？"萧晓道。

"都不是，是咸水歌。"

"咸……咸什么？"小媛忙确认道。

"同问……"萧晓也问道。

史梦转头，指向远处隐隐的一条夜船道："以前，有一群人以艇为家、以水为生，他们世世代代被当作水上居民看待，生活不易却仍旧对生活充满热爱，咸水歌就是他们倾诉心情、描绘生活的载体……听得明白吗？"

小媛和萧晓望着史梦，像在确认些什么。

"怎么了？"史梦笑道。

"你会喜欢这东西？霉霉、嘎嘎呢？"小媛道。

"艾薇儿、阿黛尔呢？"萧晓道。

她俩说的这几个名字都是史梦尤为喜爱的欧美歌手，她们的曲风也是史梦偏爱的。

说起来，史梦方才同她们介绍的咸水歌，无论形式还是风格都是与她之前的偏好截然不同的。

"我懂你们想说什么。但在我看来，这二者完全没有可比性，换言之，在我的审美里，它们是可以共生的。同样是艺术，没有优劣之分，带着偏好去判断，本就是件缺乏理性的事情。"

不能缺乏理性，这是史梦处事的惯有风格，也是萧晓她们熟知的。

史梦能在她们暂时无法理解的这件事情上，说出这样一番话，可见她并不是冲动地做出的决定。

"你是经历什么了吗？话说得一套一套的，却又都在点上。我都不知道该怎么反驳你了。"小媛道。

史梦道："倒不是经历了什么，只是见着一些人和事有所触动罢了。我这几天倒是想明白了一点，凡事都有好有坏，与其像之前那样每天当个气鼓鼓的河豚，不如试着发现那些视而不见的美，这样下来日子会过得更舒服些。"

"我去！你这通透得都有点不像你了呀！我说刚才我们吐槽的时候你怎么一言不发，原来是心里头有谱了呀！萧晓，咱们这样可不行，被动得很哪！"

"我觉得能把你收拾到说出这番话的那人一定是个高人！"萧晓道，"你之前说只是借调去一年半载的，混一混也就过去了。现在这么看的话，你是变了呀！"

"有没有这么夸张？"史梦笑着，把面前的鸡尾酒给干了。

三个时尚女人笑着碰了碰杯，直至夜半时分才走出酒吧，沿江散了会儿步，而后各自回了家。

回到家的史梦坐了下来，想了想拿出手机，在对话框里敲了一行字："罗老师，谢谢您！"

想了想，史梦又把字都删了，换成："刚回到家，准备整理资料啦！"后头还附上了一个微笑的表情包。

第八章　战友

罗玉盈第二天醒来的时候才看到史梦发的信息，一边吃早餐一边回道："我昨晚上睡得早，没见着你信息！这么晚还在整理资料，辛苦你了！"

今天是周末，回复完信息之后，罗玉盈和老伴儿还有别的安排要忙活。

因着之前阿楚的缘故，后来阿雄也见到了罗玉盈，同她分享了自己作为水上人家的过往，并且唱起了他从小一直唱到大的咸水歌。

细细算下来，从当初罗玉盈第一次在幸福里93号被阿雄拒之门外到现在，时间已经过去了二十多年。

过去的这二十多年，无论是个人、小家还是我们的国家都在翻天覆地的时代大潮中有了新的面貌。

前几日，罗玉盈收到了阿雄发来的信息，说他的女儿这周六结婚，特意邀请罗玉盈和她老伴儿一起出席。

罗玉盈满心欢喜地收下了邀请，并且让女儿帮忙准备了一份礼物跟份子钱。

还记得当初阿楚同她说过，阿雄的孩子们曾在最初被人认出是水上居民的后代时在学校被同伴嘲笑、欺负过。

罗玉盈第一次在阿雄家里见到这个女孩子的时候，她有些内敛和羞怯，连罗玉盈伸出去的手都不敢去牵。

如今，这个女孩儿已经出落成了亭亭玉立的小家碧玉，在她即将步入三十岁的这一年里迎来了人生崭新的阶段。

罗玉盈坐在席间，颇有些感慨。

"怎么了？"坐在一旁的老伴儿见罗玉盈正思索着什么，笑着问道。

"没事，"罗玉盈笑着应道，"就是突然间很感慨！说实在的，过去的这二十多年，很多事情还真是远远出乎我的意料！"

罗玉盈这话听上去像是没头没尾一样，但老伴儿却听得明白。

说起来，过去的这二十多年，罗玉盈之所以一直都没间断地主动搜集水上居民的文化素材，归根结底的一点就是希望这东西能被保留下来不要丢了。

但还有另一个重要的原因，就是希望像阿娟他们这样的孩子不用再为自己是水上居民的后代而受到伤害。

老伴儿还记得罗玉盈跟自己说过，总觉得自己做得还不够多，还没能帮到那些孩子。

可是站在现如今的时间轴上看，现在越来越多的水上居民及他们的后代不再忌讳烙印在自己身上的这个身份，甚至敢于同大家分享这个身份，一方面是罗玉盈这样的咸水歌文化搜集传播者的推动和影响，另一方面则跟时代大潮更迭、变迁以及文化越来越宽容的大背景密不可分。

若非如此，今天阿雄就不会在自家女儿的婚礼上加入水上居民的传统婚嫁元素。

这也是今天罗玉盈前来参加婚礼的另一番收获。

同罗玉盈以前参加的其他喜宴有所不同的是，阿雄把婚礼的地点选在了能放置一艘小艇的江边酒家。

这是一家刚开张不久的酒家，承办婚宴这样的事儿也是几个月前才开始的。

听阿雄说，对于阿雄要求加入小艇的这个请求，门店经理一开始是拒绝的。

"他们说没人这么办过，如果要办的话还得请人来指导，这得加钱。"阿雄笑着讲起这桩事情，"我说请什么？我就是水上人，还有谁会比我懂吗？"

门店经理是个挺有干劲儿的小伙子，思索了一会儿告诉阿雄，可以双方协商试着办这么一个喜宴，如果效果好的话，他们会考虑把这个婚礼模式向客户推广。

"他说，现在的年轻人都喜欢一些跟别人不一样的东西，他新近也正在寻找新思路，所以跟我一拍即合，第二天就准备了起来。"阿雄喝了几杯酒，面色开始红起来。

在那之后，阿雄便忙前忙后地跟着门店经理他们一起策划了这场带着水上人风格的喜宴，为了自己的女儿，也为了水上人的风俗。

雅致的白玉石桥下是一个泛着青色的池塘，池塘里泊着一艘颇有些斑驳的小艇。

起初，门店经理觉得这小艇有些年岁，是不是要找一艘新的。

阿雄说，这样的小艇最好，像极了他年轻的时候娶亲时的那艘艇。

新买的、泛着红光的绸布被仔细地披挂在这艘小艇上，艇上挂着崭新的、亮堂堂的灯笼，风一吹，流苏微微颤着，跟着起了舞。

艇里的东西很齐备，但多是嫁妆。

人也齐备。

阿雄给女儿选了一条漂亮的红盖头，盖头下的女孩子端庄斯文地站着，等着新郎官前来迎亲。

阿雄说他们那会儿得站在船头上对唱上好一阵儿，才能把女儿接走，现如今虽然晓得新郎官不大懂唱咸水歌，但能即时学上一两句也行，只要学上来就把女儿的手递给他。

这是婚宴上阿雄临时加的环节，新郎官颇有些意外的同时赶忙寻人帮忙，着急又认真的样子惹得观礼的人都笑了起来。

见他一时不知找谁，阿雄改了口道："这样，我改改，我唱上两句，你能跟着学唱出来，也作数，如何？"

新郎官当然同意得很，连忙点头，竖起耳朵听了起来。

"满座亲朋咧，满座好友咧，见证一对新人成双咧！"

咸水歌从来都是水上人即兴演唱的，见山唱山、遇水唱水。阿雄这两句当然也是即兴想出来的，自然也就应景极了！

新郎官听进去了，也晓得岳父不会再唱第二遍，故而细细琢磨了一会儿，开口唱了两句，虽不是十分精准但八九不离十，加上大伙儿本就图个热闹，一阵儿叫好声后，阿雄眼角泛着泪光，把女儿的手交到了新郎官的手里。

传统的水上居民婚礼还有一个哭嫁的环节，哭得越凶越好，哭得越声嘶力竭婚后的日子越幸福。

但这个环节阿雄给取消了，只道今时不同往日，女儿出嫁了仍旧是自己的女儿，随时能见着、随时能回来，何必哭哭啼啼的，没这个必要。

故而，阿雄的女儿笑着牵上新郎官的手，一同步入婚姻的殿堂……

史梦忙完，在朋友圈见到了罗玉盈发出来的照片。

还没赶得及吃午饭的史梦给罗玉盈发了一条微信："罗老师，资料整理完了！您这是去了哪儿？还有这么一艘艇？"

不一会儿罗玉盈便打了电话过来。

细听了事情的来龙去脉，史梦笑着道："这位阿雄叔叔也是有心了！我爸也有这份心却未必有这份力。"

话毕，史梦就在电话那头哈哈笑了起来。

罗玉盈也跟着笑起来，想起来问道："你不急，优质女孩儿，肯定大把男生排队等你了！"

"罗老师真会开玩笑！现实往往骨感很多，真相只有一个，那就是我正单身。"这还是史梦第一次跟罗玉盈说起自己的状况。

罗玉盈不大相信，道："我还是不大相信，你怎么可能还单着呢？"

"您老不信？"史梦笑着道。

"真不信！"罗玉盈笑开了，话也不藏着掖着，只道，"前几日还有人跟我打听起你来，我差点就给拒了，好在当时忙没空细细回他。"

史梦已经笑得前俯后仰了："您老还牵线做媒啊？谁这么有眼光？咱们可先说好啊，您这么给我拒了，日后要成老姑娘我可来赖你啊！"

"那不可能，轮谁成老姑娘也轮不到你呀！"

"所以……到底是谁跟您打听我来着？"史梦好奇道。

"这个嘛……我现在这么说出来是不是不大好？"要说实诚也没人比罗玉盈更实诚了。

"我倒是觉得您可以说说，真能在一起也不是您说不说就关系得着的，您觉得？"

"欸，我觉得你说得有道理。能不能在一起还真看你们俩缘分。行吧，正巧他也托我给他搭线，我这说起来也是在帮他！哈哈哈哈。"

话毕，罗玉盈给史梦发了一个人名，史梦一看，又是前俯后仰地笑了好一阵。

周一上午，史梦在去上班之前收到了萧晓发来的信息，说派出所也好，他们出版社这边也好，依旧没有找到当初坑骗罗玉盈的那个方升文化工作室。

　　萧晓知道史梦的性子，她能这么跟进一个事情，必然是希望赶紧水落石出，然而，那人既然打定了主意坑人，且自己留有足够的时间潜逃，那就没有那么容易被抓到。

　　故而她又给史梦发了一条微信："虽然一时没有结果，但你也不要太过着急了，要相信天网恢恢疏而不漏。你若真想帮你同事出一本书的话，我可以等你有空的时候，给你提点建议。"

　　史梦很快回了一句："好，中午的时候我给你打个电话。"

　　忙完了上午的工作，吃饭前史梦给萧晓打了个电话。

　　"我先问你，你这同事出书是为了什么？为了名气吗？如果是这样，我倒觉得没必要。现在每年自费出书的人也不算少，但有几个是真正出名的？还是趁早放弃的好。"萧晓很直接，是个不愿意浪费时间的性子。

　　"还记得我那天跟你说的咸水歌吗？"史梦问道，"她不是为了出名，而是为了让更多的人了解咸水歌，从而让濒临消失的广府水上歌谣获得更多人，尤其是年轻人的关注。"

　　自从那日在酒吧听了史梦的话之后，萧晓对于史梦参与这件事情并且在这件事情上的执着越来越理解。

　　"如果要扩大影响的话，其实方法挺多。我觉得吧，你们的人力现在也不算多，底子也相对薄，不如先从给一些有影响力的报刊投稿开始。嗯……也不用长，大概几千字的版面文字也就够了，关键是要先发出去，才有可能'星星之火可以燎原'，是不是？毕竟写成一本书要耗费的时间和精力并不少，甚至很有可能白搭。"

　　萧晓是专业的编辑，给出的建议果然不同。

　　"欸，你这主意倒是不错，只是，我要怎么投呢？"史梦没做过这行，于她而言，这是一次全新的尝试。

　　"现在很多网站、报纸、杂志都会标明自己的投稿邮箱，你直接去找就行了。哦，对了，要找对相应的版面和内容定位来投，切忌海投。如果实在不知道该怎么写，就上这些媒体的官网或发行物上看看，多看几篇、多读几次也大致晓得他们的收稿方向了，懂了吗？"

"嗯嗯，明白。我这几天开始着手试试，有什么不明白的再给你电话！"

萧晓的话给了史梦不少启迪，当史梦把这些话告诉罗玉盈的时候，也为罗玉盈开启了一个前所未有的新思路。

"你这朋友真是靠谱！这个主意好！她说得没错，写一本书虽然系统些、完整些，但毕竟耗费太多时间精力，也未必能达到预期的效果。更何况我们现在得先把这些东西发表出去，否则再如何精致的文字也赶不及它们的消逝，你说对吧？"罗玉盈转过头，仔细地询问史梦的意见，认真得像个孩子。

史梦看着她，想起人们常说的"老小孩、老小孩"，估计也就是如此吧。

"是的。所以咱们来做个分工，您负责把内容写出来，毕竟您比较熟悉咸水歌，所以您来执笔。我呢，负责找对口的报刊，落实他们的投稿方式，待到文章成形了，咱们就投出去，怎么样？"

"嗯，非常好！"罗玉盈一脸高兴，"既然这样，那便事不宜迟，咱们干起来吧！"

接下来几天，罗玉盈依旧如同此前一样，需要伏案整理材料至深夜，但在老伴儿眼里，这一次却与从前大不相同。

夜深，老伴儿给正在忙活的罗玉盈端了一杯温水，笑着问道："这是有什么好事吗？我看你这回干同样的事儿，眉头却没之前皱得厉害了。"

罗玉盈喝了一口水，笑着道："那当然！我跟你讲，现在可不是我一个人在奋战了，我有'战友'了，而且还是个相当不错的'战友'！"

"谁啊？"

"还能有谁？史梦啊！"

几天以后，罗玉盈把写好的三千多字的文章递给史梦。

史梦放下手头的工作，从头到尾通读了一遍，又修改了一些，而后递给了陈哲过目。

陈哲同样认真地研读了一遍，把文辞和内容修饰了一遍之后，发回给她们二人确认。

用陈哲的话说，这么多年下来，他还没有对哪一篇文章这么上心过。

最终版的宣传稿大家都很满意，这几天史梦也找了不少出版社的邮箱和联系方式，在最终版本敲定之后，史梦便第一时间发了出去！

而后，他们仨便不约而同地开始满心期待。

一周之后，史梦仍旧没有收到任何编辑部或杂志社发来的反馈。

或许是大家一开始对于这件事情的期待过分浓重了，以至于这一周来大家的心里惦记着这件事，虽然工作照常做、虽然没有人提及，但大家都知道彼此心里装着什么事儿。

史梦一向性子有些急，周日的晚上坐在电脑前点开自己的邮箱，仍旧没有任何回复，思来想去给萧晓打了一个电话。

"这么晚你还没睡啊？"萧晓打了个哈欠，"拣要紧的说啊，我已经困得直接能睡过去了！"

"我想问问，投稿一般多久能回复？我这都投了一周了，没人理我。"史梦道。

"嘻，我当什么事儿呢！一般一周左右没答复也正常，你再等等，如果下周还没人答复的话，你可以打个电话过去编辑部问。没事儿了吧，我先睡了。"

"好，你睡吧。"

史梦挂了电话，给罗玉盈发了个信息，告诉她一般情况下编辑部审稿不会那么快，下周看看。

罗玉盈收到信息的时候，不禁露出了笑意。平时看这孩子不怎么言语，却没想是个心细的。罗玉盈觉得，史梦真是个宝藏女孩儿，越看越喜欢了。

就这样，三人又多等了一个星期，依旧没有收到任何编辑部发来的反馈，史梦觉得，这么被动等下去不是办法，还是得自己去问问。

她忙完手头上的活儿，拿着手机走出文化站的办公室，挨个打了过去。

至于为什么不在办公室里打这些电话，是怕像上次一样伤了罗玉盈的心，打算自己问个明白之后，再考虑怎么跟她说。

可还没等史梦拨通第一个电话，罗玉盈就从办公室里出来了，轻拍了拍她的肩膀道："小傻瓜，我都多大年纪了，没那么脆弱！这外头热得很，你把电话都打完了汗都把你淹了，进来吧，里头有空调，凉快。"

史梦看着罗玉盈，笑了起来。

这样的心照不宣让史梦觉出了一种舒适的自在。

虽然她们年纪相差四十多岁，虽然她们共事的时间连半年都没到，但罗玉盈身上与生俱来的亲切感以及她们之间的这份不点自通，却让史梦心生暖意。

接连好几个电话虽然打通了，但却没有人接听，直到第七个电话，史梦才听到了对方的声音。

"您好，风尚杂志社。"

"您好！"方才有些失落的史梦顿时打起了精神，"这边是投稿作者，想跟您咨询下投稿的审稿结果。"

"哦，"对方懒懒的地说，"投稿人叫什么名字？文章叫什么？"

史梦如实报了过去，等待对方的答复。

"呃……"对方支支吾吾了一会儿，"我们已经收到了，会尽快处理的。"

说话间，对方就打算挂电话。

"麻烦等等！"史梦喊道，"这个稿子大概什么时候能给答复呢？我们想尽快知道审核结果。"

"那个……等回信吧，我们会尽快处理的。"

"那我们……"史梦还没说完话，对方就挂了。

这么敷衍的回答让史梦觉得十分憋屈，虽然罗玉盈告诉她这很正常，人家也有工作要处理，但史梦却觉得，这个编辑连一点起码的尊重都没有。稿子发过去也不过三千来字，再忙的话十分钟也能看完，哪怕是拒稿都没有关系，但这么把人吊着确实很不舒服。

"我上他们杂志社问问去。"史梦说着，拎起包就打算往外走。

"阿梦，"罗玉盈喊住了她，"咱们也不急，再等等看就是了。"

"罗老师，您还听不出来吗？这人就是在敷衍咱们。行或不行总得有个说法，再忙也抽得出空看看三千来字的文章，哪怕是退稿咱们也能知道怎么改得更好，是不是？否则，就这么等着，一直原地打转，什么也进展不了。"

史梦的话没错，罗玉盈颇为认同地点了点头。

"行吧，那我跟陈哲说一声，然后跟你一块儿去。"

"您也去？这大热的天……"

"没事儿！我觉得你说得没错，要改进的话就得自己亲自去听听，这样才奏效！"罗玉盈一脸认真的模样，让史梦一时无法拒绝。

"好吧，既然如此，那就一起吧！"

风尚杂志社离福源社区文化站算不上远，开车不过四十分钟就到了。罗玉盈晓得，来到这地方，年轻人会用年轻人的方式解决问题，故而下了车跟在史梦身后，看看有什么可以帮助的。

因着萧晓的缘故，史梦很晓得这一行里的一些部门设置，故而很快就找到了收到他们这份投稿的编辑室。

　　史梦很客气地讲明了来由，并且告诉对方，她们此行的目的并不在于发表这篇文章，能发表当然最好，但如果没达到发表要求，可不可以耽误编辑几分钟，给她们提出修改的意见和建议，毕竟她们希望能在投稿中不断地提升和进步。

　　这位年轻的编辑听完了史梦的话，仍旧用和今天在电话里一样傲慢的态度道："我们会尽快处理，回去等消息就行了。"

　　听到这句话，史梦顿时觉得气不打一处来。

　　在来风尚杂志社之前，史梦已经了解到了这个杂志社的审稿效率，绝大多数稿件他们都会在三个工作日之内处理，这前前后后已经将近二十天的时间了，这篇三千字左右的文章不可能会耗费这么长的时间。

　　所以原因只有一个，他们一路下来都是在敷衍她们。

　　"小姑娘，你觉得这么敷衍一个老人家，合适吗？"史梦终于开了口。

第九章　思路

见一个年轻人带着一个老人赖着不走，同样年轻气盛的小编辑一下子气上了头："我说你是哪儿来的，对我指手画脚？这篇文章好坏且不论，投到我这儿就得我说了算，是吧？再者，这文章的内容压根就没人看，也好意思上这儿来问东问西的！"

"你！"史梦竟气得一句话说不上来。

罗玉盈有些傻眼了。

女儿是个职场人，现在人到中年在单位当了个小领导，手下皆是这些年轻人，她时常在家吐槽现在的年轻人有想法、有主见，却躁得很、野得多。

一开始罗玉盈还不大相信，今天这来回几句倒是理解了女儿说的意思了。

同她那辈人相比，现在多数年轻人自幼生活好得多，不缺好吃好喝，不缺自在追求，唯独缺少一份隐忍。

于他们年轻人而言，这东西是累赘，但于漫漫人生而言，缺少它却未必是好事。

罗玉盈上前，将史梦往回拉了拉，对面前的小编辑道："小姑娘，这文章里的内容主要是反映非遗文化内容，有一定的价值，文笔也考究，你看要不要再……"

"阿姨，您还没听明白吗？我们办的是商业杂志，不是公益刊物，首要任务是吸引读者、留住读者，您这内容就算妙笔生出花来也没人看嘛！"

史梦听不下去了："不是，你怎么就知道没人看？有价值的东西终归是有价值的东西，是经得起时间推敲的呀！"

"这位姐姐，这文章经不经得起时间推敲我不知道，但我们耗不起时间是真！现在的年轻人有自己喜欢的东西，没人会去照顾你想表达什么！只要没人看，我们做的工作就是无用功，说白了我可能连工资都领不全，换作你，你会做吗？"

小编辑看上去年纪轻轻，但却似有说不完的一肚子话。

罗玉盈上前一步，拉住打算同她理论的史梦，只道："她的话也算明白，咱们回去好了。"

史梦仍在气头上，并不想走。

罗玉盈笑着轻抚了两下史梦的手，对上史梦的目光道："听话。"

史梦竟一下子再也气不起来了："行吧。"

两人沉默着走出杂志社，又并肩走了好一会儿，皆一句话也没说。

回到福源社区文化站，陈哲刚开完会回来，见两人一脸消沉的样子，开口道："怎么了？一个个都跟霜打的茄子似的。"

史梦没有说话，罗玉盈倒是开了口："稿子被拒了，还被一个年轻的编辑数落了一顿，说咱们宣传咸水歌的东西太过陈旧，没人看，浪费人家时间了。"

"什么情况？这谁说的？把他喊来，我跟他理论理论！"陈哲一听，顿时气不打一处来，捋起袖子便打算跟人家理论一番。

史梦抬眼一看，道："没用的，我今天已经跟人家理论过了，人家就是拒稿，连看都没看完，只说这内容吸引不来流量，就直接给卡掉了。"

说完，史梦重重地叹了一口气。

"没事儿，"罗玉盈安慰她道，"不就是一篇稿子没过嘛，再写就是了！"

"就是！他们一家没眼光，不代表大家都没眼光啊！"陈哲点头应和道。

史梦眉头皱得更紧了："罗老师，如果今天不去跟那个小编辑争这一回，也许我也是这么看待这个问题的。虽然今天去这一趟很不愉快，但我想说，不得不承认，她说的话某种程度上其实是对的。"

罗玉盈和陈哲有些蒙。

"你这孩子，今天看你在那儿跟她吵，可一点也没看出你觉得人家对啊！"罗玉盈不解道，"既然觉得人家说得对，为什么当时还火气这么大？"

"或许我也是被怒气冲坏了脑子吧！"史梦无奈地摇了摇头，"我当时这么生气更多的是因为看不惯她这么对您，态度很惹人恼火。但回来的一路上我细细地想了想她说的话，其实不无道理。"

"哦，那照你这么说，咱们费尽千辛万苦宣传推广的咸水歌项目就活该无人问津、活该随着时代大潮被淹没咯？"陈哲听了史梦的话反问道。

"你看你，说着说着你又气上头了，听她把话说完嘛！"罗玉盈在一旁道，"甭理他，他就是气不过，脑子还没想明白呢！你说你的。"

"那个编辑说的是实情，现在的媒体很大程度上是奔着挣钱去的，既然想要挣钱，他们就需要锁定流量、锁定受众，这么看的话，咱们的主题确实不大符合现在年轻人的口味。"史梦边想边说道。

"你有什么想法吗？"罗玉盈见她深思了好一会儿，开口问道。

史梦猛一抬头，像是想通了什么似的，笑着道："虽然咱们的咸水歌本身不是年轻人喜爱的元素，但并不代表咱们不能用年轻人喜爱的方式来宣传推广它呀！换言之，如果咱们能想个什么法子把咸水歌和现在流行的趋势结合起来，宣传起来岂不是更加事半功倍？"

"哦！"罗玉盈恍然大悟，"你的意思是，咱们可以用'老酒换新瓶'的方式来推动这个项目？"

"没错！我就是这个意思！"史梦点头。

"不行，这法子不行。"还没等史梦和罗玉盈细细往下聊，站在一旁的陈哲已经站起身来反对了。

"为什么？"罗玉盈道。

"我们宣传的本就是非物质文化遗产，自然要原汁原味地保留下来、传承下去，如果对它进行改造，走了形、没了灵魂怎么办？那咱们继承传扬传统文化的意义又在哪里？"陈哲说着，摇了摇头，"我还是觉得不妥。"

"你这小子，看上去年纪也不算大，怎么比我这上了年纪的老人家还要顽固不化？"还没等史梦反驳，罗玉盈依然对陈哲的想法做出了反对，"且不说之后要怎么改吧，单就眼前这篇文章而言，咱们那么认真地对待了几天几夜，但终究还是被拒稿了，难不成真的是编辑没有眼光的问题？我看未必！"

显然，在这个问题上，罗玉盈和史梦的想法是趋向一致的。

在今天之前，陈哲心里一直有个疑问，对于咸水歌宣传推广的这个项目，似乎罗玉盈将越来越多的主动权转给了史梦，甚至很多地方都以史梦的判断作为第一选择。

这让陈哲觉得多少有些不妥当。

为此，陈哲专门找罗玉盈聊过。

几天前的傍晚，福源社区附近的江边。

"罗老师，有句话不知当讲不当讲。"陈哲道。

"有什么话就说吧！"罗玉盈笑着回答道。作为多年的同事，罗玉盈知道，陈哲开这口，十之八九话会不大好听。

"我不知道是不是我的错觉，我觉得您在咸水歌非遗宣传这件事情上似乎没以前那么有热情了。"

虽然陈哲的眉头皱得很难看，但罗玉盈并没有生气。

"哦？这话从何说起？"

"你看，很多事情你都交给了史梦来做，也不是说不好，但她得懂才行啊！这么交给她太过草率了，她才来不久，对我们这里的工作不熟悉不说，她只是个调岗的人，随时就走了的，这么做缺乏长远考虑。"

"陈哲，既然你说到这里，那咱们就都开诚布公地谈谈好了。"

"您说。"

"我觉得你对史梦有偏见，而且是很大的偏见，是不是？"

陈哲闻言，叹了口气，没说是也没说不是。

"不错，她刚来的时候有很多地方确实做得很稚气、任性，别说你了，就是我有时候都没法接受。但是，人是多面的，更是会变的。没有一个人能说自己看透了一个人，即便接触得再久也没法下这个结论。"

这话让陈哲不禁抬眼看向罗玉盈，眼神中若有所思。

"史梦学历比我们高，她也比我们年轻。这是她相较于我们更加具有优势的地方。当然，这二者曾经被她原来的部门认为是缺陷，比如高学历缺乏实践、年轻缺乏忍耐力。

"但万事都有它的利弊，我们何不换个角度看看呢？她的很多想法、很多观点其实代表了当下年轻人的看法，难道我们要视而不见吗？我们总不可能脱离这些年轻后生，按照我们的想法自顾自地前行吧，他们才是新生力量，才是未来的代表。

"从这个意义上讲，他们的认可才是把传统文化、把我们的咸水歌传唱下去的延续和支撑。你觉得呢？"

罗玉盈的话让陈哲一时找不出反驳的话。但细想想，罗玉盈说的话也不无道理。

这么久了，单靠他们两个"中老年人"来做这个项目，效果都不尽如人意。反正已然如此，再这么下去也未必有起色，还不如尝试一下，说不定还有更好的效果。

陈哲想了想，对罗玉盈道："既然您心里有数，那就试着把主动权交给她吧，不过咱们先说好了，您得帮着监督，她那个性子我多少还是有些不放心的。"

这便是几天前罗玉盈和陈哲的对话。

今天，罗玉盈再一次在陈哲面前帮着史梦寻求主动权，虽然情况相似，但陈哲的心思却有些不同。

他寻思了一会儿，点头道："行吧，既然你们俩都觉得有必要朝这个方向去，那就拟出一个方案来，要做事情总要有个提纲挈领的东西，否则走哪儿算哪儿的容易乱。"

罗玉盈笑着道："领导就是领导，想问题到底全面很多！"

"您老就不要笑话我了，总之咱们的想法和努力的方向是一致的，都是为了让咸水歌为更多人所熟识，让这份非遗文化传承下去。"

史梦点了点头道："好，我这几天好好寻思一个方案出来，过几天提交上来。"

盛夏过后，天开始慢慢地凉了起来。

南方的天气不比北方，秋天匆匆而来之后便开始萧瑟。南方的秋天很缓慢、很温和地过渡着，看似不紧不慢，但却从未停下转变的脚步。

史梦仍旧习惯点一杯金橘柠檬，站在珠江边上，看着江水往入海口缓缓流淌。

于她，似乎从来就没有想过自己会主动地去思考一个关于咸水歌推广的方案，这件事情若是放在半年前，她是无论如何也不会相信的。

要知道，她当初刚来福源社区文化站的时候，当初刚刚接触"咸水歌"这三个字的时候，心里有多抵触。

那时的心情同她现在心底里的态度和想法是截然不同的，就连史梦都不晓得自己是怎么转变过来的。

她很喜欢咸水歌这个文化吗？不见得。

但至少她知道，自己对这份文化有了尊重，而且是一份前所未有的尊重。

也是因为这份尊重，史梦将联系编辑部发表文章、到风尚杂志社同年轻气盛的小编辑争吵的事儿，再到制订方案这件事全都自然而然地去做了。

想到这儿，史梦低头轻笑了一声。

"一个人在这儿喝东西看风景，挺懂享受的嘛。"有人朝着史梦喊了一声。

史梦循声望去，看着来人愣了那么三秒。

"你怎么在这儿，还赶回南江吗？"史梦笑着问道。

张新笑着，没说话，走到史梦边上停下来，转身同她并肩对着江水微微笑了起来："短时间内估计不回了吧。"

"怎么说？"

"按照最新指示，年轻的公务人员要在基层交流锻炼，福源社区有人员需求，我就来了。"张新笑着转向史梦，对上她的目光笑着道，"怎么？不欢迎吗？"

"哪儿敢啊！要不要我现在去扯个横幅给你接风？"史梦笑着道。

"那倒不必破费，"张新说着，向史梦伸出了右手，道，"史梦你好，初来福源社区工作，请多多照顾！"

按说这基层文化站的工作，张新比史梦的经验可丰富多了，听他这么一说，史梦不禁笑了起来，抬起右手回握道："客气！以后多多交流、共同进步！"

一阵江风吹来，史梦额前的碎发轻轻飘了飘，白皙红润的脸上又多了几分灵动，张新抬眼看着史梦，一时有些出神。

回到家，史梦想了想今天下午同张新在江边并肩前行的场景，思索了一会儿，发了个信息给罗玉盈。

"张新来我们这儿是认真的？"

"是的。"

"那他那天问您的那些话也是认真的？"史梦想了想继续道。

罗玉盈想了想，回道："也是的，哈哈哈。"

史梦微微一笑，放下了电话。

罗玉盈去吃喜宴的那一天，和史梦说起过有个人对她感兴趣，打听过她，说的这人就是张新。

对于张新，史梦的记忆仍旧停留在那天在南江社区，说不上来对他有什么深刻的印象或者好感，也说不出有什么不好的感觉，只觉得他这行为有些好笑，这么些年来对她递递情书、说说情话的人也还是有的，她多数时候是持如风过耳的态度，但像张新这么郑重其事地跟罗玉盈打听她并央求她介绍的事儿，她倒是头一回碰到。

不过，她并不想在这件事情上耗费太多精力，在她的人生安排里，有太多的事情要做，张新十之八九又是过客一个，她不大愿意把精力放在一个过客的身上。

因此，史梦短暂地理了理自己的态度和思路，转身又投入到今天的工作中去。

陈哲让她整理出一个方案来，这几天她想了很多，却始终没有十分满意。罗玉盈晓得她最近为这事儿耗神，故而问道："最近要是太累，把手头上的活儿放我这儿做，你好好研究方案就是了。"

史梦一笑，心里头感叹罗玉盈的细心，但却没点头答应，只道："放心吧，罗老师！我会安排好的，实在不行，我再跟您说！"

"嗯，好的，千万别见外！早些休息！"

回完信息的罗玉盈一脸笑意，老伴儿倚靠着床头，边看报纸边道："看来你挺喜欢这女孩子。"

罗玉盈转头，笑着道："可不？要是放在以前，我还觉得年轻人的想法太幼稚、不成熟，现在想想，真正幼稚的，是我们这些先入为主、倚老卖老的人！"

老伴儿不禁笑出了声。这么多年了，当初他眼中那颗璀璨的星星依旧光彩熠熠。虽然她年纪大了，脸上的皱纹多了，头发也斑白了，但眼神里的神采却同他第一次见她那时一样，让他挪不开眼睛。

这么多年下来，生活的酸甜苦辣、日复一日乏味的柴米油盐，罗玉盈身上最吸引他的地方依旧如初。

有很多次，他都对此十分庆幸！

见老伴儿若有所思，罗玉盈凑近了一点，抬眼看着他，又挥手在他眼前晃了晃，问道："想什么呢？"

以前谈恋爱的时候，老伴儿就不是爱说情话的人，现如今老夫老妻了，更是开不了这口，于是他略有些不好意思地低下头，一句话没说。

罗玉盈熟悉他这个神情，更熟悉这神情背后的情愫，只跟着笑了笑道："这么多年，谢谢你！"

老伴儿有些不明白，抬眼对上她的目光，问："嗯？"

"执子之手，不离不弃！"罗玉盈一个字一个字地说着，眼神中的星光更亮了。

老伴儿听明白，抬手握住罗玉盈的手，重复道："执子之手，不离不弃！"

整整花了三天的时间，史梦的方案才有了雏形。

陈哲很是认真地翻阅了史梦的方案初稿，微微皱着眉头，一句话没说。

在这之前，罗玉盈和张新都看过了，他们给出的评价是这个方案做得很不错，合乎实际情况又能付诸实践，不是个假摆设。

但在承担管理责任的上级陈哲看来，方案并不完善。

按照史梦最初的想法，她希望能吸引更多的年轻人甚至少年儿童接触到咸水歌文化，以此来培养受众根基。

这个思路罗玉盈是支持的，张新也是认同的，但陈哲却觉得有些不靠谱。

"我能理解，你的出发点是好的，但我并不认为这个方案能推行下去。"陈哲直截了当道。

"为什么？"史梦和张新同时开了口。

"首先，你所说的让咸水歌文化走进年轻的企业，这个初衷是好的，但要找到一个肯合作的年轻企业并非易事，年轻的企业很多时候都将精力放在了经营上，对于这些文化多数持可有可无的态度，真这么推广下去，无异于把手里头的宝贝硬塞给人家，这样一来抵触情绪只会更大。"

几句话就让罗玉盈和史梦郁闷起来。

谁都知道，现如今咸水歌传承断层、无人问津很大程度上是因为缺乏受众。但如果直接硬邦邦让习惯了流行音乐的人群接触这份文化，最终的结果只能是浪费人力物力，毕竟在他们的脑海里偏好已然成形。

正因为如此，史梦才想着从年轻人入手，毕竟他们的思维习惯和审美方向尚未定型，这对于培养承上启下的受众有着至关重要的作用。

然而，陈哲的话却让她清醒地看到，她更倾向于是一个理想主义者，而陈哲才是真正有过工作经验的。这一点，甚至是张新都没法儿跟他比。

熬了几个大夜写出来的方案初稿就这么轻易地被否了，史梦不免有些失落。

罗玉盈看出了她的这份失落，抬手拍了拍她的背，示意她不要太过介意。

"不过……如果有一股自上而下的力量来推动，这或许还真是条培养受众的路子！"张新站在一旁开口道。

陈哲不明所以："你这话的意思是？"

"我觉得咱们可以换个方式考虑这个问题。"张新站直了身子，慢条斯理地分析道，"如果说咱们现如今的推广方式是万千萤火中一点的话，那我们是不是可以考虑找个更加明亮的、如同明月般的上级主管部门来帮忙推动呢？"

大家一时都安静了。

史梦闻言，在心里头嘀咕道：啊这……好像也没说不可以……

第十章　合作

张新的话大家基本上也懂，找个管辖范围更大、执行能力更强的主管部门来帮忙推广，自然效率会更高，但真要做起来还须从长计议。

且不论张新之前同罗玉盈打听过什么，在罗玉盈看来，这两个年轻人都是有才华、有活力的，她很愿意让他们主动说出自己的想法，也很乐意帮他们主动做出实践。

因此，罗玉盈想了想道："我觉得，你们俩可以好好碰碰，我也想想，到时候我们碰出一个更好的方案来，让陈站长跟着我们一块儿去跑，把这个项目做成我们文化站、做成整个广州的品牌项目都是没问题的！"

罗玉盈笑着，把话交给了陈哲，陈哲不禁一笑道："罗老师这是帮我立了军令状啊！"

"怎么，这难道不是你的心愿吗？咱们人虽然不算多，但这个信心还是要有的吧？"罗玉盈也跟着笑了。

陈哲笑着点了点头，叹了一口气道："革命尚未成功，同志仍须努力啊！"

罗玉盈说的这个终极目标确实是陈哲最近这几年心心念念的。但这几年下来，收效甚微。第一是客观条件限制，只有他和罗玉盈两个人在做这个事情；第二便是缺乏新的想法和有效的思路。

虽然史梦和张新目前在陈哲看来并不是最合适的人选，但罗玉盈之前同他讲的那些话他也听进心里去了，他回去之后也反思了自己这些时日以来对年轻人的偏执态度，否则也不会同意让史梦接手，去独立完成方案初稿设计。

但要说起来，单靠他们四个人，情况仍旧不那么乐观。

只是，现在的陈哲不会再像之前那样一棍子打死他们的任何想法，而是愿意付出耐心和期待，陪他们一起去尝试。

这一点，罗玉盈是看在眼里的。

与此同时，罗玉盈也知道史梦在此之前为了这个方案付出了不少心思，现如今被直接否掉了，多少有些不愉快，故而转向她道："这个新方案不急，先好好休息几天，想休几天假去哪儿玩玩、换换脑子也是可以的，别给自己太大压力！"

史梦笑着点头，道："好。谢谢罗老师。"

这一天下班，张新陪着史梦走在江边，夕阳同往常一样染红了江面，史梦转头望着江面，一路走着却一路没说话。

最终，是张新打破了两人之间的安静："心情不好？"

史梦回过神来，摇了摇头。

"行啦，你也就别瞒我了。一个方案耗费心力做出来不容易，就这么三言两语被否了，换作谁都不会高兴的。我多少也是个过来人，懂你现在的心思。"

史梦转头对上他的目光，轻笑了一声："你眼睛还挺毒。"

"倒也不是毒，只是经历过了，自然也就懂了。"张新说着，停下脚步，低头看向史梦道，"你想不想知道我以前碰到这些事情的时候是怎么处理的？"

史梦想了想，道："怎么处理的？"

"其实吧，这些事在职场里，尤其是刚到一个新地方任职的时候时常会出现，但想通了也不算什么大事儿。你想想，我们认为我们的方案完美得很，但每个人想法不同，这属于正常现象。与其说服别人勉强接受这个方案，却在实施了一半时被喊停，倒不如在启动之初就否掉，这样一来还能及时止损，岂不更好？"

"倒有几分道理。"史梦听着他的话，看着他这耐心开导的样子，又想起之前罗玉盈和自己说的话，开口又道，"你是对谁都这么耐心开导吗？还是只对你觉得有必要的人耐心开导？"

张新一愣，有些丈二和尚摸不着头脑："你的意思是？"

史梦是个直来直去的人，深吸了一口气道："你能跟我说这些话，我得先谢谢你。的确，这些话让我心情好了一些，但有些话我也得让你知道。"

"你说。"

"我是个公私分明的人。我不喜欢别人因为自己的某些私人目的利用工作的便利刻意接近，也不喜欢别人利用工作来博得信任和好感。工作是工作，私人生活是私人生活，二者不可混为一谈。

"今天罗老师让我们俩碰方案，我并没有拒绝，也没什么好拒绝的理由。只是，我必须先声明，如果我同你在接下来的时间有交集的话，我希望是也仅是因为敲定咸水歌的推广方案，而非其他。你明白我的意思了吧？"

张新仔细地听完了史梦的一字一句，大抵也猜到她为什么要说这些话了，只是他没想到她会晓得，也没想到她会说得这么直白。

史梦见他没说话，也觉得自己方才的话可能有些伤人，只道："或许这话有些不礼貌，但在我看来，跟你方才说的'及时止损'也算是一个道理吧。"

话毕，史梦不禁低下了头。

但奇怪的是，史梦这样的处理方式并没有让张新感到不适，相反，他觉得这就是史梦会选择的最真实的做法。

何况，她说的也没有错。

张新见她低下头，轻笑了一声，问："我之前跟罗老师说的话，你是听说了吧？"

史梦仍旧低着头，等了一会儿才轻轻地"嗯"了一声。

张新又是一笑："你能坦诚地同我说出你的想法，我很高兴；你会这么想，我也理解。只是这中间存在一些误解。"

史梦闻言，抬眼道："什么误解？"

"不错，我是对你有好感。"张新也选择了开门见山，"但这并不是我来福源社区的唯一原因，又或者说，我不会借工作机会同你刻意靠近。因为那样一来我必须兼顾完成工作和博得你的好感这两个任务，这么做的话我会很累，一旦累过了头，美感也就没了。"

史梦眨巴着眼睛看着张新，眼神中透出一丝诧异，的确，她没想过张新会同她说出这样的话。

史梦盯着张新看了一会儿问道："所以，你的意思是……"

"我的意思是，我认同你的说法，我之前的话你不要有压力，就当是一种赞美，如何？"张新想了想，对史梦解释了一遍。

"赞美"这个说法倒是挺让她感到意外的，但也同时有了一种如释重负的感觉。

这么多年，她擅长处理各种学业上的数据、各种业务上的压力，唯独在感情这个领域不谙世事。

因为没有结婚，最近这一两年来她同自己的父母越来越容易爆发争吵。

因此，她更加排斥这件别人口中认为的必须完成的事情。于她而言，爱情这件事情可遇不可求，两个人要从陌生人到亲密的枕边人，这本就是一件让人不可思议的事情。

在此之前，对于张新对她这个领域的"入侵"，史梦并没有什么好感，甚至还觉得他有些幼稚，然而，现如今他对这个事情的解释却让她觉得自己一开始的态度有些过了。

史梦抬手轻擦了擦鼻头，又眨了眨眼睛道："嗯，那就好。"

张新在她头顶上轻笑了一声，也跟着抬手在她脑门上轻轻弹了一下，而后笑出了声，迈步离开了。

紧接着这几天，史梦一直在思考着如何把张新的点子付诸实践。

因着史梦的缘故，张新同意了她业余时间不见面的要求，也答应了她有问题随时电话联系，随打随接。

上午九点多，张新在家里吃早餐，接到了史梦的电话。

"你说，我是直接开门见山还是写个高远的立意开始好呢？"史梦道。

"两者兼顾吧，我待会儿也写一个，咱们可以折中融合，找个最优的方式。"

"好。"

中午，张新在电脑前帮着搜索制作方案的材料，史梦给他打了个电话。

"我改了一下材料，现在发你看看？"史梦道。

"嗯，发吧。"

"对了，我整理的那些内容你看过了吗？哪里需要修改？"

"还差一点，改完发你。"

"嗯，直接发微信就可以了，我在线。"

"没问题。"

深夜，外头的喧嚣淡了下来，张新坐在电脑前把今天搜集的资料整理成文，看到一个未接来电是史梦的，拿起手机拨打了回去。

"你刚才找我？"张新笑着问。

"嗯，我想说，我们敲定的第一稿里头有些细节还不是很好，我想在几个地方改一下，行吗？"

"当然！要改哪里你说吧，我记录一下。"

"好，主要是这些地方……"

在接下来的几天时间里，这样的联系和相处方式成了张新和史梦的常态。

两周后，史梦终于把新的一版方案整理出来，准备第二天上班的时候递给陈哲审核。

但在这天晚上，她却没法入睡。

说起来，她并不是患得患失的人，但这一次却不同。

在一个她才刚开始感兴趣的领域里独自做出一个方案，是一件极具挑战的事情，这样的挑战让她感到兴奋，但也同时给了她不少压力。

史梦习惯于正视自己的内心，她明白自己现如今对咸水歌虽然生出了某些情愫，但却并非热爱，也正因为如此，她有些担心方案如若一而再、再而三没法通过的话，会不会影响到她才刚被点燃的这份热情。

如果真是如此，仅凭她对罗玉盈的那一份尊敬维系的话，终究是走不了多远的。

事实上，这样的情况罗玉盈也是能感受得到的，否则，她也不会在这两周的时间里在字里行间时不时地给她减压，不希望她给自己造成太大压力。

史梦懂得罗玉盈的用心，但她自己精益求精的性格却是没法儿改的。

因此，她才思来想去，没法儿安下心来入睡。

最终，史梦从床上坐了起来，给自己倒了一杯温水后，给张新发了一个信息。

"睡了吗？"史梦问。

"还没。有事？"张新回得很快。

史梦想了想给他发了一段语音："没什么事儿。就想问问，你觉得我们新出的这版方案明天通过陈哲审核的概率有多高？"

"我觉得还行。你很担心？"张新回了信息。

"嗯，有点。如果他再否一次的话，我估计也没法儿再想了，可能这事儿会就此搁浅。"

过了一会儿，张新给史梦打了个电话。

"你是还没睡？还是睡不着啊？"张新问。

史梦一笑，道："后者。"

张新也跟着一笑："我猜也是。"

史梦叹了口气，张新在电话那头听得清清楚楚，只道："我倒觉得你应该放宽心。万事开头难暂且不说，单说我们这样的探索，无论是通过了还是被否掉，本身就是一件很有意义的事情。既然如此，我们又何必自己给自己过大的压力呢？"

史梦没再叹气，但也没有说话。

张新接着道："把事情往尽善尽美的方向完成是好事，但也不能过了。任何事情只要给自己的精神、身体造成了压迫，那就是一件得不偿失的事情。

"你平时放在办公桌上的胃药我看到了，我觉得既然方案已经出来了，我们今天晚上就该好好休息一下，因为明天不管怎样，我们又得开始忙活了，得积蓄好精神和体力才行啊，你觉得呢？"

史梦不得不承认，张新每一次分析问题，不管怎么说，都能让她安下心来，这对于向来挑剔的她而言，是很少碰到的。

"谢谢你！"史梦客气道。

"不客气！早点睡。晚安。"

"晚安。"

挂了电话，史梦拉上被子再一次躺在床上，虽然脑海里依旧有工作内容不停地涌动着，但与此同时，张新方才说的话也出现在脑海里。

史梦又想了想方才张新说的话，而后闭上眼睛，将神志专注在自己的呼吸上，竟也慢慢地没了烦躁之意，睡意渐起……

第二天上午，福源社区文化站里。

陈哲低头看着他们俩的材料，大半天没有说话，眉头微微皱着。

史梦等着等着，稍有些不安起来，转头看向和自己并肩坐着的张新。

抬眼看向张新的时候，他的目光早已落在自己脸上，顺势对了上来。

读出她心里头的担忧，张新轻轻一笑又微微摇了摇头，史梦会意，转头继续等了下去。

不熟悉陈哲的人不晓得，但对他极为熟悉的罗玉盈却是知道的。对于每一个新方案，陈哲都会认真阅读，但每一次的态度却截然不同。

很多人会以为，他蹙眉不语的时候是对方案有什么不满，恐怕通过的可能性低，但罗玉盈却知道，现实恰恰相反。

那些陈哲立马一两句话就提出疑问的方案，往往是对他缺乏吸引力的，只有那些能引得他认真阅读下去并仔细研究的，才是他十之八九会点头的方案。

因此，罗玉盈对于史梦和张新合作的新一版方案顿时更有信心了。

"这个……"沉默了许久，陈哲终于开了口，"还有点意思。"

史梦闻言，稍稍松了口气。

"大体方向是不用怎么修改了，就是细节上还得推敲。"陈哲又道，"这样吧，你跟张新明天一早先到文化部门提交材料争取支持吧，毕竟你这方案如果没有上级主管部门的支持，实施起来会有些困难。张新在这方面比你熟悉，你可以多跟他请教。"

　　史梦一时没反应过来。这几天这么纠结的一个方案这么轻而易举地就获得陈哲的点头认可了，虽然只是个初步方案，但这对于史梦却十分重要。

　　"一定！"史梦笑着对张新道，"接下来就请张老师不吝赐教了！"

　　张新笑着对史梦伸出右手，道："好说好说！"

　　罗玉盈坐在一旁看着他们俩这样子，不禁笑起来道："这才几天张新就把史梦'带坏'了哈，她是什么性子，什么时候这么客套过？要换作平时，立马就办事儿去了！哈哈哈哈。"

　　张新笑着道："这么看倒还真是我的错！罗老师放心，我们这就出发，绝不客套耽误工夫！"

　　言毕，大家都开心地笑了起来。

　　从福源社区出来，张新跟着史梦一起搭乘地铁往上一级的文化管理单位去，恰逢中午休息时间，人不算少，张新和史梦挤在人群里，一时没什么话说。

　　坐了三个站，有人下车换乘，张新身旁正好有个空位置，便让给了史梦。

　　史梦本想让一让，但张新把她这话给堵住了："坐吧，你这高跟鞋这么摇摇晃晃地站着，自己摔不摔倒不晓得，但不小心踩着别人就麻烦了！"

　　旁边的人看过来，眼神中带着点笑意，史梦跟着一笑，没再说什么，便坐了下去。

　　"你把包给我吧。"史梦道。

　　张新一愣。

　　"把你身上背着的书包给我，你这书包装这么多东西还摇摇晃晃的，自己重不重且不说，但不小心撞着别人就麻烦了！"史梦笑着道。

张新失笑，只觉得这女孩多了几分可爱有趣，扬了扬眉毛道："好吧，给你。"说话间把书包递了过去。

旁边有人笑着道："这小两口感情挺好啊！"

史梦和张新闻言，目光不禁一接，而后又各有些尴尬地绕开了。

从地铁出来，史梦一路低着头走路，一句话都没说，向来仔细的张新自然发现了。

走了好一会儿，张新停下脚步，笑着问道："不知道是不是我的错觉，感觉你不大愿意去这里。是这样吗？"

史梦抬头，对上张新的目光，叹了口气道："还真是什么都瞒不过你。"

"如果你不介意的话，能告诉我为什么吗？"张新道，"不愿意也没关系。"

史梦转头，看了会儿街道的车水马龙，想了一会儿道："我确实不大喜欢那里。"

"为什么？"

"你或许还不知道，我其实是从这里被借调去福源社区文化站的。我曾经以为他们是为了锻练我才让我下基层的。可是前几天有个前同事离职后来找我吃饭，告诉我这其实是我被排挤的结果。你也知道，我从来不懂人情世故，但这个话确实伤人，我到现在还没缓过来。"

史梦一五一十地说了出来，脸上着实透着不悦。

张新微微低着头，耐心地听她讲完，等她说完了以后，笑着问道："没了？就为这？"

史梦微怔："这还不够郁闷吗？"

张新笑着道："你想听实话吗？"

"当然！"

"好。"张新想了想，道，"在我看来，有两个问题得先搞清楚。第一，是不是真的排挤你，又为什么排挤你，这个有待核实。第二，你的那位前同事为什么在临走之前特意跟你说起你被排挤的这个事情，你想过吗？"

"这……"史梦一时愣住。

"我看你呀，看上去独立能干，但某些地方还是个青涩的女孩，想不明白也正常。"张新颇有些感慨，"且不论你之前是不是被排挤吧，今天的事儿是咱们主动发起的，也是咱们这几天连轴转的成果，不管他们当时出于什么原因让你下基层，与咱们今天的事儿都是两码事，首先咱们得区别对待，是不是？"

史梦深吸一口气，颇有些认同地点点头。

"而至于前头说起来的那两个问题，等咱们忙完今天的事儿，如果你有兴趣的话，我们可以找个时间好好聊聊。"张新顺势发出了邀请。

对于此时仍旧处在郁闷阶段的史梦而言，这个邀请自然具有吸引力，只是碍于她与张新之间并不十分熟悉，故而有些犹豫。

张新见她不语，补充道："看你，我都可以。不想聊直接和我说就行了，不用纠结。"

史梦有些傻了，这人像是能看透她心思一样，什么也藏不住，这么多年她还真没碰上过这么个人。

算了，反正也不是什么值得纠结的，正好萧晓她们也不懂这些部门里头的事儿，张新倒是个不错的探讨对象，史梦故而点头道："行，等忙完了咱们约时间！"

张新笑了："好！我等你！"

第十一章　请求

在门口稍稍调整了一会儿，准备进门的史梦抬眼看向张新，有些犹豫地问道："我这副患得患失的样子，是不是很让你意外？"

张新一笑："这又是从何说起？我反倒觉得这样的你更真实，并没有什么可以意外的。"

"真的？"

"当然是真的！"张新往前走了一步，道，"别想那么多，今天不是你一个人在完成这件事情，这件事情也不是你一个人担着，身后还有罗老师和陈哲，你只要把咱们之前定的想法好好说出来就行了。其他的无须顾虑，明白吗？"

"好！我听你的！"史梦笑着，紧跟着往前走去。

熟悉的环境、熟悉的人，曾经史梦在这里安逸了好几年，过着朝九晚五、按部就班的日子，什么时候像过去的这一两个月一样，从身心到实际行动无处不体验着忙碌和充实？

说起来，前者虽然舒适，但却不如后者来得有意思。史梦知道自己的性子，虽然平时不大爱言语，但骨子里却是个爱折腾的。

从前她觉得只要在这个部门里好好表现，那么自然而然就能晋级升职，没想到却被毫无征兆地"扔"到了福源社区文化站，同一个中

113

年男人和一个步入老年的女人为伍。

只是连她自己也没想到，真正唤起她内心这份"折腾"的竟然就是这两个她原本有些排斥的人。

就像张新之前说的，或许这就是人生最有意思的地方吧！你永远不知道未来会发生什么反转，但只要自己的意志燃烧不灭，就没有谁能够浇灭它！这才是她史梦与生俱来的向往。

办公室的门被敲开，来开门的是一个同陈哲差不多年纪的人，他认出了史梦，面色瞬间十分愉悦道："史梦！好久不见啦！"

"卢主任，好久不见！"史梦笑着上前，抬手握住面前人的手，"这是福源社区的张新，现在跟我共同负责推进一个项目。"

"卢主任好！"张新上前客气地握了握手。

"进来吧！"卢主任道，"刚才陈哲给我打了个电话，大抵说了你们的来意。很好啊！我很期待你们的细节讲解说明！"

史梦和张新相视一笑。陈哲看似对这个方案有些冷淡，却在他们来的路上给卢主任打了个电话，这让他们心里又多了几分淡定。

"我这办公室史梦很熟悉，茶水你们自己加上，咱们也免了些客套的东西，直奔主题吧！"卢主任就是这样直截了当的性子，和史梦的做事风格很搭。

当初在这里上班的时候，史梦还是能感觉到卢主任对自己的赏识和认可，只是不知为何到后头他却毫不犹豫地把这个大家都不想要的下基层的名额指给了她，这多少让她有些不平，甚至到现在仍旧没有明白他的用意。

所以，现在的史梦对于卢主任的态度多少有些捉摸不透。

张新见史梦在想着什么有些出神，笑着先开了口。

"卢主任，我们今天来主要是希望单位能协助我们完成一个有关咸水歌的宣传项目，毕竟以福源社区单枪匹马，很多事情不大好推进。"张新开门见山道。

"好的。你们具体打算怎么做，说说看。"卢主任道。

史梦很快加入进来，从随身带着的文件袋里面拿出了一份方案，笑着道："这是我们目前拟订的方案，其中目前最希望完成的，是在今年的文化节办一个有关咸水歌的展览，这件事情只靠福源社区的话，确实是没办法做到。"

"你能想到加入文化节办展是一件好事。说实在的，最开始征询文化节内容的时候，我有想过让福源社区把手里的这个优质非遗项目加进来。但当时的实际情况你们也清楚，福源社区只有罗玉盈和陈哲在忙活，人手实在不够。"

"我知道罗玉盈的性子，倘若真把这个任务派下去，她无论如何也是会拼尽全力来完成的。然而，她终究是上了年纪的人，年前心脏还做过手术，实在不好冒这个险。"

卢主任的话让史梦的心不禁咯噔一下。

说实话，此时的她很难将那个平日里笑嘻嘻、每天晚上整理材料整理到深夜、冒着大雨寻找咸水歌手稿的罗玉盈同做过心脏手术联系起来。

从她第一次见到罗玉盈开始，罗玉盈对于咸水歌的热情就已经远远盖过了一切，这让很多人都觉得罗玉盈同咸水歌始终是分不开的。

史梦想过很多解释，或许是她比较恋旧，又或许是她没别的什么事情能专注，抑或她本来就是靠这个吃饭的，可唯独没想到她对于咸水歌的热爱能强烈至此。

张新听明白卢主任的话问道："那卢主任的意思是……"

"现如今文化节的前期准备工作已经准备得差不多了，考虑到福源社区的人员情况，我还是觉得等到明年人手充沛了再来考虑参加文化节的事。"卢主任道。

听到这话，张新有些失落，他们还没具体讲到如何施展呢，就被卢主任给否了，这样的结果他虽然在进这个门之前也预料得到，但却仍旧不大开心。

只是，还没等他开口，史梦便接过了话茬。

"卢主任，我恳请您给我们一次机会！虽然我们人手不够是个不争的事实，但我们一个人顶两人用、顶三人用同样是个不争的事实。您是了解我的，我从来不夸大其词，但也不会畏畏缩缩，真要扛起来的时候也是能扛起来的！所以，请给福源社区一个机会、给咸水歌展示一个机会！"

史梦的话，让坐在她身旁的两个男人都感到了意外。

张新感到意外仍旧是因为对于史梦并不熟悉，她这样的一面让他感到新鲜而与众不同。

而卢主任的意外则恰恰相反，是因为他对史梦太过熟悉了，从没想过也从没见过她为了一件与自己并不切身的事情如此诚恳地去争取和请求。

这让卢主任禁不住把目光放在了史梦身上，细细地看了她很久。

"史梦，这几个月不见，你似乎长大了很多。"卢主任笑着道。

坐在一旁的张新扑哧一笑："她这么个精明能干的人也有没长大的时候？"

史梦闻言，佯装生气地瞥了张新一眼道："怎么哪儿都有你的事儿？"

两个男人闻言，都哈哈大笑起来。

从卢主任的办公室出来，史梦和张新并肩走着，虽然没说话，但各自心里却都想着事情。

"没想到，卢主任还挺支持你的。"张新笑着道。

史梦一笑："这话倒不假，从我刚入职他就很支持我，我也一直这么认为，直到后来他一声不响地把我调走。"

"其实，你到现在仍旧觉得去福源社区做这些最基层、最根本的活儿是件很不愉快的事情吗？"张新不相信现在史梦还会这么想，从她方才那份急切的神情就能看出，现如今，她对咸水歌、对福源社区的事儿绝不会置之不理。

果不其然，史梦摇了摇头："我也不知道我现在到底是什么心思，但至少，我在完成我们的计划书之前是不会离开的。"

史梦说着，抬眼看向张新，目光中带着坚定不移。

张新对上她的眼神，笑得更加由衷起来："说起来，我也是如此！"

"那咱们就……一起努力吧！别让罗老师的心血白费，让更多的人认得咸水歌！"

史梦说着，冲张新伸了右手。

张新从裤袋里把手伸出来，笑着握了握，道："没问题！"

去了大半天，还不见张新和史梦回来，陈哲在办公室里开始有些坐不住了，他起身掏出一根烟，站在门口抽了起来，一边踱步一边往远处张望。

罗玉盈戴着眼镜，忙活着案头工作，见陈哲如此，不觉笑了起来："我说你能不能歇会儿，我的头都被你踱来踱去踱晕了。他们俩一会儿就回来了，放心！"

"我踱了吗？谁说我在等他们了？"陈哲故作无事道，"我就是无聊，这才……"

"行啦行啦，你就是刀子嘴豆腐心。我还不知道你？"罗玉盈笑着，低头继续忙活起来。

陈哲见心思被罗玉盈看破，也不再装下去，直接说开了："他俩也去了大半天了，也不知道跟老卢讲明白了没有？你说，我要不要再给老卢打个电话"

"我看不用。老卢对咱们福源社区的工作也算了解，让他们两个新人自己去谈，无论谈得如何，都是一种锻炼。你之前已经打了一个电话了，再打岂不是显得很不信任他们？"

　　"嗯，是这个理。"陈哲点点头，"要不我接他们去？若是有什么地方没讲清楚的话，我也好补充几句……"

　　罗玉盈哈哈笑了起来："你怎么操心得跟当爹当妈似的？你别看他们俩年纪不大，心里头可是有数得很。尤其是史梦，我对她可是信心百倍。"

　　陈哲笑了笑道："罗老师，你这么宠着史梦，就不怕把她宠坏？"

　　"这我倒真不怕！你是知道的，她可不是恃宠而骄的人，更不是趋炎附势的人。现在这些90'后的价值观可是独立得连我们这些上了年纪的人都佩服的！"罗玉盈很喜欢谈史梦的事情，每次说起来都是津津有味中带着些骄傲，就跟自己的孩子一样。

　　陈哲和罗玉盈聊着聊着，张新跟着史梦一前一后地回来了。张新听话听了后半截，好奇地问了起来。

　　"罗老师也有佩服的人？那这人得多厉害啊！"

　　陈哲和罗玉盈循声望去，皆笑了起来。

　　"回来了？谈得如何？"罗玉盈问道。

　　"虽然文化展已经初步定了展览的部门和机构，但卢主任还是同意增加一个展位给我们！"张新笑着道。

　　"真的?！"陈哲面露惊喜之色，"不错啊，你们俩！"

　　"这可都是史梦的功劳，要不是她说服卢主任，恐怕我们连参展的机会都没有！"张新道。

　　"看看，我就说嘛！他们俩行的！"罗玉盈笑着拍了拍史梦的头。

　　史梦笑了笑，如实道："只是这个展位是卢主任临时拼凑出来的，不算大，所以咱们要想展示得出彩的话，还是得想些令人耳目一新的点子出来，这样才能让人过目不忘！"

　　"嗯，是这个理。"陈哲点头，"咸水歌既然是水上人家的歌谣文化，那咱们就让这文化响起来，如何？"

"欸，别说，这还真是个好主意！"张新笑着拍手，"大多数展览都以图片为主，辅以影像资料。如果我们能把这次展览当成一次近距离演出来做的话，很可能会收到意想不到的效果！"

史梦想了想，也跟着点头："好，那咱们接下来就往这方面来设计。时间不多了，还有二十天文化展就要开始了，咱们得抓紧！"

"嗯！这就动起来！一起加油吧！"陈哲抬起左手在空中一握，攥紧了拳头鼓劲儿道。

要正式参展，最要紧的就是从参展图片开始。关于咸水歌的材料，罗玉盈手上是有一些，但却并不全面，要想参展，还要再找一些图片和资料来充实内容。

这天，正在球场打球的张新接到了史梦的电话。

"你现在有空吗？"史梦问道。

张新喘着气，点头道："嗯，你说。"

史梦听见电话那头的声响，笑着道："你是在打球吧。算了，你忙完再说吧。"

张新一笑："你错了。打球才是不忙的时候，真要忙就不打球了。所以，有什么事就说吧。"

张新自己心里知道，其实无论他在干什么，只要史梦来电，他都会第一时间回应。

"好吧。"史梦也跟着笑了，"是这样的，我在整理罗老师给我的图片和材料，但却发现不够，我打算下周花上一周的时间到罗老师认识的那些会唱咸水歌的老住户那里搜集更多的材料。"

"好事啊！绝对支持！"张新道。

"刚才罗老师把那些人的住址发给我了，我看了一下，范围铺得比较广，我一个人找时间不大够，想找个帮手。不知道你有没有兴趣？"

"当然！"张新笑出了声，"需要我准备些什么吗？"

"不用，你开车跟我一起去就行了！"史梦道。

"好！随时听候差遣！"

张新笑着挂了电话，几个好友走了过来。

"我说你不打球站在这儿傻笑干吗呢？被球砸坏脑袋了？"一个人道。

"行了吧你，看这花痴样就是恋爱了呗，立马把他踢出群，这种人不配和'单身狗'交朋友！"有人应和了一句。

"不是，你小子可以啊！闷声找女朋友了？还当不当我们是兄弟！"

…………

一群人开始没心没肺地胡诌起来，张新笑而不语，却没停下收拾手里的东西。

等到东西收拾齐了，起身对站在面前几个人道："行啦，球也打完了，话也说完了，你们接着玩，我该忙正经的去了。"

站在面前的一群人开始哄笑，张新在这哄笑声里小跑着离开了球场，回家准备第二天出门的东西了。

第二日，史梦和张新跟陈哲告知了去向，而后两人一道出发。

第一个出发去的地方就是罗玉盈最早寻找的一个人——阿楚他们家。

再一次来到幸福里的巷子口，史梦颇有些感慨。

张新见她驻足不前，笑着问道："怎么了？这里也有什么让你感慨的地方？……看不出，你这么风风火火的性子竟然也会多愁善感。"

史梦闻言，白了他一眼："这才刚开始搭档就取笑我，我是不是选错人了？"

"怎么会呢？小张我的善解人意你也不是第一天领教了，说实

120

话，是不是真帮着你了？"

史梦一愣，却没有点头，虽然她心里还是挺认同他这说法的。

张新盯着她的眼睛看了一会儿，颇有些满意地点了点头，抬手轻拍了拍她的脑门，道："还真在认真思考这个问题啊？"

说完，便哈哈笑了起来，转身往前走去。

史梦知道自己被捉弄，竟也没生气，笑着跟了上去。

"上一次来，"史梦在张新身后走了一会儿，抬手抚着斑驳的巷墙，主动开了口，"是阿楚叔的葬礼。那天罗老师为了找到阿楚叔遗留下来的手稿淋湿在大风大雨里，后来还生病了。"

张新停下脚步，转身看向史梦，安静地听她说着。

"当时我说她疯了，连命都可以不要。"史梦自嘲地笑了一声，"现在看来，当时说这些话的我才是疯了吧……"

张新看着她，一时有些意外。

史梦和罗玉盈的这件事情，张新早前在罗玉盈生病到她家探望的时候听她讲起过，却没想到今天在这里，史梦会主动同他提起这件事情。

史梦见他不说话，笑着问道："怎么不说话了？很无语是不是？"

"当然不是！"张新接话道，"是想说的挺多，不知从何说起。"

"哦？"史梦又笑了，"我不信。"

"是真的。"张新正了正身子，"每个人在不同阶段会有不同的想法，这很正常。在我看来，你当时这么想在你现在看来似乎有些不妥，但在当时却是你实实在在的想法，而你也真实地表达出来了，并不是所有人都像你这么直率的。"

史梦对上张新的目光，思索了一会儿道："很奇怪，你是第一个听了这个事儿这么跟我说的。"

"所以大部分人是批评你，是吗？所以你是希望我也批评你，对吗？"张新打趣道。

"那倒不必，张先生请继续。"史梦上前一步，一副洗耳恭听的样子。

"说起来，我还挺羡慕你这么个直来直去、'天然去雕饰'的性子。我向往，但却是做不到的。我从刚开始工作就慢慢朝着圆滑的方向滑去，虽然这让我在工作上顺当了不少，但也同时生出了憋闷的感觉。"张新哼笑了一声，"是不是很可笑？"

史梦认真地听着，这还是她第一次听张新倾吐自己的心里话，让她瞬间觉得眼前这个人真实了不少。

而张新说的，也正是她踏足职场这么久以来，一直想要对抗的东西。

只是面对同样的东西，他们俩选择了不一样的处理方式，最终两人形成的风格也不尽相同。

曾经，史梦觉得自己是不会和张新口中描述的那些人有交集的，更觉得自己不会同他们交流观点和看法。现在看来，还是自己偏颇了。

史梦看着张新，真诚道："很高兴你能同我分享你的看法。同时，也很谢谢你！"

"谢我什么？"张新笑了一声，问道。

谢谢他总在她思绪出现混沌或者出现单一思考模式的时候给她带来新的思路和方向，谢谢他总能给她带来一种豁然开朗的感觉。

这让史梦感到舒适的同时也从中受到鼓舞。

只是，史梦没有说出来，只抬手指了指不远处道："前面就到了，咱们敲门去吧！"

第十二章　对唱

张新上前敲开了门，来开门的是一个比他们年长几岁的男青年。

史梦紧跟了上去，同开门的人寒暄了几句后说明了来意，男青年十分客气地把他们请到了屋里。

男青年叫阿南，对于眼前这个女生颇有些眼熟。

"上次我父亲的葬礼，似乎你也来过，是不是？"阿南询问了一句，对于罗玉盈他十分熟识，对于当时站在她身边、脸色并不好的这位女生还是有印象的。

史梦略有些惭愧地笑了笑道："抱歉，我当时有些失礼。"

阿南一愣，对于她的这句话有些意外，但却跟着笑了出来，道："没关系。"

一句话，原本横亘在两人之间的那点隔阂顿时消散了不少。

张新开口道："听说罗老师同您的父亲是老相识了。市里的文化展即将开幕，我们打算展演咸水歌，但素材还不够丰富，所以要麻烦您了。"

"太客气了，"阿南道，"我父亲在的时候，总是提起罗老师，说她为了水上居民的文化传承耗费了许多精力，真的是很感谢她。说实在的，要不是她这么多年坚持下来，或许这些我们从小就熟识的歌谣和文化早就销声匿迹了。"说这话的时候，阿南有些感慨，"说实在的，罗老师和你们几个是我见过的最真心想把这东西保留下来的人。"

张新不解地看了史梦一眼，转头问阿南道："哦，怎么说？"

"本以为我父亲走了，罗老师也老了，这事估计也没人接着往下做了，为此我还找了几家媒体朋友来家里做客，"阿南叹了口气，"只是他们更多的是想把咸水歌作为一个噱头来用，这和我的初衷并不符，也和父亲最后希望的那样不一致。所以，你们能来，我很高兴，真的很高兴！"

阿南认真地看向张新和史梦，眼神中带着感激之意。

"阿南，你太客气了，"史梦笑道，"这是我们应该做的，也是我们的工作！是我们应该感谢你，谢谢你和你父亲一如既往的支持！"

"不客气！"阿南笑着站起身来，走到抽屉前，把好几本有些泛黄的相册拿了出来，"这是我之前整理出来的相册，里边包括了我父亲在家里整理资料、在外表演咸水歌的照片，之前一直保留在手机里，后来我整理打印了出来。

"我在想，这样的内容或许不是当年在水上生活时留下的印记，但却也是一个水上居民这一辈子与咸水歌的日常吧，是不是？"

史梦接过相册，翻看了阿楚生前的照片，感慨道："你说得很对，是应该保留下来，让更多的人看到！"

这一次拜访比史梦之前想的要顺当很多，阿南很真诚地同他们分享了很多阿楚和那些同为水上居民的老街坊们日常生活的点点滴滴，与此同时，也回忆了很多自己脑海中儿时的水上歌谣。

告别了阿南，史梦心里沉甸甸的、满满的，她和张新并肩走在巷道，看阳光照在角落的青苔上，泛着以前她从未见过的鲜绿颜色。

这世上的事从来就是这么神奇。

从未有过什么继承下去的约定，也从未有过什么一代传一代的承诺，只是耳濡目染、只是点滴渗入，在同样的巷道、同样的房间里，便从罗玉盈同阿楚的交流变成了现在史梦、张新同阿南的交流。

想到这里，史梦仰起头看向天空，让阳光轻抚着自己的脸庞，神色中带着满足。

"看样子，你心情不错。"张新站在她一旁道。

"嗯！和阿南的交流远远超出我的想象，我现在对于如何参加文化展又有更好的思路了。"史梦道。

"不错嘛！说说看！"张新好奇起来。

"还没完全想好，等咱们把这些水上居民都走访完毕了，回去再细细说。"

"好，没问题。"张新说着，从身后拿出一瓶金橘柠檬递到史梦面前，"刚讲了那么多话，渴了吧？"

史梦有些意外，张新怎么知道她的口味？笑着问道："这也是罗老师告诉你的？"

张新一笑："这还用她说？我头一回见你、后来在江边遇见，再到隔三岔五你桌面上的饮品都是它，我想巧合的可能性应该不大吧！"

张新的话让史梦觉出了他的细心，她笑着接过这瓶金橘柠檬，道了一声："谢谢！"

接下来的几天里，史梦和张新的行程都很顺利，也从中收集到了更多符合年轻人口味的文献材料。

两个小年轻在外头东奔西跑，文化站里的两位"元老"也没歇着。

陈哲一边看着罗玉盈递交给他的材料，一边听她说着："你看吧，他们俩还是挺适合干这个的。我正愁自己老了动不了了，看来他们可以接我的班啊！"

"你这就想退了？"陈哲抬眼道，"我的意思是，你该锻炼锻炼、该休息休息，可这活儿还不能给我卸下来，他们虽然不差，但终究年轻，你可得给我看好了！"

陈哲这么一本正经，罗玉盈笑了："你这么紧张干吗？我就那么一说。再说了，这咸水歌我也放不下不是？不过也好，有你这句话，我就真能安心锻炼休息了。"

"欸，罗老师，你这话说得，像我平时多苛刻你一样？天地良心，我可不敢！"陈哲笑着打趣起来。

"我无所谓，老了老了也没那么多心思去管，倒是那两个年轻的，你还真得好好待着，别动不动就吓唬他们，别说他们了，单我这儿就不干了啊！"

"你的意思我懂，我不也是为了鞭策他们嘛！你这也太'护雏'了，连咱们这么多年交情都不顾了？"

"交情还是交情，但这两个孩子也得好好护着。要没他们来接棒，咱们这前半生干的这些活儿可就算白干了！"

陈哲叹了口气，若有所思地点了点头。

深夜，星辰散布在漆黑的夜空上，星星点点地闪烁着。

史梦坐在书桌前开着台灯伸了伸懒腰，稍稍缓解渐渐袭来的困意。

日常的工作琐碎而细致，虽然背靠一个传播民间传统文化的大背景开展，却仍然要一字一句、一笔一画地去完成。

正如这夜里的星空一样，所谓璀璨其实也是靠一颗两颗三颗星星慢慢累积而成的。

十一点半，史梦的手机里收到了张新发来的一条信息。

史梦拿起手机，点开张新的头像，看到了他拍了自己的笔记本电脑，附上一句："我猜你也和我一样对着屏幕。猜对了明天的咖啡你买单，猜错了接下来一周的咖啡我包！"

史梦不禁一笑，回了一句："我不喝咖啡。"

张新很快又回了一句："那就换成金橘柠檬。"

史梦："喝怕了。"

才刚发完，张新就来了通语音通话，史梦接通，对方道："这位小姐姐，别这样嘛，好歹也是共同奋斗到夜深的战友，相互给点鼓励行不行？"

"你有时间跟我这儿讨要奖励，还不如赶紧核对完资料睡觉。"

"好吧，算我没说，你继续人间清醒吧。"张新打了个哈欠，"我还差一点儿，争取十二点前完事儿！你也加油，别太晚了！"

"好，加油！"聊了这么一会儿，睡意也消了一些，史梦拿起杯子喝了口热茶，继续忙活起来……

有了史梦他们的帮忙，罗玉盈一时间没有之前那么忙了，也得以空闲下来了。

只是一直忙惯了的她却没法儿静下来好好待着，在房间里走来走去，走得老伴儿都发笑了。

"要不……你看看报纸？"老伴把一张报纸递给了她。

罗玉盈摇摇头。

"要不……我给你煮个东西吃？或者你煮个东西给我吃？"老伴想了想又问。

罗玉盈还是摇头："有什么事儿能打发时间吗？我心里闲得慌，总觉得哪里不自在、不舒坦。"

老伴哈哈大笑起来："你呀，就是个劳碌命。这没人能接班吧心里头慌，生怕东西废了，这有人接班吧也慌，还是闲得慌。要我说啊，没什么大毛病，就是没习惯，慢慢习惯了就好了。"

听了老伴儿的话，罗玉盈也跟着笑了起来："你说得没错，我就是没习惯。"

言毕，罗玉盈没再转悠，直接坐在了旁边摇椅上，不紧不慢道：

"这么些年每天晚上忙到大半夜，真的都成习惯了。说到底是我自己放不下心，可我又有什么放不下的呢？他们俩现如今的热情、想法和执行力都超出了我的想象。关键是他们是真的喜欢上了这东西、对这东西有了发自内心的责任感。这一点比什么都重要，而且从长远来讲，也需要这样，是不是？"

罗玉盈转头看向老伴，老伴拉住她的手，点了点头道："这些道理你其实都懂，我也不用再多说什么。你要是实在觉得不舒坦，就唱几句或者是再帮着整理些什么，只是别再熬夜，不要忙坏了身子。"

"好，我会注意的！"罗玉盈说着，从自己的背包里拿出来一沓资料，戴上了眼镜，一如平时一样坐在书桌前忙活起来。

老伴儿笑了笑，拿起手机在她一旁调了个闹钟，道："从现在开始，十点半准时结束。能做到吧？"

"能！"罗玉盈认真地点了点头，愉快地忙活起来。

三天后，离文化展还有两周。

史梦说她有新的思路是真的。在原来只是展出图片和影像的基础上，史梦提出了一个新的想法。

"嗯，这些日子新增的材料还是很丰富的，这样一来，我们在展位上展出的内容就没那么单调枯燥了。"陈哲满意地点了点头。

这么久了，这还是史梦和张新第一次看到陈哲露出满意的神色，两人相视一笑。

"辛苦你们了！等忙完文化展，我还带你们去那家水上餐厅渔上人家吃东西，管饱！"罗玉盈笑着道。

"好啊！我要吃黄埔蛋！"张新欢快道。

"我要吃炒田螺！"史梦笑着道。

"你们三个吃货，这还没开始呢就想好吃什么了？"陈哲打断道。

三人敛了敛笑意，稍稍安静了下来。

　　陈哲挨个看了他们一眼，把目光投在资料上，笑着道："再点一锅艇仔粥，不然算上我怎么够吃？"

　　话音刚落，三人颇有些意外地抬起头看向陈哲，见着他满脸笑容，不觉齐声哈哈大笑起来。

　　今天气氛难得这么融洽，史梦想了想，开口道："陈站长、罗老师，关于参展，我有个新的想法，不知当讲不当讲？"

　　"当然要讲！"还没等陈哲开口，罗玉盈就笑着先道，"只要是工作上的新想法，无论是否成熟都可以提出来，不用有顾虑。"

　　"罗老师说得没错，说吧。"陈哲点头道。

　　史梦会意，说出了自己的想法。

　　"我想在文化展上唱一支咸水歌，让更多的人直观感受到这种文化，要比光看图片文字更直接、更生动，行得通吗？"史梦问道。

　　"唱出来？"陈哲思考起来，"就剩这两周，来得及吗？要知道准备材料两周是够的，但要从零开始排一个节目，恐怕时间有点来不及，更何况，演出这种形式，如果排得好能锦上添花，但要是排不好，反倒会影响整体印象，所以……还是得谨慎。"

　　作为负责人，陈哲的顾虑很正常。

　　"我觉得可以试试，"罗玉盈想了想道，"其实最差的情况也就是图文展示，我们也并不是接受不了，是不是？"

　　罗玉盈的话让陈哲的顾虑有所打消。

　　"我也同意罗老师的看法，我们真可以试试！"张新道。

　　陈哲没说话，把材料来回看了好几遍，想了想道："要试也不是不行。不过我有两点要求：第一，图文展示内容要先落实好，不能被分了心、马虎了事；第二，演唱展示宜短不宜长，以保证展示质量。如果这两点都可以的话，那就试试吧！"

　　坐在对面的三人开心地笑着，齐齐道："没问题！"

　　整理资料史梦是在行的，但要组织一场表演，她却并不熟练。

然而，她却坚持要这么做，原因很简单，只因为她那天看了阿南拍下的视频，被他父亲阿楚真挚的、充满热忱的表演打动了。

她想要把这份打动传递给更多的人，让更多的来参展的人对于他们的表达更加过目不忘。

于是，有了这样的想法。

"怎么啦？"罗玉盈走近，看着史梦坐在办公桌前微微皱眉，故而问道。

"罗老师，我是不通音律，有点担心能不能把这个节目排好。"史梦直言道。

"就为这？"罗玉盈笑着，看上去胸有成竹的样子。

"嗯，您有什么好办法吗？"史梦问道。

"这个问题张新能帮你解答。你可能还不知道吧，他在上学那会儿可是'青年之声'高校联赛的亚军，演唱这事儿他在行！"

"张新？！"史梦有些不相信地看向张新，"罗老师开玩笑的吧？你是个会唱歌的？"

张新扑哧一笑："史大小姐，不带这样埋汰人的啊！我会唱歌这事儿很难被接受吗？"

"倒也不是，只是……我老觉着不像，看不出来。"

"这东西怎么看得出来？我又不是个音响或喇叭什么的，看不出来很正常啊！"张新道。

"我觉得他说得有道理。"罗玉盈在一旁笑着道。

史梦这才明白，为什么刚才罗玉盈对她的想法这么支持，原来除了她自己会唱上几句以外，张新的唱功也是她对此很有把握的原因。

"那行吧！既然这样咱们就先选歌，然后开练，怎么样？"史梦满是信心。

"没问题！都听史梦导演的！"张新笑着应和道。

整理资料史梦是一把好手，但挑起音乐来却不比张新厉害。

说起来音乐素养这东西还真不是一天两天就能练成的，在史梦找了两天的歌未果后，她不得不佩服张新的高效和专业。

一张谱子整整齐齐地放在史梦面前，看得她一愣一愣的。

史梦第一次觉得自己在一个自己毫不熟识的领域会这么"弱智"。

"啊……这……"史梦张着口，半天哼不出一个字。

"看不懂？"张新笑着问道。

"嗯。"

"想知道？"

"嗯。"

"喊声师父就告诉你。"张新一脸得意。

史梦一脸黑线："嘚瑟得你！爱说不说吧。"

"好好好，我说。"

张新在史梦面前始终摆不起什么谱，在史梦眼里他这一点极为可爱。

可爱的张新拿着谱子，仔细道："谱子得这么看。左上角是拍号和速度，比如这首1=D的意思就是D调，速度是64，四四拍，弱拍起……"

"呃……"史梦听了比没听更蒙，愣了好一会儿道，"不如，你唱出来？……我实在听不明白……"

"也有你史大才女不懂的地方，真是难得啊！"张新哈哈笑了起来，"既如此，那我就献丑啦！"

张新说着，清了清嗓子，开始唱了起来，一嗓子出来，史梦的心跟着颤了颤。

她没想到张新这么会唱歌，更没想到平日里听上去寻寻常常的咸水歌，竟然在他的口里唱出了不一样的格调。

或许，这就是音乐与众不同的魅力吧！

向来都说音乐是从生活中而来的，也是在生活中升华的，即便是一样的曲调，不一样的演唱者，带着不一样的心境，在不一样的环境里演绎，最终出来的也会是不一样的效果。

罗玉盈循着动听的声音走近，倚靠在门口安静地听着，全然沉浸在张新的歌声里。而后又禁不住拿起手机把张新的演唱拍了下来。

待张新唱完最后一句的时候，罗玉盈和史梦禁不住鼓起了掌。

"好听吗？"张新笑着问史梦。

"好听！"史梦道，"你怎么学得这么快？"

"有谱子啊！你不懂看起来蒙，我懂所以一目了然，学起来自然也就快了。"

"你选的这首是情歌，对吗？"史梦看了看简谱上的歌词确认道。

"对。这是咸水歌里头比较经典的歌曲形式，青年男女之间表达爱意的歌曲。"张新道，"就有点像我们熟识的刘三姐对歌那样，是当初男女青年在江上隔船而望的时候用一问一答的形式互通心意的歌曲。"

"选情歌会不会不够大气？"史梦道，"据我所知，咸水歌里有《顶硬上》这样的劳动号子，有歌唱水乡的，还有反映当初艰苦岁月的，选那些怎么样？"

张新摇摇头："在这个问题上，我没办法认同你的看法。"

"怎么说？"

"你说得没错，咸水歌的内容和形式有很多，毕竟它从来就是即兴的成分很重，所以唱什么的都有。可是有一点你或许没有留意到，无论是劳动号子、歌唱水乡的还是反映艰辛日子的，都带着鲜明的时代印记，换言之，它们给人的代入感远不如爱情这个主题强。

"况且，我们需要在短时间内把大家带进来，选一个不那么印刻时代痕迹、到什么时候都有人关注的主题方向自然是会事半功倍的。

你觉得我说得对不对？"

张新笑着低头，询问史梦的意见。

果真，史梦一时找不出反驳的理由，不可否认，张新在这个曲目的选择和理解上远远超出了她。

"我也同意张新的观点。"罗玉盈笑着走近，"而且我还觉得，你们俩得唱个对唱才行，这样一来，比起张新一个人唱要出彩得多！"

"这主意不错！"张新点头。

"不错什么呀不错？"史梦被逗笑了，"我一个五音不全的人，上去就得砸，你们信不？"

"我不信。"张新道。

"我也不信。"罗玉盈紧跟着道。

史梦一愣，突然间有了一种自己给自己刨坑的错觉……

第十三章　展演

"试试？"张新把谱子递给史梦，笑着问道。

"试试看。"罗玉盈在一旁跟着道。

史梦颇有些为难地看着他俩，见没法儿推拒况且人也熟识得很，故而接过谱子清了清嗓子道："我试试？"

"嗯，来吧。"张新道，"我先教你前两句。月照江水篷船归，阿哥心里住阿妹……"

史梦想了想，在嘴里头念叨着轻声哼唱了一句。

"大声点儿。"罗玉盈笑着鼓励道。

史梦羞涩一笑，站直身子深吸了一口气，加大了音量把这两句唱了出来。

虽然音准和节奏并没有十分出色，但却引得张新和罗玉盈齐齐给了掌声。

"哎呀，你们这是在笑话我吗？就这？也能鼓掌？"史梦自嘲道。

"为什么不能？"张新道，"唱歌这件事情本来就是人们对生活的一种表达和倾诉，没有谁就是天生会的，只是有些人学得快、有些人学得慢而已。这首歌并不长，只要勤快地多练上几遍，你可以的！"

"对啊。阿梦，"罗玉盈笑着抬手抚她的肩膀，"我们坚持让你唱，并不是单纯地从演出的角度出发。"

"那是……"史梦有些不解。

"想真正了解这些文化，传播这些文化，你不觉得设身处地地把自己融入其中，会更加明白这些文化的内涵和意义吗？这样一来，是不是就多了源源不断的、真挚的动力来推进呢？"

罗玉盈的话点醒了史梦，的确，靠着外在的影响或者说压力来推进远远不如自发地推进来得有效。

明白了这一层，史梦笑着道："我明白了，我努努力，回去好好练，争取这两天把它拿下！"

第二日恰逢周末，萧晓约了史梦出去逛。

"你明天没事儿的话跟我一起去听演唱会吧。"萧晓道。

"哦？谁的演唱会啊？"史梦在电话那头问道。

"你的新宠，LOVE时代团那个组合，保管劲爆！"萧晓已经半嗨起来了。

史梦犹豫了一下。

"喂，喂，你还在听吗？"往常这个时候，史梦估计二话不说就应了，今天她却难得地没嗨起来。

"明天我还真走不开，你们去吧，看到好看的拍视频给我看就是了。"史梦道。

"不是吧，你不去？这不大像你的风格吧？你要干吗？加班整理资料吗？回来也可以做啊，再说还有周日。"萧晓不信，一连串的疑问。

"不单单是案头工作的事儿。文化展就要开始了，我还有歌没学会，不好好练练到时候演砸了可就丢脸了。"

"我没听错吧！！你要唱歌，还是去表演？史梦，你是哪根筋搭错了？我怎么越来越看不懂你了？"萧晓确实不信。同为室友四年，就算当初对那些流行明星喜欢到了骨子里，她也没见过史梦哼唱过一句，以至于她一直以为史梦在唱歌这方面一窍不通。

可就是这个让她觉得一窍不通的人今天竟然告诉自己她要去参加文化展的歌唱演出，还有比这更让人瞠目结舌的吗？

"好啦，你就别损我了。我要练歌了。"史梦打算挂电话。

"等等，这么难得的时刻怎么能一人独享，你等我拉个视频群聊，把她们几个也喊进来。"萧晓生起了玩心。

"你还能不能好好的了？成心的是不是？信不信我删你好友？"史梦警告道。

"我可不怕你删，删了再加回来就完了。但你这唱歌的场面可不能错过，错过了这辈子可能就听不到了！"萧晓说得很认真，"好了好了，群拉好了，你在里面唱啊！"

萧晓的群建得很快，群名叫"史梦演唱会首秀"，看得几个群友莫名其妙。

A："这群名是认真的吗？"

B："为了不让我们退群，起这名字的人也是有心了。"

C："没必要，真的没必要！"

D："史梦，你就没想着澄清下？"

…………

群里的人炸开了锅。

萧晓开声了："你们都别吵吵了，史梦打算开唱了啊！"

群里的人又炸了一次锅。

"真没骗你们。她要去文化展上唱咸水歌，正练着呢。让咱们一睹为快。"萧晓把群里的人都禁言了，只剩下史梦的声音。

史梦有些犹豫，愣了许久竟一声也没吭出来。

萧晓在私信窗里给她发来了信息，告诉她："你要是真的参加演出，到时候会有更多的、你不认识的人把目光聚集在你身上，你得从我们这儿练起不是？"

史梦没有回她，因为找不出什么理由反驳。

她转而清了清嗓子，在群里同大家道明了前因后果。

小伙伴们一开始还带着些玩闹的心态入群，但听完史梦的说明之后，竟开始觉得自己肩上有了责任，至少也是帮着史梦迈出演出第一步的重要观众。

故而，大家都收起了玩笑，静下心来等待史梦开口演唱。

"月照江水篷船归，阿哥心里住阿妹……"

还是这两句打头，史梦唱得有些拘谨，但仍旧出乎这些小伙伴们的意料，萧晓更是惊了一下，笑着在群里道："过去这么多年算白认识了，人家竟然是会唱歌的。当年的赌注我悉数还给你们好了……"

一句玩笑话听得大家哈哈大笑起来。

史梦也跟着笑起来，开口道："你们觉得怎么样？还像那么回事儿吗？"

群里有个人发了个"可"，后头紧接着都是这个字样，看得史梦不禁笑了起来。

萧晓道："你什么时候演出，我们去给你捧场！出不了什么力，攒点人气也行啊！"

"还有不到十天。"史梦回答。

"那行！到时候姐妹们齐上阵啊，不去的可踢出群啊！"萧晓在群里喊了话。

而后就是一连串的："那必须的！"

史梦有时候觉得自己很幸运，从大学开始同她们相识，这份情谊一直保留到现在，为此，她常常觉得很满足！

几天之后，张新带着史梦在陈哲面前把这首简短的咸水歌演唱了一遍，让原本不太有信心的陈哲生出了几分期待。

"你们这歌什么时候排的？不错嘛！"陈哲的肯定让他们俩不觉高兴起来。

"就这几天，"罗玉盈道，"张新懂音律，史梦脑子好使，一下子就学上了。"

"不错，到时候演这么一段，效果指定不错！"看不出来，陈哲还挺满意。

"领导，到时候我的好朋友们打算来看我们演唱，可以吗？"史梦想了想问道。

"当然可以！你的朋友们愿意来捧场，就算图个热闹也是好的呀！"陈哲没有反对。

"嗯！那我把时间和地点告诉她们。"

"行，你发吧。对了，你俩这服装得再精致点，这样整体效果就出来了！"陈哲想了想又说。

"这事儿我来，包在我身上！"罗玉盈上前一步道。

"好！交给你我放心！"

紧接着又忙活了好几天，终于到了文化展开幕的日子了。

卢主任在展上再一次见到张新和史梦的时候，愣了两秒道："看样子，你们这是动真格的了！"

"卢主任说笑了，我们不过是加了点东西，想让展示更生动、更有趣。"陈哲道。

"很好嘛！年轻人有想法有新意，还乐于付诸行动，很好！"卢主任拍了拍张新的肩膀道，"你们打算什么时候唱起来，记得发信息给我，我要来捧场当观众！"

"大概十一点，具体时间再跟您说。"罗玉盈道。

而后，陈哲带着福源社区的"三员大将"一起来到展位前忙活起来。

张新忙活完，给史梦递了一瓶水，询问道："怎么？紧张了？"

史梦接过水喝了一口，点头道："嗯，有点。我还从来没当众表演过节目呢！"

"从来没有？"

"从来没有。……你试过这样吗？就……有点焦虑又有点担心……"

张新一笑："当然！谁都有第一次上台的时候。"

"那你是怎么缓解的呀？"

"我会给自己打气说：加油，没什么好怕的，你可是专业的！"张新说着握了握拳头。

"呃……可我不是……这话用不上。"史梦微微皱眉。

"不是就更好说了。"张新抬手握住史梦的手，"加油，没什么好怕的！反正不是专业的，还能怕谁笑话？"

史梦扑哧一笑："好吧，好话歹话都让你说了！"

张新闻言笑了起来，问道："但你是不是觉得没那么紧张了？"

"那倒是。"史梦笑着道，"我朋友们到了，你要不要一起见见？"

"好啊！这么支持我们演出的小伙伴当然要见见！"

张新说着站起来，跟着史梦一起往外走。

"哎呀，你这地方还真不好找！我们都绕了一圈儿了。"萧晓一边走近一边道。

"临时加的展位，所以不好找。"史梦笑着跟她们一一打了招呼。

这群小伙伴还挺靠谱，那天在群里的人还真是一个不落地都来了，即便今天有一两个要加班，她们还是请了假准时赶来，有男朋友的还把男朋友给带来了。

"怎么样？什么时候开始啊？"萧晓问道。

"快了，我们先把手里的宣传单给派出去，你们先歇着。"史梦笑着，从张新手里拿过一沓宣传单，打算派出去。

"别呀，我们既然来了就没歇着的道理啊！分给我们一些，我们一起派了。"萧晓和身边的几位好友伸手问史梦拿宣传资料。

"这……"史梦看了看张新，"这么做没问题吧？"

"我觉得没问题。大家热热闹闹地把咸水歌宣传出去，会有什么问题呢？"张新笑着，把自己手里的宣传单分了出去。

史梦应和着，也跟着把资料分出去。

萧晓盯着张新看了一会儿，躲到史梦耳边问道："这人谁啊？长得挺帅啊！几岁了？有没有女朋友？家里条件怎么样？"

史梦转过头来瞪大眼睛看着她道："你想干吗？调查户口啊？"

"你说我干吗，"萧晓一脸坏笑，"你这也单了这么多年了，就一点想法没有？"

史梦有些无语："拜托姐姐，我在上班呢，你确定你现在跟我探讨这个问题合适？"

"你这么扭捏干吗呀？我觉得他挺适合你的，你不上我让她们几个上了啊！"萧晓道。

"怎么了就挺合适？你认得他？再说了，你回去问问你家老吴，整天这么在外头'拉皮条'的，丢的是谁的脸？"史梦笑着掐了掐萧晓的腰。

老吴和她们是大学同学，和萧晓谈了这么多年，早就到了谈婚论嫁的时候了，只是萧晓一直很忙，暂时没空结婚。

"问他干什么？我现在问你呢！……不管了，我去加他微信，你用不上，我兴许还能派上用场呢！"萧晓道。

"行啦，别闹了。"史梦被她逗得不行，笑着求饶，"就算你给我留点脸成不？"

"哟，知道求饶了？"萧晓道，"知道的话就赶紧的，限时三个月把他拿下！"

　　史梦笑了一声，也没打算理会她，只道："行吧，我努努力，争取三个月把他拿下。"

　　"你要把什么拿下？"张新闻言走了过来，笑着问道。

　　史梦顿时觉得尴尬得要命，也不知道他听了多少，推拒道："女人的事儿男人少掺和。"

　　张新很乖地点了点头，转身离开道："哦，好的。"

　　萧晓见他们二人如此，笑得合不拢嘴，道："咦，还有那么点意思！"

　　史梦转头看向萧晓，一脸不置可否道："一边凉快去！"

　　随着来观展的人越来越多，围在福源社区摊位前的人也越来越多了。

　　罗玉盈看了看手表，问陈哲："差不多开始了吧？我去把卢主任喊来？"

　　"嗯，差不多了。我去吧，你腿脚不好，来回跑太累。你帮着他们准备，我把卢主任带过来咱们就可以开始了。"

　　"好，你去吧。我现在就带着他们准备。"

　　卢主任站在人群中，人群里有史梦的好友们在欢呼鼓掌，气氛一下子就起来了，让参观文化展其他展位的人也跟着被吸引过来。

　　见人多起来，史梦心里有些紧张，毕竟这是第一次当众表演，尽管张新给了她很多鼓励，但紧张感还是没停没休。

　　张新微微转头看着她，从她的神情里看出了些什么，伸手拉住她的手放在自己温热的掌心里，而后给了她一个微笑。

　　史梦因为紧张而发冷的手慢慢暖了起来，这让她也跟着觉得舒适起来。

　　她转头看向张新，也给了他一个微笑。

　　站在台下的萧晓捕捉到了这一幕，拿起相机照了下来。

　　音乐前奏响起，张新拉着史梦的手，走到了观众面前。

"月照江水篷船归，阿哥心里住阿妹……"

张新一开口，在场的人就安静了。

说起来，咸水歌属于地方音乐，并非一下子就能让人们接受，然而，精致的伴奏、精致的妆容以及张新精致的嗓音，却能让很多人在第一时间停下絮絮之语，转而静下心来听这首并不长的水上歌谣。

歌曲中，男主人公对心上女子的心意浓烈动人，引得歌声婉转悠扬；眼前，这两位颜值担当的男生女生手牵着手，把这首歌中的情愫通过他们的表达完美地传递了出来……

史梦一边唱一边看着台下的人面带微笑地看着他们，觉得张新说的果然没错，情感流露确实最具有代入感，否则他们也不会第一时间感受到他们表达的情意。

史梦的几个好朋友拿起手机拍照的拍照、录视频的录视频，最直接的还是萧晓，直接在现场开启了直播。

萧晓是做媒体业务的，平日里做的是传统媒体平台，但业余时间还是会接触自媒体的，尤其是现下最时兴的直播业务，也是她近段时间的心头所好，凭借犀利的观点和坚持每日输出，萧晓也给自己攒了不少粉丝。

这时候开直播，是史梦没想到的，而对于后头带来的事情，史梦更是没有想到。

一首歌的时间，张新和史梦完美地演绎了一对心心相印的情侣，这让在场的观众看出了味道，除了报以热烈的掌声，一时也找不出更好的方式。

卢主任看得很满意，不停地点着头，走到陈哲身边给他竖起了大拇指，道："你这新人用得好啊！比起咱们这些上了年纪的人有想法多了！"

"也养眼多了！"罗玉盈笑着道，"你想想看，若是我和陈哲上去唱，现在还会有这么多人看吗？还会有这些掌声吗？"

卢主任和陈哲闻言，哈哈笑了起来。

罗玉盈向来是个实在人，什么情况说什么话，从来不会为了别的什么目的而说一些虚无缥缈的话，这一点卢主任和陈哲都很欣赏。

"我倒是觉得这个形式可以保留下来，既然是音乐艺术，那就不能只停留在图片和文字资料上，按这样传递下去也是干瘪枯燥的。"卢主任道，"只是有些细节还需要再完善下，要想长远传播的话，细则方案也还是要有的。"

"卢主任说的是，我们回去好好总结、好好研究，争取早日整理出一个方案来！"陈哲道。

"很好，我都开始期待了！"

几个人说着话的时候，张新陪着史梦站在台后缓着，史梦此时还拉着他的手。

张新笑着看着她，平时看上去无所不能的史梦竟然也有这么"弱"的一面，一个演出前前后后焦虑了这么久，完全不像她的风格。

"好些了吗？"张新用另一只手递水给她，姿势有些别扭。

史梦这才意识到自己还拉着他，赶忙松手道："不好意思！"

"没事！"张新一笑。

"我是不是……很厌？不过唱一首歌而已……"史梦说着，自己也笑了，无奈地摇了摇头。

"不会。一点都不会。"张新笑着道，"反而我觉得你这样很真实。确实不是所有人都能接受和享受演出的。"

"谢谢你的理解。"

"客气。"

忙碌了几个小时，史梦和张新的工作总算完美收官，在同萧晓告别的时候，萧晓趁着等车的空当，把今天的直播视频放到了网上。

张新把史梦送回家，在帮她解开安全带的时候，史梦已经在副驾驶的位置上睡着了。

张新一笑，并没有马上叫醒她。

这段时间以来，史梦确实很忙碌，也经常为了这些事情熬到夜深或者是通宵达旦。之前是想着事情还没有完成，故而一根筋一直绷着，今天完成了，她才刚坐上车，说了没两句话，就沉沉睡去了。

卸了妆的史梦睡得很熟，让在一旁坐着的张新也生出了倦意。他拿出手机，给沉睡的史梦拍了张照片，而后定了个三十分钟的闹钟，自己坐在驾驶位上，也跟着闭上眼睛休息了起来。

三十分钟后，张新定的闹钟响了，史梦被闹钟喊醒，缓缓地睁开眼睛，花了好一会儿才想起来自己在哪里、今天做了什么。

张新也跟着缓缓张开眼睛，带着些倦意问道："醒了？睡得好吗？"

史梦一笑，心里道：怎么这么像台词？

"醒了。你也睡了？"

"嗯，困，歇一会儿。"张新说着，微微笑着，那样子让史梦有些恍惚。

史梦觉得自己要么是没睡醒，要么就是忙糊涂了，伸了伸懒腰，坐直身子道："我到家了，先走了。明天见。"

说完，头也没回，就直接下车走了。

张新看着她撂下一句话就走了，不觉生出些落寞之意，看着她进了小区后，才发动车掉头离开了。

第十四章　褒贬

罗玉盈回到家，给老伴儿看了今天的文化展上的视频，看得自己开心得不行，笑得都合不拢嘴。

"这个形式是挺不错的，就是短了点，而且略显粗糙，可以再精致一点。"老伴道。

"你怎么和我们卢主任说一样的话？"罗玉盈道。

"哦？是吗？看来我可以去你们那儿当领导了。"老伴打趣道。

"美得你！只是碰巧而已。"罗玉盈笑着道，"不过，你别说，卢主任还真是个实在人，不搞些虚头巴脑的，和我还挺对味。"

"我觉着也是。工作就得这么实打实地开始，那些场面话确实可以省了，现在的大方向都是如此。"老伴说着又拿起了报纸看了起来。

罗玉盈颇为感慨，她这个直来直去的性子这么些年下来多少让一些人不喜欢了。尤其在过去一段时间里，她的这个性格和工作风格一度让她被直属管理部门所不喜欢，故而工作很难开展。

好在当时同样谋实事的陈哲能顶得住压力，才能让她将精力都放在咸水歌资料的搜集上，免得去折腾表面文章。

更值得庆幸的是，后来这样的风气渐渐没了，他们的直属管辖部门奔着"办实事"的方向也越来越纯粹，尤其是卢主任，也是实打实干活儿的人，这才让她心心念念的咸水歌推广宣传工作有了很多实质性的进展。

而今，咸水歌能站在市级文化展览上展现给大家，是她这么多年的心愿之一，但她自己也知道，要想让咸水歌真的传播开去、真的传承下去，仅仅靠一个文化展是远远不够的。

好在，她现在不如之前那么焦虑了，因为现在除了她奋战在第一线之外，还有陈哲、卢主任这样的各级文化宣传负责人在给予各类支持，还有史梦、张新这样的年轻人在融入进来，并且担当起来。

可以说，从她开始这项工作到现在，从来没有像现在这么淡然和底气十足过。

也正因为如此，她的脸上总是洋溢着满足的、充满期待的笑意，这是发自内心的、不经意间感染着周围人的向上力量。

这个周末，没了咸水歌文化展的工作对接，史梦和张新没有联系。

张新吃早饭的时候盯着手机看，出去打球的时候盯着手机看，回家在客厅看电视的时候盯着手机看……却没见史梦的头像有任何动静。

萧晓把在文化展上拍的史梦同张新手牵手的照片发给史梦，史梦微微一惊，不知她什么时候拍的这张，却还是点开原图仔细看了好久。

仔细看了好久的史梦打算把图片转发给张新，却在发送前犹豫了。

最近同张新的联系很频繁，这一点她心里知道，是因为工作的原因，但似乎又不全是。她似乎越来越习惯于将自己的所见所闻在第一时间和他分享，这同她最初在他刚来到福源社区文化站的时候说的话是不一致的。

史梦觉得自己很可笑，也觉得脑子有些乱，故而关掉了对话框。

但这不代表张新不会知道这张照片。

文化展临近结束前，萧晓加了张新的微信，至于为什么添加，很大程度上是因为史梦。

这么多年史梦在感情这方面从来都很被动，加上以往萧晓见着的那些个男人也确实不怎么配得上她，故而萧晓也没怎么上心去打理她这些事情。

但这次却不同。张新对史梦的不同，萧晓是看得出来的，只是史梦自己没发现，又或者说她发现了也当作没发现，所以，萧晓思前想后才决定加张新的微信，只道以后或许在业务合作上能有所交流。

等了一天史梦微信的张新临睡前等到了萧晓发来的一张图。

颇有些失落的张新点开一看，却被这张图片吸引了目光。

他不知道萧晓是什么时候拍的这张照片，但又不得不承认，她确实抓拍得很好。

照片上，史梦看着自己，脸上的笑意很真诚，而他自己也看着她，目光交流得很自然。更让他感到触动的，是她正一只手握着他的手，另一只扯着他的衣襟。

这是当时他都没发现的，但在此时看上去却一点也不违和的画面。

张新很想知道，那时的史梦在想什么？她自己这么不自觉流露出来的依赖，她自己是知道还是不知道呢？

想到这里，张新叹了口气。看着萧晓在对话框里发来的一个加油的表情，很是无奈地笑了一声，在对话框里回了个同款加油的表情。

犹豫了大概十分钟，张新还是把这张照片发给了史梦，并附带着打上了几个字：很棒！我们继续加油！

史梦刚躺下，手机就响了信息的声音，打开一看，是张新发来的一张图，再点进去看，史梦微微一惊：天，萧晓也发给他了？不对，她什么时候添加的他？

史梦理了理有些凌乱的思绪，给张新发了一个笑脸，附上：嗯嗯，加油！

张新看着她发回来的这个不咸不淡的表情，又是一叹。

想了想，张新在对话框里又打了一行字：早点睡。明天见！

十分钟过去了，史梦没有回信息。

张新颇有些不甘地把手机放下，拉着被子打算入睡，收到信息的铃声响起。他点开看了看，笑了笑，心满意足地关了灯，闭上眼睛睡了。

史梦：晚安！明天见！

第二日，下了大雨，史梦乘坐的公交在路上塞了半个多小时，赶到福源社区文化站的时候，张新、罗玉盈和陈哲都已经到了。

一进门，史梦就感觉到了一股压抑的气息，像是发生了什么不愉快的事情。还没等她发问，罗玉盈就把事情告诉给了她。

"阿梦，你那天来的朋友里是不是有个叫萧晓，是做自媒体的？"罗玉盈问道。

史梦微微一惊，点头道："是的。怎么了？"

平日脸上带着笑意的罗玉盈这会儿眉头皱了起来，道："她把你们俩那天在文化展上的演出放到了网上，现在有人正热议呢，褒贬不一。其实放上去也未必就有什么，只是那些不中意的话……实在是……"

史梦闻言，忙凑近一看，果真，那些不喜欢的人对这事情的评价是有些偏激了。

"年纪轻轻就唱这些？未老先衰？"

"天啊，他俩是年轻人吗？唱这歌？"

"太掉价了，浪费了这两副好皮囊。"

"…………"

史梦只看其中的一些，心情就已很不愉快。再看看陈哲的脸，果然很不好看。

虽然他们的留言并没有针对这首歌也没有针对这次演出，更多的是攻击张新和史梦两人，但仍旧让他们十分不悦。

"对不起，陈站长，是我的问题。"史梦道。

"这不关你的事情，不用自责。"陈哲抬头看向她道，"要真说起来，是我的工作疏忽，各方面没有考虑周全才是！"

萧晓是史梦请来的没错，但这也是陈哲同意了的。再则，萧晓直接开启直播、录制内容发送上网的事情史梦也是不知道的，追究史梦的责任并没有多大的意义。

况且，现在也不是追究她责任的时候，关键是要先解决问题。

"我觉得，我们要把这情况跟卢主任报上去，毕竟我们当时可不知道会有人拍视频发到网上去。"陈哲道。

"我赞同！"罗玉盈道，"虽然现在只是小范围地传播，但我们有必要在问题严重之前报告上去。"

"嗯，张新，你和史梦留下来'看家'，我和罗老师先去卢主任那里一趟。"陈哲道。

"陈站长，我也一起去吧。毕竟萧晓是我请来的。"史梦坚持道。

陈哲犹豫了一会儿，点头道："行吧，你也跟着一起来。"

"我也一起去吧！多个人也好帮得上忙！"张新道。

"行吧，反正也就我们几个，一起去也就去吧。"罗玉盈道。

于是，半个小时后，卢主任便在自己的办公室里见到了福源社区文化站的陈哲他们。

卢主任仔细地听了事情的来龙去脉，也看到了网上传播的片段，想了一会儿开始进行处理安排。

原本陈哲还以为卢主任会严肃追究他们的责任，却不想卢主任竟有他自己客观公正的处理方式。

"你们能想到尽快报上来是好事！这一点我很感谢你们。"卢主任笑着道，"就目前来看，这个问题还没有十分严重，毕竟这个视频的点击量并不高，传播速度也并不快，只是有些人的言论偏激了一点而已，这一点还是在我们可控的范围内的。"

卢主任的话，让大家顿时放心了不少。

"史梦，我刚看了下，你朋友这个视频设置了不可下载，要先麻烦你让这位朋友把视频先隐藏起来，先不要传播，毕竟这也不算很严谨的演出，太过广泛地传播始终不好。"卢主任道。

"好，我立即打电话给她！"史梦点头道。

"嗯，你先处理这个事情，处理完了别的事情都好说。"卢主任道。

史梦闻言，即刻拿起电话往外头走去给萧晓打了个电话。

"姐姐，你是想害死我吗？"萧晓刚接通电话，史梦便开口道。

"我害你？"萧晓不解道，"你是说我发给张新的照片吗？嘁，一张照片而已，至于吗？"

"不是照片的事，是你把我们演出视频放到网上的事儿！"史梦道。

"怎么了？这是好事啊，现在自媒体这么发达，我做了个直播顺带着发上去，也没什么问题吧？"萧晓道。

"你说的就是现在的一个被忽视的通病。没错，自媒体是发达，但发送的内容始终还是要经过视频当事人同意的呀，这一点到什么时候都没错吧？发达不代表随意，你发之前至少应该跟我说一声，是不是？"史梦坚持道。

这话说起来，萧晓倒是没了反驳的余地。

"所以现在是有什么问题吗？"萧晓大抵也晓得出了些问题。

"有人盲目追捧、有人恶意差评，这样并不好。我们正讨论你这事儿呢，先撤下来吧。再说，这个演出也不算成熟，这样发上去有损形象不说，还会影响宣传质量。这道理，你应该明白吧？"

"懂懂懂！我这就撤了，马上！立即！"萧晓说着，电话还没挂就在网页端把这视频撤了下来，"好了，你看看。"

史梦上手机端确认了一下之后，对萧晓道："好的，谢谢配合！"

"唉，说这话！是我办得不妥当，不好意思！"萧晓抱着歉意。

"没事！好在没什么大事，我先忙了，回头再聊。"

史梦回到办公室，对卢主任他们道："已经撤下来了，我刚刚确认过，视频没有了。"

卢主任点头，道："嗯，好的。虽然这个事情有些出乎我们的意料，但看到网站上那些偏激的观点，我倒是得出了两个结论。"

"哦？是什么结论？"罗玉盈问道。

"其中一个，就是让我看到了现如今自媒体的影响力远远超出我们的想象，这才几天工夫，这个短短的视频就被传了这么多次，还有那么多人在上面留言，当然，并不算多到惊人，也算不上什么热度，但我们却可以看到，自媒体叠加网络的传播速度可比我们一个展一个展地办要快上很多啊！"卢主任的话，为这件事情的思考引入了一个新的方向。

陈哲在来之前，已做好了被劈头盖脸骂上一通的准备。

但他却没有想到，卢主任非但快刀斩乱麻地把问题给解决了，还就此事引出了新的观点和看法，这让他由衷地觉得，现如今的上级部门的确是实打实、干实事的，同以往某些人的推诿、事不关己是截然不同的！

卢主任的话引发了大家的思考，的确，互联网时代的快速发展以及由此带来的影响，是生活在其中的人都不得不面对的。

尤其是现代年轻人，他们离不开这个平台。

从足不出户就购物到随叫随到的外卖，从被动看电视节目到随心而动的超前点播，从在繁杂的文字资料里慢慢翻找到现如今通过搜索引擎精准查找，网络的发达以及由此带来的便利让更多人融入信息化生活，也让文化的更迭成了不可逆转的趋势。

在这样的情况下，要把那些尘封在岁月里的文化解封并且传播开去，正视和运用互联网绝对是绕不过去的。

卢主任接着道："我在想，或许我们可以思考出一个全方位的、成熟的方案，把咸水歌以及其他文化运用网络的方式传播开去，这样顺势而为的效果或许比我们在原地打转要好得多。你们觉得呢？"

大家没有说话，等了一会儿史梦开了口："我赞同！"

张新露出笑容，也跟着举起手道："我也赞同！"

罗玉盈和陈哲也笑了，点头认可了这个主意。

"好！既然这样，那就要拜托各位在工作之余想想如何把时兴的形式运用进来，毕竟你们都是传播咸水歌的行家，哪些内容适合如何传播，要比我专业多了！"卢主任笑着道。

"卢主任太客气了！"陈哲道，"倒是我们要感谢您的指导才是！"

"哈哈，不算什么指导，应该是探讨才对！"言毕，卢主任跟着也笑了起来。

这样的氛围很好，让史梦一时都忘了自己刚才是在什么样的情况下急匆匆地赶来，也忘了自己是在跟自己业务上的主管领导汇报工作。

临了，卢主任又补充道："对了，还有一点我补充一下。现如今互联网发达没错，人们表达意愿方式也更加自由和便利，但与此同时，偏激的人、借助网络妄言的人也还是有的。对此，我们要有充分心理准备的同时也要考虑周全，切莫被有心之人破坏了，这么一来跟我们的初衷就不相符了。"

“卢主任说的是，我们会好好斟酌出一个成熟的方案的！”陈哲道。

从卢主任办公室出来，大家的状态比方才进去之前的要好很多。罗玉盈笑着道：“卢主任给咱们这几棵差点蔫了的树浇了不少水，看样子都活过来了。”

“是啊，还好只是虚惊一场。不过，我们也有了新的思路，也算因祸得福。”张新道，“史梦，你急着回去吗？我有些想法想跟你碰碰，你有时间吗？”

“我……”在陈哲和罗玉盈面前，史梦有些拘谨。

“有想法及时交流是好事。”罗玉盈看出了史梦的心思，上前道，“反正现在天也还早，你们聊完让他请你吃晚饭，正好！”

陈哲闻言笑了起来：“您老就别操心了，让他们俩去聊就是了。我送您回家。”

“好，那我们先走吧。”罗玉盈笑着跟上了陈哲的脚步，还不忘时不时往后回头看看他们俩。

张新站在原地跟他们告别，笑着对史梦颇有些感慨道：“罗老师还真是个可爱的性子，人也好！”

“是啊，我还真是越来越喜欢她了。”史梦看着罗玉盈离开的背影，笑着回答道。

张新转过头，认真地看了史梦两眼，也跟着笑了，道：“我也越来越喜欢你了。”

史梦听明白，脸唰的一下就红了，只道：“你又胡扯？就没人管管？”

说完，史梦忙迈步走了出去，头也不回。

张新哈哈大笑了几声，快步跟了上去，在她身后喊道：“你等等我啊！”

张新追上史梦的脚步，拦在了她前头，笑着低头看她。

　　史梦微微转过头不看他，但脸色依旧有些红晕，看到这个红晕，张新又笑了。

　　闻听他的笑声，史梦微微嘟囔着，看着他道："不是说有话说吗？干吗一直发笑？再笑我走了！"

　　说完，史梦迈步往前走一步，却被张新拉住了手腕："好啦，我不笑了，行不行？是真有事情和你说。"

　　"那你说。"史梦站住了脚步，抬头问道。

　　"那个……我们找个地方坐下说？三言两语说不清楚。"

　　史梦投出不大相信的眼神："还打算继续胡扯吗？"

　　"当然不是！正经事儿！"张新道。

　　史梦用眼神又确认了一会儿后道："走吧。"

　　在街角的咖啡店里，张新给史梦点了一杯拿铁，自己也要了一杯，两人就这么面对面地坐着，史梦竟觉出了几分惬意。

　　"我这几天在想，要不要试着建一个展馆出来，有关咸水歌的。"张新喝了一口咖啡道。

　　史梦闻言一笑："还说不是胡扯？这怎么可能办得到？"

　　"小姐姐这就偏颇了吧？只要有好的点子，又能付诸实践，怎么就不可能呢？"张新道。

　　"那你说说看，你打算怎么做？"史梦见他一副胸有成竹的样子，紧接着问道。

　　"首先，你觉不觉得我们现在的宣传模式应该更丰富些？"张新问。

　　"当然。今早上卢主任也是这么说的。"

　　"是的。那你觉不觉得线上和线下要同时进行才更加有利于推广？"张新又问。

　　"这也没错。"史梦点点头。

　　"那不就结了？"张新往椅背上一靠，笑着道，"我希望的目标是建一个能持续下去的咸水歌文化展览，而不是单独依靠一两次文化展或者线上直播。说起来，我们身边这样的展馆其实很多，比如地铁展览馆、码头历史文化展，都一直在对外开放营业。我们也可以办一个！"

史梦还没说话，张新便往前倾身，认真道："和我一起试试吧，不管效果如何，总得先试试吧，是不是？"

见他一脸诚恳，说得倒也没错，史梦道："也行！反正都是做这些工作，不妨一试！"

第十五章　伙伴

回到福源社区文化站，史梦陪着张新把这个想法告诉了陈哲和罗玉盈。

两位前辈的认可让张新和史梦对这件事情充满期待，但与此同时，他们也在文化展馆如何定义的问题上出现了分歧。

临近下班，张新同罗玉盈之间的分歧非但没有达成一致，反倒越发激烈起来。

虽然大家都知道，他们二人的分歧都是为了工作更好地开展，但彼此硬挺挺的态度却令气氛变得有点尴尬。

到底为什么而产生分歧呢？事情原来是这样的。

要在福源社区文化站建一个有关咸水歌的展区，位置的选定并没有耗费大家太多的时间。陈哲提议，把福源社区后头一些空置的房间打通而后修整修整，也有近一百平方米的空间，足够做一个体量同他们目标相匹配的展示区。

但在展区的定位上，张新和罗玉盈却各执一词。

起初，张新是这样说的："咸水歌是一种特殊的地域文化，它不同于文字描述、资料记载，更多的是融合民间方言和水上民歌形式形成的文化。若要系统地展示给大家，一定要从歌曲的演唱和口口相传上入手。

"如此一来，越来越多的人认识了咸水歌并且学会唱咸水歌，这部分文化自然也就日益传播开来、一代一代传承下去了。而且，单从歌曲的角度展示，内容会比较简约，成本也相对低廉，符合我们现在经费有限、人员有限的情况。"

这是张新的想法，一个懂得韵律的人从音乐传播的角度对这个咸水歌展示区的定义。

这个想法，陈哲是赞同的，但罗玉盈却持不一样的意见。

"虽然说咸水歌是一种歌谣，从音乐的角度来理解没有错，但若是真要建这么个展示区，把咸水歌只当音乐来展示就显得有些狭隘了。"罗玉盈道。

"那您的意思是？"史梦眨巴眼睛问道。

"我觉得吧，既然要建，那就建一个水上居民的民俗展示好了。把有关水上居民的日常生活、喜怒哀乐以及与他们有关的历史演变一一陈列出来，如此一来，大家见到的就会是有血有肉的、丰富立体的咸水歌。也只有这样，咸水歌才能丰富地传承下去，相比起只是音乐的角度来看，要宏观得多，你们觉得呢？"

面对罗玉盈的提议，张新和陈哲相视一眼，但却没有回答，只是两人皆微微皱起了眉头。

而史梦却不同，待她听明白罗玉盈的想法之后，竟笑着举双手赞成道："我同意罗老师的看法！既然要展示，那就要全方位、立体地展示，让更多的人，不管是懂音律的还是不懂音律的，都能从不同角度认识到这一文化，继承和传播的意义才能体现出来！"

史梦十分认同罗玉盈的说法，二人相视一笑。

"可是，罗老师，如果按照你这样的想法来铺开的话，我们人手、经费不够不说，很可能连时间都不够。这么一来的话，我担心这个项目最终会夭折，成了一个烂尾项目。"张新直言道。

"我同意张新的看法。"陈哲接话道,"没错,我们是希望尽善尽美,但在能力和水平严重受限的情况下,我们应该首先保证项目的实现,而不是一味地追求做多、做大。"

"这话恕我难以理解。"罗玉盈接话道,"我们的目的是什么?归根结底,我们的目的是希望这份濒危的、在逐渐消失的边缘徘徊的文化得到传承和延续,而不在于完成一个或者两个项目,如果只是从完成项目的角度来讲,我们甚至大可不必选这个方向,找一两个简单又好看的项目做下来,岂不是更加省时省力?有些事情本就是繁复细致的,容不得急躁,也容不得马虎。"

"罗老师,我们倒也不是只从项目完成的角度上来看问题。说实在的,无论是您的想法还是我刚才的提议,关键中的关键都是要把它做出来不是?否则,半途而废,无论对谁都是一种无形的挫败和伤害,是不是?"张新道。

"如果是因为人力有限、经费有限,无法在短时间内完成的话,那么我们就把项目的实现时间延长,慢慢地做、仔仔细细一点一滴地做好它。毕竟我们是要把这个展示接力下去的,岂能这么草草完结?"罗玉盈道,"我也晓得年轻人做事崇尚干净利落,但有些事情还是需要沉淀的,尤其是宣传推广这种经历过岁月的文化,更加急躁不得。"

罗玉盈的话让张新和陈哲一时难以回答。

史梦道:"其实,我也是觉得我们要么不做,要么就把它做到最好,否则顶着一个创新传承的名头,最终交出来的作业却是潦草应付,这样一来不仅丢的是我们自己的脸,也让我们尊重和保护的这份文化跟着我们一起蒙羞。难道不是吗?"

外头的风渐渐大起来,把天边沉沉的乌云吹了过来。闷热的天气让人觉着有些压抑,加上这时候屋子里的气氛不如往日那般轻松,更是让罗玉盈的胸口有些堵得慌。

　　罗玉盈抬手捂着胸口，没有说话，但神色却不那么好看。

　　陈哲见着罗玉盈这副神情，忙道："罗老师是哪里不舒服吗？"

　　罗玉盈轻轻摇头道："没事，老毛病而已。"

　　陈哲晓得罗玉盈的老毛病是什么，做过心脏手术的人更容易对这样的天气反应敏感。

　　此时的史梦和张新也晓得罗玉盈身体上的问题，见她如此忙停下来道："罗老师，需要我们送您去医院吗？"

　　"没事，没事，歇会儿就好了。"罗玉盈笑着道。

　　"这件事先放一放，让罗老师好好休息几天，过几天我们再接着聊。"陈哲道，"张新去停车场开车，我们送罗老师回去。"

　　"好，没问题！"张新闻言，快步往停车场去了。

　　把罗玉盈送回家，见她神色好了许多，大家才稍稍安了心。

　　见大家这么兴师动众，罗玉盈自己笑着打趣自己道："我这个'倚老卖老'的人，说不过你们就拿身子骨开玩笑，吓着你们了吧？"

　　史梦从刚才到现在眉头一直微微皱着，到现在才好一些："看样子是缓过来了，不然才不会这么说笑呢！"

　　大家闻言，也跟着笑了。

　　"抱歉了，大家。还真是人不服老不行啊！唉，总觉得还有很多事情要做，还有很多想法没完成，可这身子骨吧……确实是上年纪了！"罗玉盈叹了一口气。

　　老伴儿走过来给她递了一杯温热的水道："年纪摆在那儿，还想跟年轻的时候一样拼命？我觉得你还是得悠着点儿，免得到时候这些年轻人奋力向上，你成了个拖后腿的。"

　　"我说你呀，这些话在家说说就算了，当着同事的面儿这么损我的？"罗玉盈道。

　　"我这是为你好，不是吗？"老伴儿坐在她身边，拉起她的手，笑了起来。

罗玉盈也跟着笑起来，颇有些感慨道："是是，我知道了，以后小心、下不为例，行了吧？"

老伴儿满意地点点头道："你呀，最好说到做到！"

见惯了同龄人各种秀恩爱，史梦觉得自己对于这些肉麻甜腻的东西已经具有足够的免疫力，也越来越觉得自己不适合当一个甜腻的情人，故而在很长一段时间里，她对于自己的感情生活并没有什么期待和过多的想法。

但今天却被这对头发斑白、执子之手的老夫老妻给秀到了。

爱情是什么，相守是什么，今天的史梦似乎有了新的理解。

记得平时在工作的时候，罗玉盈总会时不时给自己的老伴儿打电话，说的都不是什么大事或要紧的事，多是类似于晚上买点什么菜、明天带外孙们去哪儿玩、昨天的鼻炎好点没有这些。

罗玉盈常说，过日子还真就是这些琐事一件一件构成的，有时候会觉得有些烦琐，但话又说回来，如果跟看小说、看电影一样都是些波澜起伏，那这个人的人生其实也过得并不幸福。

这样的话史梦听了很多，也就此想过自己未来会不会结婚生子的问题，却从来没有像今天这样有所触动。

史梦想：三十年后，当她头发斑白的时候，会不会身边也有这么一个人，在自己生病的时候递上一杯水，然后嘱咐自己要照顾好自己？

她会希望有这样的人出现吗？如果希望有，又会希望这个人是谁呢？

…………

这个问题一直到从罗玉盈家里出来，仍旧萦绕在史梦的脑海里。

"想什么呢？"张新走过来，把刚从便利店买的一瓶金橘柠檬递给了她。

史梦回过神来，转头看向张新，目光在他脸上停了两三秒，而后自顾自地笑了一声，道："没什么。"

张新一脸蒙，轻笑："这是怎么了？"而后也开了一瓶金橘柠檬在史梦身边坐下来。

两人就这么肩并肩地坐了一会儿，看着远处红得像个橘子的夕阳慢慢地坠下去。

"这个金橘柠檬的口味还不错，"张新喝了一口，"但毕竟是含了添加剂的饮料，对身体不好。你要喜欢，我给你做，又或者，我教你做。"

史梦闻言，转头看向张新，又是盯着他看了好一会儿。

"你这是在……关心我？"史梦问道。

张新一笑："当然！……不过，你如果觉得不舒服的话，那就当成我对你的建议吧。"

史梦一笑，没再说什么，想了一会儿道："不管怎么说，还是要谢谢你的提醒。如果你方便的话，可以教我怎么做金橘柠檬水，健康当然是健康，关键也还能省不少钱不是？"

张新没想到史梦会接受自己的建议，笑着道："好说！你要是真想省钱，自制冬瓜茶呀、自制泡芙啊、自制蛋糕啊，我都可以教你。"

史梦对他顿时有些刮目相看："看不出来，你还是个会掌勺的？"

"你这话说的，这是叫掌勺吗？这叫美食家！"张新一本正经地纠正道。

"好好，美食家，你这金橘柠檬喝完了没有，喝完了咱们也该回去了。"史梦摇了摇自己的空瓶。

"行。我先送你回家，然后再回去加会儿班。"张新道。

"你还回去加班？陈站长没给咱们派活儿呀？"史梦说着，想了想笑着打趣道，"对了，你今天对罗老师的想法很不认同吗？该不会是要趁罗老师身体不舒服的空当，回去整理资料，打算说服她吧？"

"啧啧，瞧瞧你这小心眼，我像是这样的人吗？"张新接了话，"回去整理资料是没错，但不是为了说服她，而是为了说服我自己。"

"哦？这话怎么说？"

"今天罗老师的话我后来仔细想了想，似乎比我的想法要周全得多。只是我现在仍旧觉得我们未必有足够的时间和精力来完成，所以，我得回去找找'论据'，如果真的行得通的话，我会站在罗老师这边帮着说服陈站长。但如果我们确实没可能实现罗老师的想法的话，恐怕到时候你会是我第一个要说服的人了。"张新笑着抬手，指了指史梦的鼻梁，而后轻轻点了一下，以示告知。

原本史梦还打算好好地跟今天坚持自己意见的张新聊聊，让他接受罗老师的建议，毕竟她的想法和罗老师的是相同的，在史梦看来，的确传承文化要比单独传承歌谣意义深远得多。

却不想，还没等她开口说服，眼前这人就已经把话周全地说在了前头，让她无话可说，这让她不禁笑出声来。

"你笑什么？"张新问道，想了一会儿又说，"你发现没有，跟我在一起，你总是时不时地发笑，是不是？"

史梦一愣，脸上的笑僵住了，她把手里的空饮料瓶扔到张新怀里，道："想什么呢？再不走，可就没人陪你找'论据'了！"

张新还在发笑，等听明白她的话才急急赶了上去，笑着喊道："喂，你真陪我啊？"

史梦没理他，径直往前走去，抬高右手向他挥了挥，张新的脚步又快了。

入了夜，福源社区文化站里，史梦和张新的台面上都开着灯，各自书桌上堆着一大摞的资料。

整理资料的活儿时间一长就枯燥乏味了，加班也不是没加过，但像今天这么不觉时间流逝的感觉张新还是第一次体会到。

究其原因，张新也知道是为什么，微微转头看向此时也同样认真伏案的史梦，嘴角上的笑不知不觉又挂上了。

"你不干活，看着我干什么？"史梦没有抬头，但听到张新的方向安静得很，于是抬头看向他，直刺刺地问了一句。

"看你啊。"张新随口应道。

史梦白了他一眼："你跟谁都这么说话吗？以前在学校是个'情圣'吧？"

"当然不是。"张新很认真地回了一句，"你呢？你在学校谈过恋爱吗？喜欢什么样的男生？"

话才刚说出口，张新就觉得自己有些急躁了，但也实在搞不清楚自己为什么突然间这么上心这件事情，或许是在心里积压了太久了，又或者是今天同她独处的时间长了，这些话径直就来到嘴边，想都不想地就说了出去。

史梦直起身子，很认真地回答道："张新，你应该知道我会怎么回答你。"

他当然知道史梦的答案是什么，从他当初刚来的时候，史梦就把这个答案摆在了他面前。

但即便如此，他还是忍不住想靠近，于他而言，这或许是一种考验，考验他是不是真的对她有持久的、不容易松动的感觉。

原本以为，自己当初只是一时头脑发热，或者是寂寞久了，才想起来让罗玉盈帮忙搭线，可这么些日子接触下来，他却不得不承认，史梦于他不仅仅是那一时的心动而已，相反，她的很多表现让他更加坚定了自己最初的感觉。

但与此同时，张新心里也知道，史梦有自己的想法，在她没有认定之前，任何形式的游说都会以失败告终，这一点他很清楚。

所以，张新对于她的回答一点也不意外，与此同时，他也不觉得低落，因为在过去的这些日子里，他已经看到了史梦在向他走近，而且是很愉悦的，这一点就能给他足够的信心了。

"嗯，我明白。"张新站起来伸了伸懒腰，"你累不累，我打算唱首歌解解压，你不介意吧？"

张新的话题转得太快，史梦有些没反应过来，愣了一会儿后，很快笑着点头道："好呀！唱什么？"

"你想听什么？"张新问道。

史梦很认真地想了想道："就唱罗老师那天发给我的视频里的那首。"

而后，史梦点开放在桌面上的手机，翻出了和罗玉盈的聊天记录，找到了那段视频，播放给张新看。

那是张新当年参加比赛的视频，他笑了笑，把视频关掉，道："下面请欣赏本人为史小姐带来的抓耳动听挠心挠肺的流行大情歌《梦里》，请前排同事坐好扶稳，演唱马上开始！"

史梦已经笑得前俯后仰，还不忘拍手捧场，张新握着一支钢笔做话筒，深情地唱了起来。

今晚上的月亮很大很圆，挂在半空中照得明亮，把夜里看不到的云都描出了轮廓。江水轻轻地流淌着，在月光下有了光泽。

夜风吹过江面，又吹过江边的花丛，微微透过了窗，轻抚着史梦柔软的黑发。

张新的目光落在史梦的眼眸里，深情动听的嗓音传到了她的耳朵里，她的耳根缓缓地热起来，眼中也有了温度，脸颊微微红润起来。

张新又往前走了一步，在离她尽可能近的地方停了下来，然后慢慢俯下身来，在唱完最后一句之后，对上了史梦的额头，两人就这么安静地对视了好一会儿，脸上都带着轻柔的笑……

这天晚上，史梦在临睡前开始仔仔细细、认认真真地回想自己这些天跟张新共事的经历。

　　对他有好感了吗？史梦问自己，似乎这个答案并没那么难得出：并没有。

　　但像之前那样对他很排斥吗？甚至排斥他最初的想法吗？

　　这个答案也是显而易见的：并不排斥。

　　想到这儿，史梦不禁觉得自己很好笑，怎么就变得这么拧巴？

　　正想着，张新发来信息："今天挺累吧？早点睡！晚安。"

　　史梦一笑，拉了被子躺下，回了句"晚安"而后便睡下了，心里也想得更明白了：管它拧不拧巴？管它好不好笑？就这样一切顺其自然，也挺好的！

第十六章　建馆

　　两天后，经过资料收集和论证，张新站到了史梦和罗玉盈这边，成了一起说服陈哲的主力。

　　一开始，陈哲还以为张新依旧坚持原来的想法，但不过一会儿便听出了他的意思，多少有些意外。

　　"不是，你小子这是唱的哪一出啊？这才几天，就'倒戈'了？"陈哲轻笑了一声，确认道。

　　"领导，这怎么能叫'倒戈'呢，你这话用得不对呀！"对于陈哲的反应张新倒是不意外，笑着回答道。

　　"那你倒跟我说说，前头还讲得那么认真的、跟我不谋而合的想法这一转眼就变了？合着那天咱们几个白'吵'了？"陈哲喝了一口茶道。

　　"那怎么能叫白吵呢？"罗玉盈笑着上前，"但凡要做决定的事情，自然要经过讨论研究，咱们那天也是一种讨论研究的方式啊！虽然张新现在的意见变了，但也是他们经过论证的结果呀，总体而言对于工作的开展都是好事一件！"

　　"论证？谁论证的？这几天吗？"陈哲有些不大相信。

　　史梦看向张新，两人相视一笑，而后史梦把一沓资料摆在了陈哲面前，笑着道："领导，这就是我和张新这几天整理的材料和最终的设计方案，请您过目。"

陈哲看着桌上一大堆的材料，笑着摇了摇头道："把核心内容言简意赅地告诉我就行了，实在没空一页页地去看。"

"好，那我来讲。"史梦笑着开了这个话题。

这堆资料内容很多，但主要都是针对建立一个系统文化展馆可行性的论述。

"按照我们之前说的，我们可以把现在空余的房间整理出来，当作展馆使用，具体分为哪几个展馆我们也想好了。"史梦拿出了一张草图，上面是展馆的大致分布图，详细地写明了三个展区，"总共分为三个展区，都是围绕水上居民的演变历史以及他们的生活风俗来展开的。"

陈哲凑近，仔细地盯着这张草图看了起来。

这张图是张新画的，第一个展馆是史料馆，顾名思义，就是将这些年来罗玉盈搜集到的史料，包括文字类的、图片类的，等等，按照时间轴整理排列起来，让所有参观的人能在第一时间全面地了解咸水歌以及水上居民的相关历史背景。

"这一块主要就是史料吗？"陈哲问道。

"没错，第一个展区就只安排史料文献展示。"史梦道。

"我们在文化展上演出的效果不错，不在这里展示一下，是不是有些可惜了？"

"我们那天仔细地讨论过，我们这次要筹建的这个展览馆和我们之前在文化展上的展示还是有些不同的。"史梦道。

"怎么个不同法？"陈哲好奇起来。

"有一个客观事实我们不得不承认，很多人其实并不了解咸水歌是什么，一如我当初刚来的时候一样。这和我们要在文化展上吸引那么多人的目光不同，那天展示的内容也多，我们要从这么多展位中脱颖而出，生动的演出形式是很好的助力，很能让人一眼就记住，所以我们用起来效果很好。

"但这一次，我们是要做一个专题的展览，换言之，参观的人是要来了解咸水歌是什么的，也只有了解清楚了，他们从这里走出去的时候才能成为一名无形的宣传者。我想，这或许是我们所要实现的目标之一吧。"

史梦言毕，下意识地看了张新一眼。张新笑了笑，微微点了点头。

这些话，就是他们这两天讨论出来的，里面有不少是张新的点子。

陈哲闻言，安静地思考了一会儿。

史梦见他没说话，忆起之前陈哲的那个问题，又笑着补充道："在后头的展馆里，我们会把这部分内容加进去，主要是在第三展区展示。"

"嗯，"陈哲点了点头，"你说的倒也不是没有道理。……那，第二展区呢？主要展示什么？第三展区打算延续文化展上的演出的话，又打算怎么展示？"

对于陈哲一连串的疑问，张新走上前来，指着图纸道："第二个展区我们打算专门展示水上居民生活的点点滴滴，可以是他们的日常用具或谋生用具，抑或展示他们当初的一些工匠技艺，让大家更多地了解这部分的历史背景，从而对咸水歌文化有更深入的了解。"

"那第三展区呢？"陈哲又问道。

这回换罗玉盈上前，她指着第三展区道："第三展区就用来做一些相关的表演和演示，可以像我们那天在文化展上展出的一样实地演出，抑或借助音频或者视频的方式把咸水歌展现出来。"

话毕，陈哲闻声点头。这时他才发现，自己坐着的办公桌前头被罗玉盈、史梦和张新围得严严实实的，他不禁笑道："看你们这副架势，我这是不答应还不行了是不是？"

三人闻声哈哈大笑起来，张新道："领导千万不要有压力，这是我们的初步方案，如果您有不同意见和建议的话，我们还能再做修改，改到您满意为止！"

"对，没错！"史梦附和道。

"你说这话岂不是让我压力更大？"陈哲站起身道，"我承认，这三个展区的展示确实比我之前认同的单纯展示音乐的方案要充实得多。但我还是那句话，如果这样铺开来完成的话，我们的时间和精力未必充足。

"当然，我也不瞒你们，如果真能做成现在这草图上预计的那样，我自然是十分欢迎的。我唯一担心的就是，如果没有做好人力、物力和财力的安排就这样开工的话，最后我们可能会止于半途，这样效果反倒差了。"

"我懂你的意思。"罗玉盈道，"说白了，我也有这样的担心。不过你放心，如果你同意这个方案的话，我们接下来一定会制定好细则的，确保这个项目能保质保量地完成，绝不'烂尾'！"

"罗老师，有您这句话，我自然放心了啊！"陈哲笑着道，"好，既如此，那就照这个方案来安排！我相信你们！相信我们福源社区文化站！"

说完，四人抬手握在了一起，这一瞬，无论他们是什么年纪，都像极了充满活力的青年，这份感觉让史梦更觉得心中生出了澎湃之意！

平时的日常工作虽然不至于案牍成山透不过气来，但经常性的忙碌还是不可避免的。

要想更好地完成福源社区文化站的这个新项目，就必须把业余时间也用上。

罗玉盈把自己手头上搜集到的东西从柜子里悉数搬了出来，打算利用周末的时间整理出来，却不由自主地勾起了诸多回忆。

"欸，你什么时候给我拍的这张照片呀？"罗玉盈拿起一张侧身照，想了好一会儿问老伴儿。

老伴托了托眼镜，接过罗玉盈手里的照片确认了下，笑着道："这张照片可有些年头啦！那会儿……我才刚认识你啊！"

"哦，是吗？"罗玉盈凑近，仔细地看了看照片。

这是一张泛黄的照片，主体是罗玉盈，再远处是船和水乡。

忆起来是什么时候的事儿，罗玉盈也笑了。

那一年，刚到宣传队，罗玉盈被安排到了二队，同当时在一队的郑荣鸣并不认识。宣传队下乡到了东莞的一个乡村，那里有一条长长的河，水上漂着很多疍家人的船舶。

那时的罗玉盈还不知道自己后来跟疍家人、跟这些水上居民生出了如此深厚的联系，只觉得这些歌声同自己小时候在珠江边上听到的一样动听婉转，一下子让身处异乡的她感觉到心里头满满的。

久而久之，罗玉盈成了这水边的常客。

那一天，郑荣鸣开口同她说了第一句话。

"你是二队那个爱唱咸水歌的小姑娘吧？"

罗玉盈闻言，转头看向这个陌生人，看他样子也没比自己大多少，反问道："你是哪位？怎么我就小女孩儿了？"

"不好意思！我只是看你挺年轻，所以这么叫，你要是不喜欢的话换一个也行的。……对了，我叫郑荣鸣，在一队，之前听过你唱咸水歌，印象很深。"

言毕，郑荣鸣向罗玉盈伸出了右手，罗玉盈愣了一会儿，笑着握了上去，道："你好！我叫罗玉盈。"

自那以后，二人便携手走过了这三四十年的历程，如今两鬓斑白，依旧执子之手、不离不弃。

这照片，便是郑荣鸣在没同罗玉盈说话前抓拍的。那时候要照个相特别不容易，郑荣鸣拎着照相机是为宣传队采风用的，却还是禁不住拍了一张。

后来因为这事郑荣鸣还被批了一顿，但照片到底还是留下来了，一直夹在郑荣鸣的笔记本里，这会子才被翻出来。

青春岁月、情窦初开、执子之手、与子偕老……

时光缓缓流淌过，留在他们身上印迹变幻无常，唯有爱到如今依旧闪耀，能让他们在一瞬间湿了眼眶。

"我有时很好奇，如果当时没在那里遇到你，我们还会不会这样牵着手走过一生？"罗玉盈看向郑荣鸣道。

郑荣鸣回握住她的手道："如果不是在那个地方那个时候碰上，我想只会更早遇见吧，因为……我这一辈子应该就是为你而来的吧！"

"你呀，老了还这么不正经！"罗玉盈虽然嘴里埋怨着，但却下意识抬手抚了抚眼角，眼中带着些红色。

郑荣鸣抬手，帮她擦去眼角的泪，只道："或许，咱们也该感谢感谢咸水歌这个'媒人'吧，否则当时我哪儿能在人海茫茫中一眼认出你来呢！"

"你这么说倒还真是，否则我又怎么会在水边碰上你呢！"罗玉盈道。

言毕，两人相视而笑，一切美好尽在不言之中……

这边罗玉盈在家里忙活着整理资料，史梦和张新则在福源社区文化站空置的房间里准备展馆。

"这样挂行吗？"张新站在梯上，把两个大红灯笼往上挂，让史梦在下边帮忙看着。

"往左边一点。"史梦道。

"这样？"

"往右边一点。"

"这样？"

"再往左一点。"史梦道。

"好，那这样？"张新伸长了手，按照史梦说的摆了过去。

史梦在下头点了点头，看样子是摆正了，但张新没回头，一直举着灯笼等她答复。

史梦微微一笑，没回答，也没说话，就这么安静地站在原地。

张新没多想，只以为她还在看，也不催，就这么跟着安静地等了好一会儿。

只是越等越觉得不大对劲，耐着性子又等了一会儿，转头打算问她时，却见她脸上带着调皮的笑，一下子也明白自己被她捉弄了，扑哧一笑，只道了一个"你"字，却说不出别的话来。

此时，史梦看着他这样子已经哈哈笑了起来，张新把灯笼挂好从梯子上下来，朝着史梦走过去。

"好玩吗？"张新笑着抬手轻敲了敲史梦的额头，问道。

史梦敛了敛笑意，轻咳一声道："还行。"

张新又上前一步，再问道："还想玩不？"

史梦对上张新的目光，没说话。

"你不说，我就当你默认了。干脆把我自己送给你玩好了，不用客气。"张新说着，把自己的手放在史梦的手里，笑着说完，又笑着看着她。

明白了这话里意思的史梦顿时脸唰的一下就红了，说话都有些磕巴了，但手却没松开："你这么没正形，罗老师他们知道吗？"

见她这样，张新又生出了几分笑意，道："你这么不识货，罗老师怕是不知道吧？"

史梦说不过他，松开他的手往后头走去，边走边道："他们知不知道我不晓得，但如果这堆东西不赶紧处理的话，熬到天亮的结果我还是晓得的。"

说着，史梦把一张大海报递到了张新面前。

张新笑着接了过来："好吧，你这话题转移得很成功。这次就先'放过你'，说吧，这张东西贴哪儿？"

史梦微微仰头，笑里带着些许得意，指着左边道："那边吧！"

"得嘞！您瞧好了！"张新直奔左边墙面去了，不一会儿的工夫便贴好了。

前前后后花了一个多月时间，福源社区的这个展馆已经有模有样了。

一进门，摆在眼前的便是一幅半墙高的水上居民图，这是罗玉盈在打算办这个展馆的时候，让阿南连同熟识的几位擅丹青的水上居民一起画出来的。

用阿南的话讲，水上居民描绘自己曾经的日子，当然再合适不过了！

虽然一开始罗玉盈也有些担心，怕时间不大够，还特意把画的尺寸缩小了，但阿南说，再怎么没空，这点时间还是能挤出来的，故而带着伙伴们起早贪黑地把这幅巨型画给画了出来。

成品竟然也没有因为时间上的急促而受到影响，效果出奇地好。罗玉盈和陈哲、史梦、张新他们看着这幅画，颇为感叹的同时，也生出了几分自豪之感。

"阿南说，原来的水上居民都觉得做这件事情意义很重大，听说完工那会儿有人还掉眼泪了。"罗玉盈说。

这话让史梦稍稍怔了一会儿道："看来是真的入心了！怪不得效果这么好！"

"是啊，"罗玉盈道，"他们是真的把自己的回忆，还有曾经的那些喜怒哀乐都融进去了！"

"很好！"陈哲道，"这世上最能打动人的莫过于真心了！他们如此耗费心力的一幅画，一定能够打动所有的参观者，对于咱们这个展馆最后的宣传效果以及未来，我倒是越来越期待了！"

张新哈哈笑了一声，接话道："这话倒是没错！不过，我们这才刚进来展馆，还得接着往后头走，把一些粗糙的、不大满意的地方再修修，这样才更加值得期待了！"

"嗯，没错，那咱们接着往下走吧。"陈哲道，"卢主任一直盯着我说展馆一旦完工要第一时间过来看看，我初步把时间定在了下个月五日，这样的话时间更加充裕一点。"

"好，五日来得及。"罗玉盈点头笑着道，"先去看看史料图片展区，我可是把这十几二十年压箱底的东西都拿出来了！"

"好好！就冲你这话，不看就真的可惜了！"陈哲说着，带着他们几个往第一展区走去。

第一展区展出的都是些十分珍贵的史料，罗玉盈把老伴儿当年给自己拍的那张照片一并拿出来的时候，还犹豫着是不是不要一块儿贴上去，但听过其中故事的史梦却觉得，这张照片要保留下来，只因为照片里罗玉盈如痴如醉的神情是自然流露的，十分难得。

在张新和史梦的坚持下，罗玉盈最后同意了把这张照片放在里头一并展示，当陈哲看到这张照片的时候，竟莫名有些感动，只道："当时果真是年轻啊！这一晃，罗老师跟咸水歌结下了几十年的情缘，不容易啊！"

大家都安静了下来。

是啊，可不是真不容易吗！

如果是当年的罗玉盈说，她要跟这咸水歌结下几十年的不解之缘，那她未必能这么坚持下来，但就是这么一点一滴、一分一毫地累积下来，而后再回首的时候，才发现竟已经走了这么远的路！

陈哲的话罗玉盈明白，心里顿时也生出了不同的感慨；而史梦和张新听来，却生出了由衷的敬佩之意。

"如果我在二三十年后再回首，也能有这份感慨，那我现如今做的所有工作也就都值得了！"张新道。

史梦闻言，不禁想到了自己。她会为咸水歌就这么坚持二三十年吗？

这于她而言，是一个陌生但却似乎并不排斥的问题。

"想啥呢？"罗玉盈笑着推了推史梦问道。

"没什么。"史梦一笑，再一看，张新带着陈哲沿着展览墙往前走去了。

"走吧，咱们去看看第二展区，去看看你布置了好几天的成果！"罗玉盈笑着，眼神中透出了些期待。

第二个展区按照最初的设定是用来展出水上居民的日常生活原貌的，生活气息浓，也是最好发挥的一个地方。

史梦之前和罗玉盈说，她花了好几天一气呵成地布置了这个展区，还在那里住了两个晚上。她说的时候极少见地露出眉飞色舞的神色，惹得罗玉盈充满了期待，这不，拉着史梦笑嘻嘻地往前走去。

才刚到，就听见走在前头的陈哲道："嚯，这里布置得可以啊！"

罗玉盈闻声快步走了上去，看到了第二展区的布置，也跟着感叹道："哇，不愧是你啊，史梦！"

张新闻言，看了看罗玉盈，而后把目光停在了史梦脸上，二人相视一笑。

展区的正中间是一艘按比例缩小仿造的疍家艇，后头紧挨着的是疍家人住的木屋，二者相互辉映，布景一下子就把人带到了当年被称为"海上游牧族"的水上居民的生活场景之中。

史梦说她花了大半个月的时间只做了一件东西，之前为了保持神秘感，并没有点明做了什么，现如今这么一看，那时她说的，应该就是这艘按比例缩小的疍家艇了。

不得不说，这艘艇做得很逼真，也很细致，很多细节的地方都处理得很好，连罗玉盈都忍不住赞赏起来。

"看来你这些日子花的心思没有白费，果然很惊艳！"罗玉盈笑着道。

"罗老师说笑了。要真论起来，还是您指导得好，要知道，我可是连大半夜都打电话过去'骚扰'的呀！"史梦笑了。

的确，在过去的这些日子里，为了把这艘艇做好，史梦没少向罗玉盈请教，有时忙到大半夜碰上不懂的，也还是会给罗玉盈发信息，却总担心打扰到她休息。

好在罗玉盈并不介意，直言让史梦随时打电话，只要她没睡着就一定会接，不用担心！

这才让史梦能及时解决问题，赶着时间把这艘艇给造出来。

现如今这么看的话，的确收效不错，陈哲很喜欢史梦的主题构思，对于她和张新这些日子的付出也赞不绝口。

"很好！一开始我还担心你们俩小年轻会不会中途碰上困难放弃或终止了，现在看来，倒是我多虑了！"

第十七章　招募

最后一个展区是之前设定好的视听展区。

在这个展区里，史梦和张新最开始的目的是让更多的人更加直观地了解咸水歌，所以他们打算在这里做一些表演类的展示，不限于影像和现场演出。

因此，他们特意在这个展区设置了一个平台，这让陈哲联想到了那天在文化展上的演出。

"这地方设计得倒是不错，虽然简洁但却大有用武之地。这样一来，卢主任那时说的延续文化展上的展现方式也就能逐步落地了。"陈哲道。

"嗯，没错，"罗玉盈接了话，"我有个想法，想在社区里招募些喜爱演唱的居民，组建一个业余演出队，在这个展区展示，如何？"

这话让大家都有些意外，本以为罗玉盈现如今年纪大了，有些事会出现些疲态，却不想她仍旧是个有想法的。

"罗老师这想法好呀，这样一来，我们福源社区文化站在咸水歌的宣传上可就名副其实走在同行前列了呀！"陈哲道，"这个展馆虽然不大，但已经囊括了咱们所要表达的东西，也展示了咱们这么久以来的成果；有了个演出队伍，咱们的宣传模式可就奔着有声有色去了！很好！我赞成！"

"我也赞成！"张新笑着道。

"我也是！"史梦笑着站到了罗玉盈身后，把头微微靠在她的肩膀上。

罗玉盈笑得很开心，原本以为这个提议未必能实现，甚至还想着如何去说服他们，却不想竟然得到了大家的一致认可，这让罗玉盈打算操持一支演出队的心更加坚定了。

"好！"罗玉盈道，"既然大家都同意，那咱们准备准备，下月初就在社区里开始招募如何？"

"没问题！"陈哲点头，"先把展馆的收尾工作落实好，然后再进入招募阶段。我的意思是，我们可以举办一场典礼，起一个类似于'福源社区文化站咸水歌文化展开展暨社区咸水歌演出队招募启动仪式'这样的名头，把咱们想要宣传的内容热热闹闹地推广出去，如何？"

"太好了！这么些年咱们福源社区文化站还没这么热闹过！我看行！"罗玉盈越说越兴奋，眼神中带着期待。

正说着，忽闻张新的肚子咕咕叫了起来，大家循声望去，张新的脸唰的一下红了。

史梦笑出了声："从昨天忙到现在，他就吃了一个菠萝包，我问他饿不饿，他说减肥。原来，他的肚子不听他的呀！"

"辛苦了！是我考虑不周！"陈哲笑着道，"展馆的活儿咱们回来再干，走，我带你们吃饭去！先声明啊，这顿我自己掏腰包，你们谁也别有压力啊！"

"哈哈，这么多年难得见你这么慷慨一次，当然要去！"罗玉盈打趣道，"说吧，带我们去哪儿？"

"还用问吗？当然是去你上次极力推荐的渔上人家吃疍家美食

啊！"陈哲道。

"太好了！我已经惦记很久了，咱们快走吧！"张新说完，大家都哈哈大笑了起来。

两周后，福源社区文化站咸水歌演出队的招募正式列入日程。这两周里，卢主任带着上级主管部门的领导同事们参观过福源社区的咸水歌文化展馆，同事赞不绝口，同时也为这文化站里几个人的行动力感到吃惊。

"这个展馆意义可不小啊！"卢主任道，"我倒是觉得接下来得好好推广推广，把这些内容和这样的方式都展现出来，让更多的人看到咸水歌，也让更多的人看到咱们福源社区文化站在宣传推广非遗方面做出的努力！"

卢主任的话得到了大家的支持，这让文化站的这四个人既觉出了欣慰之意，又更有干劲。

说起来，他们似乎从未想过要被人们所关注，只是凭借一颗热忱的心把自己的事情做好而已。

如今能做出这样的效果，确实不容易。

在卢主任的提议下，史梦又一次找到了萧晓，让她为福源社区文化站的这个展馆做一个专题报道。

萧晓随即来参观了一次，便露出了由衷赞叹之意："不是吧，你们就这几个人，还能把这事儿办成这样？！"

史梦一笑："你这话是夸我们还是骂我们？"

"那还用说！当时是夸你们啊！"萧晓道，"原先我以为你们也不过是应付任务罢了，没想到倒还真干出模样来了，难怪卢主任让你把我找来，还非得做个专栏。这么看我这趟没白跑，值！"

"你这话说得官里官腔的，可不像你啊！"史梦笑话道。

"你这可就冤枉我了，我可从来不会那一套。说真的，你们这态度、这股劲儿倒是少见。说白了，也有人喊我去做非遗宣传专栏，但很多都是流于形式，或是坐下来摆个pose拍个照，或是大家开个不痛不痒的研讨会，我还真是烦透了那样的模式。能讨论出个什么？我又能写出个什么？"萧晓说着摇了摇头，"都是个让人脑壳疼的问题。"

"哦，这么说，我们这里很有素材了？"史梦又问。

"当然！光是这走在前列的宣传方式就值得大力提倡。你知道的，我原先对这东西也不是很感冒，但自从接了报社关于这方面的报道任务，我现在跟你已经算是同一条战线上的人了！"

"太好了！"史梦笑得很开心，"有你在，我倒还真不担心宣传稿子的事情了！赶紧把这个专栏写完了，再帮我写个招募咸水歌演出队队员的稿子！我这几天太累了，脑子转不动、写不了。"

萧晓盯着她一会儿，道："这种东西也要我写？正所谓'杀鸡焉用牛刀'，我给你出个主意怎么样？"

史梦抬眼对上萧晓的目光，见她眉眼里皆是笑意，萧晓说："你要想宣传咸水歌演出队，还写什么稿子啊？直接把人往这儿一拉，再让张新唱上几句，就什么都不用忙活了！"

看着萧晓眉飞色舞的样子，史梦一想，好像也是个好办法，笑道："这倒是个不错的主意！"

"那是！"萧晓一脸得意，"不过这个主意还有个不好的地方。"

"什么？"

"那就是……"萧晓故作神秘道，"你的张新小哥哥可能会被别人看上，又或看上别人。"

史梦一愣，在萧晓肩头轻拍了一下："胡说什么呀你？！"

萧晓一躲，两人紧跟着哈哈大笑起来。

萧晓的建议史梦打趣着绕了过去，却被当时正巧经过的罗玉盈听见了。

　　罗玉盈觉得萧晓这个主意很不错，所以立马同张新商议起来，拟订了具体的方案。

　　张新自然是同意，只是有一个要求，也是罗玉盈一下子就能想到的要求，那就是史梦也要跟着一起。

　　罗玉盈笑着，没说什么，只道自己也是这么想，让张新先行想想怎么安排，她一定会把史梦一起喊上。

　　"罗老师，我觉得我吧，派派宣传单还可以，让我参加到演出队里去，就不怕这队伍被我拉得更加业余了？"史梦笑着拒绝道。

　　罗玉盈哈哈大笑起来："我说阿梦啊，你就别这么谦虚了。且不论你会不会把队伍拉垮，单说你不去，怕是这个队伍都组不起来。"

　　史梦闻言，想了想，但却没说话。

　　"你是个聪明的孩子，我的话什么意思你不会不晓得。他也是个实心眼的孩子，怎么想的明明白白地都写在脸上了，连我们这些局外人都看出来了，你自然不会不知道。"

　　史梦微微一笑，仍旧没有说话。

　　罗玉盈知道，史梦晓得她这话里说的人是张新，但她既然没打算往下接，罗玉盈也就没再说什么，笑着问："不急着回答，你好好想想再回答我都行。"

　　"罗老师，"史梦稍稍低头，略微思索了一下道，"什么时候他把招募计划制订出来了，就发我看看呗。"

　　罗玉盈抬眼对上史梦的目光确认了一会儿，而后笑着道："好，我让他赶紧做出来，然后发你！"

　　收到罗玉盈的信息时，张新禁不住笑了。

　　早在他自己提出这个要求的时候，就已经大概想到了史梦会说什么，也料想罗玉盈会帮着撮合她来，但却没有想到，她竟然自己同意了这件事，煎熬了这么久，他终于生出了期待，有了从未有过的欢欣。

史梦是个有主见的人，张新一早就知道，这些日子同她接触之后，他更加肯定自己的这个判断。

然而，她能主动地应下这件事情，若是她自己没有过自己心里那关的话，定然是说不出来的。

而至于她这块"坚冰"为什么会有所动摇，除了她的观念和看法对他有所容纳之外，似乎也找不出别的理由了。

这个想法让张新感到满足，也让他为此思量至深夜，仍旧未能入睡……

天气越来越凉，虽然不至于觉出冷，但寒意还是有的。

张新花了两天的时间把福源社区咸水歌演出队的招募培训方案做好，第一时间发给了史梦。

史梦收到后很是快速地过了一遍，而后把几个她认为要修改和完善的地方提出来，反馈给了张新。

这么一来二去，两人花了不到一周的时间便把最后方案定下来，招募活动在福源社区的咸水歌展馆正式启动。

正值周末，福源社区的很多居民都赶来凑热闹，宣传单派了一个上午，罗玉盈和史梦他们也站了一个上午。临近中午的时候，史梦实在口渴难耐，把手里的传单递给了罗玉盈，稍稍离开一会儿，往边上的便利店去了。

站在冰柜前，史梦很快地就把自己很喜欢的金橘柠檬给找了出来，刚拎在手里打算去付钱的时候，张新双手背在身后，迎面走了上来。

"Hi！"史梦脱口而出打了个招呼，"要不要来一瓶？"

张新笑着摇摇头，伸出一只手把史梦手里的冰镇金橘柠檬拿了过来，顺手放在了货柜上。

史梦一脸不明地看着他："你这是……"

"天气渐渐凉了，你还喝冰镇的？"张新道。

"不然呢？"史梦笑着应道，"你是知道的，我喝不惯白开水……"

话还没说完，张新就把背在身后的另一只手拿出来，并把这手里的一个保温杯递给了史梦。

"金橘柠檬，热的。尝尝。"张新道。

"金橘柠檬？哪儿来的？"史梦想了想道，"这是你泡的？"

"不然呢？"张新笑了，"难不成是我路上捡的？"

史梦抬眼对上张新的目光，盯着他看着，一时没有说话。

张新被她盯得有些不好意思，轻咳了两声催促道："不是渴吗？尝尝看。"

史梦见他这么坚持，于是打开了保温杯，倒了一些在张新事先准备好的干净纸杯里。

张新看着她喝，虽然嘴上不说什么，但心里却很是在意她的反馈。

史梦抿了一口，品了品，又抿了一口。

"如何？"张新还是问出了口，"有没有什么需要改进的地方？"

史梦没回答，一口气把杯里的水都给喝了，抬眼看着他道："我觉得吧，唯一需要改进的地方就是……"

"什么？"

"你泡得太少了，都不够喝的。"史梦说着，冲着张新微微笑了笑。

听明白话的张新顿觉心里头的一块大石头放下来了，神色愉悦道："这没问题！回去我给你泡，你想泡多少就泡多少！"

见他像个孩子似的信誓旦旦地说着，史梦也觉着有趣，接着他的话道："最好是把泡的方法也教给我，这样我就能自己搞定了！"

"那可不行！"张新一本正经道，"教会了你，我还怎么泡给你喝？"

史梦闻言，只觉这人还真是率真得很，心里怎么想倒也怎么说，难怪罗老师说他是个实诚没心眼的。

想到这儿，史梦不禁低头笑了一声。

"怎么了？"张新也好奇。

"没事。行吧，不教就不教。只要你不觉得麻烦，泡就泡吧。"史梦说着，往杯里又倒了一些，把手里的保温杯放到了张新手里，自己边喝边往回走。

张新看着她的身影，想着她方才的话，加快了脚步，笑着赶了上去。

张新和史梦在福源社区展馆前头总共招募了三天，原本以为只要凑够一支八人的业余咸水歌队，让第三个展区的功能充分发挥出来就不错了，却不想，前来报名的人竟然有八十多个，除去一些唱得不好的，一些年纪太大的，一些身体条件不允许的，张新在第三展馆进行了简单的筛选，最终选定了十八个人作为演出队队员。

陈哲看到这个数据的时候还是挺意外的，笑着自嘲道："我看我是老了，竟然对很多事情都预料不到，是时候让贤了！"

罗玉盈笑道："你呀，就别谦虚了。福源社区能把咸水歌宣传做到今天这样子，没了你这只领头羊，哪里跑得动？"

"罗老师，您这话可折杀我了，'领头羊'这三个字可不好用在我身上，只有您才是当之无愧的呀！"陈哲道。

"好吧，我说不过你！"罗玉盈笑着把手里的名单递给了陈哲，"你看看这十八人是直接都用上，还是说再筛选一遍？"

"我看看。"陈哲接过单仔细看了一会儿，想了想道，"咱们这支业余演出队人员多是些上了年纪的退休阿姨，这也正常。年轻人对咸水歌文化不熟悉是一方面，没时间也是一方面。既然他们都有这兴趣也经过了张新初审，不如就都留下来吧。"

"都留下来？"罗玉盈确认道。

"嗯，没错。反正咱们的咸水歌演出培训是免费的，没有人数限制，喜欢的都可以来。而这个决定呢，其实我还有另一层意思。"

"是什么？"

"你我也都是上了年纪的人，身体越发不如以前了，这支业余演出队的构成决定了它在很大程度上会出现一些不可控的因素，为了确保演出的稳定，多一些人也是很有必要的。"陈哲的话很中肯，听得罗玉盈连连点头。

"有道理。"

"只是……在培训方面可能就要辛苦张新了，毕竟人多了，而且都是些有些岁数的人，得多花些心思才行。"

"这个你放心，他会用心。"罗玉盈拍着胸脯道。

"那就好那就好！"陈哲神色中透着满意，"对了，他们俩怎么样了？"

罗玉盈一愣："你说谁和谁啊？"

"还能是谁？张新和史梦啊！这小子都把心思写脸上了，咱们都是些过来人，可不一眼就看出来了。"陈哲倒也实话实说。

"倒也是！张新吧倒一门心思没变，史梦也还是原来那样子，也没点头答应他。不过，最近这些日子看，似乎两人走近乎些了，也不知道是不是我瞎操心操惯了看走眼了。"

"哦？好事儿啊！"陈哲笑了，"原先我还以为他们俩不是一路人，但这么些日子把活儿干下来，倒发现他们登对得很。如果这能成了，也算是咱们福源社区文化站喜上加喜啊！"

"我也希望他俩能成啊！"罗玉盈颇有些感慨道，"但这事儿讲缘分，咱们只能帮着撮合，成不成就看他们自己、看天意了！"

"对，你说得没错，是这理儿！咱们就放手让他们俩去忙活好了，我是放心的。"

罗玉盈笑着反问道："哟，您这弯转得够快呀！这前不久可不还担心这俩年轻人这不行那不行的，这就放心了？"

"罗老师，您就别挖苦我了。我承认，我之前确实操心得很，也承认确实是我缺乏调查了解。但俗话也说，'识时务者为俊杰'，我虽然上了年纪，但这颗当俊杰的心可还是有的呀！"

罗玉盈闻言，啧啧道："都说陈站长口才很好，这么多年过去了，依旧是宝刀未老啊！"

"罗老师客气！不过实话实说，对您，我可从来都不会隐瞒。"

罗玉盈十分认同："晓得晓得！这很好，咱们都是真心办实事的人，本就该开诚布公地真诚相待。很庆幸，你我都是这样的人，也始终如一地这样相处着，对于这一点我很满足！"

"我也是！希望这样纯粹的办事风格和态度能延续下去，要干实事就不能假，不能虚，否则假大空做惯了，还谈什么实？"陈哲颇有意味道。

"放心吧！史梦和张新都是这性子。"

"嗯，是的！我很放心！"

言及此处，罗玉盈和陈哲相视而笑，其中意味心照不宣。

连着好几个周末都回来加班，帮着咸水歌演出队新加入的队员们培训基础乐理和演唱技巧，算下来张新已经整整上了二十天的班没有休息，嘴边的胡楂也剃得没那么勤快了。

忙得不可开交的张新一天下来连话都少了。

忙得话都少了的张新却不忘每天在睡前给史梦发信息，有时只是道一句"晚安"而已，却也从未落下。

这些日子下来，张新不像以前那样同自己有一搭没一搭地说话，史梦竟觉出了一丝失落之意。

史梦晓得他最近一直连轴转，忙得很，但在这方面她是个绝对的外行，一点忙也帮不上，故而这几个周末或下班后的时间也都没去打扰他。

只是最近这几天史梦听见张新一直有意识无意识地咳几声，故而在这天周末思量了许久，给张新发了个信息。

"昨天去药店买罗汉果买多了，给你一些，要不？"

编辑了十来分钟的短信才刚发出去，史梦就觉得有些不妥当。她愣愣地对着手机皱了好一会儿眉头，又把信息翻出来撤回了。

可才刚撤回，张新的短信就发过来了："好啊！当然要！谢谢！"

史梦失笑，觉得自己有些滑稽，一时想不出怎么回这条信息。

过了好一会儿，张新又发信息过来："怎么拿？我现在去你家拿呗？"

史梦又笑了，回道："现在有些晚了，我明天带到单位给你吧。"

"好。"

三十秒后。

"不好意思，最近实在太忙，忽略你了！我的错！"

第十八章　温情

史梦看着信息一愣，心头微微一暖，但却没有回复。

又过了三十秒，张新拨通了电话。

"喂，"张新停了一会儿，道，"还没睡是吧？"

史梦听见电话那头的声音有些沙哑，透着浓浓的困意。

史梦在电话这头笑出了声："当然，不然怎么接电话。"

"也是。"张新也笑了。

两人又安静了一会儿。

"连轴转了二十天，话都少了，不好意思。"张新道。

"没事，我晓得。你……要注意休息。"史梦道。

"你也是。"张新轻轻应了一声，又咳了两声。

"你生病了吗？"史梦问。

"倒也没有。就是唱多了、讲多了，喉咙有点不舒服而已。谢谢关心。"张新道。

"客气！那……我睡了。"

"睡吧。晚安。明天见。"

"晚安，明天见。"

史梦挂了电话，脸上不经意地露出了微笑。

新建演出队，队员们都充满了兴奋和好奇，但真正练下来却不是一件容易的事情。

所谓合唱，最重要的是每一个个体都要优秀，与此同时，他们还得有机地融合在一起。

虽然挑选的都是些有一定演唱功底的队员，但事实上参加过专业培训的人并不多，这让演出队培训的频率和强度不由得增加了不少。

福源咸水歌演出队打算演出的第一首歌，名叫《唱起那盛世咸水歌》，罗玉盈选的，大家都很满意。

"唱起那盛世的咸水歌也，歌唱我的水乡，红红火也，火也。唱起那盛世的咸水歌也，幸福日子天天过耶，幸福日子天天过耶。"

曲调和歌词都在传统疍家歌谣的基础上做了延续和升华，罗玉盈觉得要么不唱，要唱就得唱个震撼人心的，虽然大家都知道这个不好唱。

首先，这是一首G调的歌曲，调性本就高了，没有一定的气息基础是很难唱上这个高音的；此外，这歌里头有很多音阶跨度挺大的地方，很讲究技巧和水准，也很考验教授者和学习者演唱技艺。

罗玉盈选定这首歌之前跟张新商量过，如果太难的话可以选择换一首。但是张新却认同罗玉盈的说法，如果组建一支演出队，最后出来的效果平平，那么大家的初衷和努力也就没那么大意义了。

故而，在张新和罗玉盈的坚持下，福源咸水歌演出队选择了这首歌。

这也就意味着张新为此要付出更多的时间和精力。

新队员们虽然热情高涨，但并不专业，张新试过在咸水歌演示区带着大家一起练习，但效果并不好，因为每个人的理解能力和实践能力是参差不齐的。

为此，张新特意把训练时间改成了"一对三"的模式，也就是每天晚上针对三个队员进行小班开讲训练，这样一来周一到周六就可以把十八个队员都单独训练一次，周日再合起来排演一次。

如此一来，对在每个队员进行有针对性培训的同时，也能有足够的自主练习和休息的时间。但与此同时，张新的休息时间就会不可避免地被挤压占用了。

这么坚持了一个多两个月后，张新果真病了。

张新发高烧了，最高到了三十九点五摄氏度，躺在床上连水都没法儿自己喝。

陈哲和罗玉盈闻讯赶到了张新的住处。

一个单身汉离开父母独居，现如今又病了，整个人都有些不成样子了。

见陈哲和罗玉盈进门，吃了药稍稍退了烧的张新下意识地往后头望了望。

罗玉盈看出他的心思，道："放心吧，就我们俩。等你好了我再让她来看你。"

张新没说话，虚弱地道了声谢，又回到床上躺着了。

罗玉盈把带来的食材一一放进冰箱，一面嘱咐道："好好休息，不急着回来！这东西帮你放冰箱，够你吃上几天。多少吃点，虽然病着不大动得了，但饭还是要吃的。"

张新轻声应了一声。

"是啊！说起来是我没做好工作，累着你了！你呀，好好休息，养好了再回来！"陈哲道。

"谢谢。"张新的眼皮都快耷拉下来了，"不好意思，实在累，我再睡会儿。"

"睡吧睡吧。待会儿我们自己走，把门给你带上，你安心睡。"罗玉盈道。

张新点头，而后把被子拉上，沉沉地睡了过去。

史梦一早上班，见福源社区文化站里一个人也没有，到了快十一点时也不见有人回来，故而给罗玉盈发了个信息问了问情况。

罗玉盈思前想后，还是把事情告诉了她，并且告诉她他们一会儿就回去了，让史梦稍等等。

知道了张新的情况，史梦禁不住眉头皱得很厉害，心里也有些慌，打了个电话过去。

"罗老师，麻烦把地址发我一下。"史梦这才发现，他们认识这么久，史梦连张新住在哪里都没记住。

"这……"罗玉盈看了看张新的背影，"没事的，你不用过来了，他刚吃药睡下，我们也打算走……"

"罗老师，"史梦打断了她，"如果不去看看，我这班估计上得也不踏实。"

话一出，史梦和罗玉盈都愣了。

安静了一会儿后，罗玉盈道："好吧，我把地址发你。"

陈哲不知道前因后果，见罗玉盈挂了电话发了地址，有些埋怨道："你还真发她？张新不是说……"

"她想来，还有比这更让他开心的吗？"罗玉盈道。

"也对，行吧，等她来了我们再走。"陈哲笑了一声，点头道。

也不知道自己迷迷糊糊睡了多久，张新醒来的时候竟然闻到了一阵饭香，还听到有人在厨房里忙活着。

好了一些的张新抬头看了看墙上的时钟，以为罗玉盈还没走："罗老师，不用忙活了，我好多了，一会儿自己来。"

厨房的动静停了一会儿，又继续忙活起来。

张新轻笑了一声，起身披上外套往厨房走去，边走边道："罗老师，你……"

再定睛一看，自己吓了一跳。只见史梦正穿着围裙在厨房忙活着，边回答道："罗老师和陈站长他们回去了，我今天休假。"

张新愣在原地，分不清自己是醒了还是没醒。低头做饭的史梦没听到张新回答，转头看着他，见他这副病恹恹又还一头雾水的样子，不禁笑了起来。

张新回过神来，忙道："失礼了，这副样子！你等等，我去梳洗一下……"

"别忙了，生着病发着烧沾水了不好。"史梦道，"你还累吗？累就回去躺着吧，我这里快做好了，一会儿给你端上桌……哦，对了，刷下牙还是要的……"

张新闻言，脸上露出了笑意。认识这么久了，很少见着她这副絮絮叨叨的样子，自然得让他有些不相信。

"谢谢。"张新道。

"客气！"

十几分钟后，史梦端着她做好的饭菜码放在餐桌上，张新梳洗完毕出来，帮着张罗。

"我来吧。"史梦说着指了指对面餐椅的位置，把一副碗筷放到了张新面前。

自己一个人住久了，做饭也做少了，现如今有个人帮着忙活着，张新顿时觉得自己这间平日里只能算是宿舍的公寓多了几分温暖的气息。

他应了一声，而后坐下，看着史梦忙活着。

"我从冰箱里挑了些菜做，罗老师还买得挺齐备，食材也很新鲜。"史梦边给张新舀汤边说。

"好。"张新应了一声，但目光却没从史梦身上离开。

"不过有些食材你现在发烧还不能吃，只能吃点清淡的。估计会不怎么好下饭，但生病了更要吃，才能好得快。"史梦一边给自己舀汤一边说道。

"好。"张新也还是应了一声，目光稳稳地停在史梦身上。

"这汤你试试，看会不会太淡，我只放了一点盐，如果不够我再加……"史梦抬眼，对上张新的目光，见他一动也不动地含着笑意看着自己，紧跟着一愣，而后催促道，"……快尝尝呀！"

"好！"张新笑出了声，这才动了起来尝了一口汤，"好喝！"

"真的？"史梦笑着确认道，"你喜欢？"

"嗯，很喜欢！"

"那就多喝一点！"史梦说着又给他舀了一小勺。

两人就这么安静地、面对面地吃着饭，吃饭前张新还特意多准备了一双筷子当公筷，怕自己把感冒传染给史梦。

没有说话，有些安静，但却让张新觉出了安心。

他从没想过史梦会赶过来看他，更没想过她会给他做饭，虽然他此时胃口不是很好，但却难掩内心的愉悦和欢欣。

吃完了饭，史梦起身开始收拾碗筷。

"我来吧，你休息一下。"张新拦着史梦的手道。

"你是不是忘了你现在是病人？"史梦笑着反问道。

"我没忘，但我不想你太累，尤其是为了我的事情。"张新道。

"我不累。"史梦对上张新的目光，泛着他从未见过的温柔之意，"相反，我很乐意这么做。"

"……史梦……"张新一愣，喊了她一声。

"怎么了？"史梦问。

张新思索了好一会儿，站正身子对着史梦神情专注道："我知道现在这种情况说什么都很煞风景，但我还是想要说出来。"

"你说吧，我听着。"史梦笑着回答。

"我不知道你现在对我是什么想法，但我很肯定我自己对你的态度从未变过。你明白我的意思，也明白我的心意，对不对？"张新迫切道。

史梦没说话，想了想点了点头。

"所以……你现在是怎么想的？还是像最初在江边和我说的那样

吗？"张新又问道。

史梦没有回答。

"我不急着让你回答，我只想说，如果你还是像当初一样，我也还是尊重的，也会一直继续这么等下去。只是……你能不能告诉我是我哪里不好吗？"张新的眼中泛着热切，虽然生着病，但却似乎燃着所有心力。

史梦抬眸，看进他的眼睛里，很认真地确认了一下道："你之前有同事或朋友在你生病的时候给你做过饭吗？"

张新有些蒙，想了想摇摇头。

史梦一笑："所以，我是头一个咯？"

"对，头一个。"张新点头。

"那你还想让我说什么才能明白？"史梦说完，脸上露出一个甜甜的笑，两个酒窝也是甜甜的。

张新把话重复了一遍，才明白了其中的意思，顿时露出一副恍然大悟的样子，都有些口齿不清了："你是说！你是说！……"

张新由衷地笑了，将两只手重重地握在史梦的肩头，认真地、反复地用目光确认着，若不是现在病了，他指定第一时间把史梦拥进自己怀里。

史梦看他这副样子，问道："所以，我现在可以去洗碗了？"

"不行！"张新拦道，"我来！"

"可你不是……"

"我全好了！"张新笑得很欢，接过碗筷转头对史梦说，"再说了，不就是再病一趟吗？这么好的病，再病上几次我也愿意啊！"

"你……"史梦见他这副幼稚的样子，禁不住摇着头笑了。

这些日子，萧晓全程跟在史梦身旁，一路搜集福源社区文化站打造展览馆以及业余演出队的材料。

史梦原本说好今天有一批新的材料要发给萧晓，但等到下班都没见到史梦发过来，萧晓故而给她发了个信息，催了起来。

史梦："有点事，晚点回复你。"

萧晓："好。"

刚回完信息，萧晓又觉得眼前有些空，不愿意浪费时间，转而向张新催了起来。

张新："有点事情，晚点回复你。"

萧晓："好。"

怪了，这两人的回复还真是神同步！

虽然觉着有些怪，但萧晓没多想，百无聊赖之际顺势点开了张新的朋友圈，见到他十几分钟前发了朋友圈，图片里是一碗她觉着眼熟的汤，还配了一个爱心表情包。

再仔细一看，汤碗的旁边有个水壶，上头的花纹她更是熟悉得很。

"我去！史大小姐可以啊！"萧晓笑出了声，赶忙给史梦拨去了电话。

史梦见萧晓来电，还以为是什么急事，才刚接通对方便一通询问。

"你现在人在哪儿？在张新家里吗？你给他煲汤了？你俩在一起了？"

史梦没反应过来。

"没听明白是吧，行，我再问一遍。咳咳，你现在……"

"都对。"史梦淡淡地回了一句。

电话那头的萧晓已经发出了惊讶的尖叫声……

一周之后，张新终于痊愈，回到了福源社区文化站。

与此同时，他也给陈哲和罗玉盈带来了他和史梦的好消息，这让罗玉盈一时愣在原地，不知该说什么好了。

史梦的性格从来都带着些桀骜不驯，张新从一开始就恋得颇有些艰难，原本她并不看好张新的坚持，但却没想到，最后张新竟然成功打动了她。

这俩年轻人罗玉盈都很喜欢，尤其是史梦，能在张新这里找到归宿，罗玉盈竟又有了几分当年女儿把女婿带回家时的感觉。

陈哲也颇为高兴，只是在午饭的时候却不禁跟罗玉盈抱怨，觉得自己现在又面临个为难的问题。

罗玉盈当然知道他说的是什么问题。史梦和张新现在只是相恋而已，倘若哪天他们俩真的结婚了，根据工作要求和原则，他们将来势必要调走一个，但无论调走哪一个，陈哲的心里都是不舍的。

罗玉盈笑话道："你也不是这么想不明白的人，工作得做，生活也得过。我倒是觉得挺好，他们俩无论谁调离到新的岗位去，都是宣传咸水歌的一把好手，也都是一颗好种子，我高兴还来不及呢！"

陈哲颇为认同地点了点头："还得是您罗老师看得透彻！也对，您这话没错！我赞同！"

这一来二去才让陈哲脸上露出笑意。

萧晓在得知史梦的决定之后，便想第一时间跑到她面前确认。

犹记得当初在宿舍的时候，她们时常在黄昏教学楼前的草地上扯闲篇。史梦从来就不缺乏追求者，但她从来没答应过，室友们都说她就是一株雌性铁树，估计这辈子也开不了花。

却不想，史梦盯着夕阳看了许久，自言自语地说，自己估计也是会喜欢上某个人的吧，如果真的喜欢的话，情话应该是讲不出来的，做一顿家常便饭应该还可以。

当时笑得她们几个室友前俯后仰，说她活得跟个上了年纪的人似的，估计这辈子也谈不上什么恋爱了。

却不想，她还真的是说到做到。

这让萧晓兴奋得第一时间把消息发到了闺密群里，一时惊了四座，大家都让萧晓把男主角的照片发上来。

萧晓虽然手里有张新的照片，但却没经过史梦同意，一直忍了许久。直到那天晚上史梦回到家，跟萧晓通了个电话之后，萧晓才放心地把当初在文化展上史梦和张新的照片发到了群里。

一时又酸了众位群友。

现如今张新痊愈回到福源社区文化站上班了，萧晓关于福源社区文化站宣传咸水歌的报道又可以继续了，这对于萧晓而言还是挺重要的。

毕竟从上次报道了福源社区走在前列建造了一个咸水歌展示馆之后，总编就盯上了她的报道，让她务必跟进这个主题，因为他们已经接到了通知，对于传统文化和传统文化工作者的宣传活动将作为今年的主题之一，这项从上而下的任务力度之大、要求之高丝毫不亚于其他主题和内容。

这个消息让史梦和罗玉盈由衷感到欣慰。

回想起当初她们俩为了罗玉盈出书被骗一事还在风尚杂志社被编辑甩脸色、放狠话，现如今，颇有一种苦尽甘来的感觉。

"你还记得那本书稿、那个骗子和那个编辑吗？"罗玉盈笑着问史梦。

史梦点点头："当然记得。"

罗玉盈叹了口气，颇有些感慨道："用你们现在年轻人的话来说，'双向奔赴'还真是蛮重要的。对于传统文化的保护和传承，我们基层工作者和上层决策者二者还真是缺一不可啊！"

史梦笑了笑："没想到罗老师懂的还真多！"

罗玉盈晓得史梦在打趣自己，顺势道："罗老师老了，再不学点儿年轻人的东西，不出几天可就跟你们搭不上话了！"

言毕，自己也把自己逗得哈哈大笑起来。

《唱起那盛世的咸水歌》在张新的排练下，效果一天比一天好。业余演出队的成员们都很专注，尤其是在了解了咸水歌的内容和相关介绍之后，更加觉得自己所参与的这项工作意义非凡。

任何事情都是这样，越是认可就越能投入心思和精力。

生病后回来的张新每晚排练的时候，史梦总是留下来陪他，因为时间紧、任务重，张新经常排到深夜，却又很不放心史梦一个人回去，故而总是先把她送到了自己再回去。

史梦不忍，觉得这样一来张新的休息时间又被无形占用了，同她最开始想要帮他的初衷有所违背，故而约定每晚练到九点就自己先回去，这样一来既帮了他，又不至于占用他的休息时间。

张新原本没同意，于他而言，只要史梦陪在身边，什么时候都是轻松的，但他最终还是尊重史梦的决定。

张新原本打算要四个月完成的排练被缩短到了两个半月，最后一次正式演出前彩排，看得罗玉盈心情久久不能平静。

"怎么了？"晚饭后，史梦同罗玉盈一起走在江边，见她一副若有所思的样子，轻声问道。

"没什么。"罗玉盈停下了脚步，看向倒映在江面上的灯火，目光中闪烁着些晶莹，道，"史梦，谢谢你！"

"谢谢我？"史梦有些蒙，笑着问。

"没错，谢谢你！……从事咸水歌宣传推广是我的热爱，但我从来没有想过在福源社区、在我们这几个人的努力下能有今天的成果。虽然这同那些广为传播的流量项目比起来简直就是流萤，但我却有说不出的满足和欣喜，甚至有说不出的放心。"

罗玉盈转头看向史梦，道："而这，很大程度上是因为你参与进来了！"

史梦笑着看向罗玉盈，眼神中带着涌动的情愫，认真道："但是您忽略了一点，那就是……我，还有张新都是因为您才参与进来的呀，不是吗？"

罗玉盈闻言，眼中的晶莹更加明显起来。

　　"所以，"史梦接着道，"要说谢谢的，应该是我。谢谢您，罗老师！谢谢您为我开启了一道新的、充满能量的大门，我很满足，也乐在其中！"

　　罗玉盈一句话也没说，忍着哽咽笑出了声，眼中的晶莹终于从脸颊滑落了下来……

第十九章　参赛

　　福源社区文化站的业余演出队才刚成立的时候，上级主管部门的卢主任就已经有了很高的期待。

　　当陈哲把第一次彩排视频发送给他的时候，卢主任告诉陈哲，效果果然没有辜负他的期待。

　　于是，卢主任提议，能不能把这些表演搬上电视台或者是做成短视频传播。

　　陈哲思量了一下，告诉了卢主任自己的顾虑。

　　"卢主任，您的提议确实很好，但有个实际问题就是，以我们福源社区目前的状况，很难接触到电视台这样的媒体，况且，我们也没有这方面的经验，恐怕……"陈哲很直率，他并不想这么头脑发热地把问题揽下来，作为一个务实的人，这是他一贯的处事方式。

　　卢主任点头道："我明白你的意思。你反映的这些问题确实存在，所以我在提出这个建议的时候其实已经想过，由上级部门来操持这件事情，当然主角还是你们，我们尽全力配合你们，如何？"

　　陈哲闻言，脸上露出了笑意："那太好了，我回去就和他们合计合计！"

　　陈哲带着这个消息回到了福源社区文化站，对于这件事情，罗玉盈举双手赞成。

但史梦却并不那么认同。

"现在电视的宣传力度不如以前，除了一些选秀类的节目，观众基本上都是些老人家，我们还有必要走这条路吗？加上现在网络视频传播这么发达，年轻人也越来越不喜欢电视这样传统的、略带老套的传播方式。"

史梦的话让陈哲和罗玉盈对视了一眼，各自陷入了思索。

"又或者……我们也可以参加一些选秀综艺之类的？"张新思索道。

"这个就更远了，"陈哲道，"我们连电视台的演出都没参加过，哪里来的资源去参加综艺？"

"也许我可以问问萧晓，看下她有什么意见，毕竟她也算是个媒体人。"史梦道，"而且她供职的平台也高，兴许能给我们一些不错的建议呢！"

"好！可以先问问。"陈哲道，"卢主任那里等咱们确定了我再回复他，他只是个建议，也没什么硬性要求和时间限制。"

"嗯，我们争取这几天问个明白。"史梦点了点头。

这天晚饭，史梦跟着张新一起把萧晓约出来吃晚饭。

史梦开门见山就把这个问题给说明白了。

"你们这么来问我，你们领导知道吗？合不合适啊？"萧晓道，"不都说你们体制内的人和事比较……那个啥吗？"

萧晓也是个实在人，边吃边问道。

史梦和张新相视一笑，道："这个你放心好了！无论是陈哲还是卢主任都是海纳百川的人，跟之前传的那些不一样。他们想把事情办好，也乐意听多方的意见，所以，你尽管畅所欲言，没问题的！"

"哇，那不错啊！我就说嘛，像你这么直来直去的脾气，要没有这样包容开明的领导，八成屁股还没坐稳就跑了吧，哪还能待那么久、忙活那么多!"萧晓笑着打趣道。

"行啦,就数你嘴伶俐,数落人还不带脏字的!"史梦笑着道,"说了这么多,能说说看了不?"

史梦说着,往萧晓碗里又夹了块肉。

"当然当然!"萧晓满足地嚼了起来。

"我倒是觉得,你们可以先从参加市电视台的节目开始锻炼自己的队伍。"萧晓说,"据我所知,今年以来关于传统文化的宣传力度比以往都有所加强,尤其是各级省媒、市媒都有这方面的安排和要求。也正因为如此,市电视台打算搞一次'百花齐放'民歌歌唱比赛,一来是增加趣味性,二来也能把优秀的传统文化传播出去。

"我看了你们最近排练的节目,效果还不错,可以考虑参加一下。"

"啊?这……会不会太业余了?"张新有些担心道。

"怕什么?"萧晓道,"反正最差也就现在这样,试试又何妨?再说了,真要是招募起来,还未必有那么多人参加呢,毕竟像你们这么系统地、单一地训练的咸水歌队伍,到目前为止我还没碰到过,说不定是优势呢!"

没想到萧晓的信心比史梦和张新的信心还要足,这让原本有些犹豫的张新开始考虑萧晓的建议。

"怎么,你们俩有什么顾虑吗?"萧晓见两人犹豫不决,问道。

史梦一笑:"顾虑还是有的,就怕准备不充分、表演不好,把这好好的东西给演砸了。"

"你这就不好了呀,"萧晓道,"哪有还没开始就先打退堂鼓的?我觉得吧,你们还真可以好好想一下,反正也不急,这月底把名字报上去就行了,还有时间慢慢考虑。"

史梦和张新相视一笑,张新道:"行吧,既然这样,我们回去和陈站长、罗老师商量一下,然后再看看。"

"好！期待你们的好消息！"萧晓以茶代酒，敬了史梦和张新一杯。

第二天，史梦把这件事情告诉给了陈哲和罗玉盈。

出乎她意料的是，陈哲竟然十分赞同参加这次市电视台的比赛，原因很简单，一来是可以把卢主任的建议付诸实践，把福源社区咸水歌的演出搬上银幕；二来如果能参加比赛的话，那便没了此前史梦所说的关于单纯的演出过于枯燥乏味的不足。

说起来，还真是个一举两得的好主意！

"只是……我跟张新都担心咱们这支队伍过于业余，到时候会不会与我们的初衷适得其反？"史梦道。

"这个就不用太过担心了！"陈哲道，"我们尽自己的努力把每一场演出做好，至于结果如何无须过分忧虑，否则反倒会影响到我们的备战，是不是？"

"您说得对！"张新道，"思来想去，参加这次'百花齐放'歌唱比赛还真是个不错的宣传推广路径。既然咱们一向都是做这方面工作的，不如就把它当成一种新的宣传方式，如此一来或许我们就能找到自己的位置了。"

"你小子脑子转得还挺快，把问题反过来想确实没那么大压力了！"罗玉盈道。

"既如此，那我这几天就把名报了？"史梦问道。

"嗯，报名！"站在她身旁的三个人异口同声地回答了起来。

三天后，史梦把名报了上去，而后把截图发到了群里。

从那天开始，参加一个半月以后的"百花齐放"民歌歌唱比赛就成了福源社区文化站最重要的工作了。

罗玉盈觉得，自己这个时候该好好地帮上一把，故而主动请缨，要求加入演出队，一块儿上台参加演出。

论起来，福源社区文化站以及这整个社区也没人比罗玉盈在咸水歌的演唱上更有造诣了。

只是她现如今上了年纪，身子骨不如从前，史梦和张新因为担心她身体吃不消，故而一直没有提及让她参加的想法。

不想，罗老师竟然主动地把他们的心里话提了出来，这让张新高兴极了："太好了！有罗老师的加持，我们这次比赛一定成绩不俗！"

"你呀言重啦！我只是热爱这歌，看你们演、听你们唱听久了，自己心里头也痒痒的，想跟着一块参加罢了！谈不上加持，顶多算是切磋！"罗玉盈道。

"罗老师客气了。虽然我带着他们唱，但很多细节上仍有不足，也不够原汁原味，有您来真是帮了大忙！"张新道，"哦，对了，我还是打算继续排练咱们之前排练的《唱起那盛世的咸水歌》这首歌，您觉得如何？"

"我赞同！练了这么久不说，这歌本身也很动听，难度系数也有，参加比赛是个不错的选择。"罗玉盈点头认可。

"那行，那咱们就细细讨论下比赛的细节好了。"张新道，"鉴于大家的音乐功底并不深厚，我打算把这次演唱由最初的分部演唱改为全员小合唱，这样一来，单打独斗而显现出来的瑕疵就能被盖过去，取个巧劲儿来提升整体效果。"

"嗯，这个方法不错。我也听了大家合唱和分声部的演唱，确实合唱的效果要好很多。"罗玉盈道，"那服装呢？是打算穿合唱的服装，抑或穿水上居民的传统服装？"

"我比较倾向于后者，"史梦道，"咸水歌本来就是从水上居民的日常来的，汇聚了生活的点点滴滴，也展现了生活的点点滴滴，水上居民的服装自然同演唱者更贴合。"

"嗯，我也觉得。"罗玉盈道，"那明天我就开始定下演出服，小张没意见吧？"

"当然！这事儿就交给你们了！"张新笑着拿笔，又在自己的本子上写写画画，"还有，就是队形的问题了……"

…………

一个问题紧接着一个问题，在福源社区文化站的办公室里，罗玉盈和史梦、张新一聊就聊到了夜里十点多。参加比赛的决定多少有些仓促，但这丝毫不妨碍大家把节目做好、做精细的心情。

结束了商讨，史梦坚持要送罗玉盈回家，罗玉盈笑着道："不用啦，我老伴儿早就在外头等了。"

史梦闻言，笑着看了看窗外，果真见罗玉盈的老伴儿在外头等着。

"真幸福！"史梦笑着道。

罗玉盈笑着看了看张新又笑着看了看史梦，没说什么，只道："你们俩待会儿回去小心，我先走了啊！"

张新道："放心吧，罗老师，我一定把她安全送回去。"

深夜，临近冬天的夜里更加冷清。

张新同史梦肩并肩地走着，前头有红灯时两人停了下来，张新问："冷不冷？"

史梦摇了摇头："不冷。"

"那你抖什么？"张新笑着指了指她微微跺着的双脚。

史梦低头一笑，支支吾吾："就……跺跺……"

"行啦，"张新也跟着笑了，退后一步，把自己的风衣脱了下来给史梦罩上，"这个情节虽然有点老套，但却很实用。否则感冒了就不好了。"

"你才刚好，才是要担心的那个吧？"史梦笑着看他。

"我？我无所谓，反正病了你又能照顾我去，我还求之不得呢！"

"谁说的？再生病我可不管，现在要参加比赛了，哪儿来的时间？"史梦说着，正准备把风衣给回张新。

张新按住了她的手："听话。"

史梦一顿，对上张新的目光，安分了下来。

这么多年了，她已经很少听到这句话了。她本就是个不怎么听话的人，但却莫名地对这句话有依赖，某种程度上是她觉得受到庇护的一种方式。

"好，听你的。"史梦回答道，而后果真听话地把风衣披在了身上。

曾经她一直觉得自己这样一个拥有一颗摇滚心的人应该会沦陷在一场轰轰烈烈的爱恋里，但她却没想到，真正让她沉浸的，是这样一种涓涓细流般的情意。

正如她最开始没想到自己会对咸水歌这样的传统文化产生共鸣并为之付出心血一样，人心的变化本就是一个很神奇的过程。

萧晓说她越活越有人情味儿了，不再是原来那个说好听点不食人间烟火、说难听点不通人情世故的女孩。

史梦闻言，会心一笑。

别说萧晓了，连她自己都这么觉得。这样的感觉很舒服，就好像是飘了许久，一双脚终于落地一样，踏实、安稳，能让人情不自禁地想到"长远"这两个字。

参与一件事，融入一门文化，改变一个人。

这本就是一件妙不可言的事情，这本就是一件自然而然、无须赘言的事情。

接下来的一个多月里，罗玉盈和史梦他们每日同进同出，带着福源社区文化站演出队的十八位成员们从一腔一调、一字一句、一举手一投足开始，把这首本来就动听的《唱起那盛世的咸水歌》演绎出了新的精彩。

临近比赛前两周，福源社区文化站演出队按照比赛日程参加了第一次全体彩排，原本信心百倍的他们却在完成这一次彩排后生出了低落的心思。

那一天，参加彩排的队伍一共十五个，其中用合唱形式演绎的就有十三个，另外两个独唱的节目因为节目形式比较单调，对于福源演出队并不构成威胁。然而，要从十三个排练有素的队伍里脱颖而出，受众面不算广、不大能引起共鸣的咸水歌显然是缺乏竞争力的。

这同史梦他们最初定下的"保三争二"的目标还是有不小差距的。

这些日子下来，史梦见证了张新和罗玉盈的辛苦，原本他们还满脸期待地参加预演彩排，却不想现在都耷拉着脑袋，难掩脸上的失落。

史梦知道，他们是真心想把这任务完成好，但也知道有些事情不是说实现就能轻易实现的。

于是史梦给他们两分别递了杯热茶，笑着道："怎么说咱们的节目也算是不错的，别快快不悦的呀！"

张新抬眼，对史梦笑着道："你倒是通透！"

"那是！"史梦接话道，"现如今离比赛的时间也不多了，与其闷闷不乐地参加比赛，不如放开了参加，兴许效果会更好也不一定呢！"

罗玉盈喝了一口茶道："我倒是明白你要告诉我们的意思。但实话实说，这样的想法其实有点阿Q。"

史梦见罗玉盈开了口，不像方才那样低头苦闷，笑着问道："哦？听这话罗老师是有别的想法？"

"嗯，"罗玉盈点头，"我倒是觉得只要咱们花点心思，未尝不能逆袭突围！咱们可以放个'大招'试试！"

史梦同张新相互间看了对方一眼，转头看向罗玉盈问道："'放大招'的意思是……"

"我们在《唱起那盛世的咸水歌》里加点即兴原创如何？"罗玉盈说着，眼中隐隐闪着些光彩。

"能加入即兴原创当然是好的，既符合现如今的文化创新思路，也能增加节目的亮点，"张新点头，"可问题是，该如何即兴？又该如何原创？"

"说起来，咸水歌即兴的风格倒是从来就有的。水上人家划着艇在江上穿行，见风唱风、见雨唱雨，遇上开心的事情就唱开心的调子，遇上伤心的事情就唱伤心的调子，这本就是咸水歌的特色。"罗玉盈道，"后来水上居民虽然上了岸，没再唱些水上的人和事，但歌唱身边的人、即兴创作身边的事却依然延续了下来。"

"这个我知道，就好比之前我们听过的《滨江情》《赞改革》这些歌曲，都是后来水上居民根据时代印记创作出来的，是不是？"张新恍然大悟道。

"没错！"罗玉盈笑着应道，"所以，咱们现在也可以借鉴……哦不，准确地讲是沿用这一创作习惯，在这首歌的后边加上几句歌唱时代的调子和内容，用原创的精神来打动评委，让更多的人更加全面地了解咸水歌的演唱，你们觉得如何？"

"这主意不错！"史梦点头道，"只是现编现排，咱们时间来得及吗？"

"应该来得及。毕竟我们的演出大框架是没变的，只是在后头加上几句应景的曲子，而我们队员的演唱素质也还不错，所以我其实并不担心。"罗玉盈笃定道。

"好！既然如此，那咱们就定下分工吧！"史梦道。

"阿梦，不用分工了，这几句原创的词曲我来写就好了！"罗玉盈拍着胸口道。

"您来？"史梦确认道，"不行不行，您现如今这样子，让您上台我都有些担心，更别说这耗费脑子还又熬夜伤身的……"

"不会的！"罗玉盈笑着打断了史梦的话，"我一定控制好时间，保证不熬夜！保证不累着！"

眼前的罗玉盈虽然信誓旦旦，但脸上却有着孩子一样的稚气，惹得史梦不知道说什么好了。

总听人说"老小孩儿、老小孩儿"的，看来这话还真没形容错。

这边史梦还在想怎么劝退罗玉盈，那边张新已经松了口："好吧，既然您老坚持，那就由您来创作这几句词曲吧！不过咱们可约好了，千万不要让自己的身体不适，否则得不偿失，知道吗？"

"知道知道！一定说到做到！"言毕罗玉盈笑了起来，活脱脱一个满足的孩子模样。

不到两天的工夫，罗玉盈就把最后的几句词曲写好了。

"珠江潮水连古今，咸水歌唱日月新。"以此为开头两句，罗玉盈在歌曲里融入了时代精神和建设新貌，张新才刚接过谱子便唱了起来，听得陈哲连连称赞。

"这样一来，点睛之笔就有了。尤其这一句'前赴后继，常青了时代之树；一点一滴，收获了感动无数'，一唱态度就出来了！"陈哲笑着道，"张新，把这段发给大伙儿，争取尽快熟悉然后排练一趟。"

"放心吧，我已经发给他们了。因为曲调没变，只是加了一段，所以学起来很快，我估计后天我们就能排一次了！"张新道。

"不错！"陈哲点点头，"还是那句话，'一颗红心、两种准备'，咱们尽全力把事儿做好，剩下的就交给天意，最关键的就是不要辜负自己就对了！"

张新的执行力还是不错的，不过彩排了三两次，预期的效果就出来了。虽然大家并不晓得最后是否能凭借这份与众不同的诚意打动评委，但仍旧带着饱满的热情投入其中。

就这样，大家按照新的编排和内容足足排练了十天之后，终于等来了正式参加比赛的日子。

这场比赛设在晚上八点开始，比赛那天晚上，电视台的演播大厅里坐满了观众。

陈哲也坐在观众席里，难掩紧张之意。

前头已经表演了五六个节目，整体编排效果不错，内容也展现得很生动，可见大家都是有备而来。这让陈哲多少对福源社区演出队的表现有些担忧。然而，他们相对程式化的表演形式又让陈哲觉得自家演出队还是占有优势的。

这样的心思让陈哲不禁心里生出了纠结之意，连坐着都有些忐忑难安。

耐着性子等了四十分钟之后，排在第十的福源社区咸水歌演出队节目《唱起那盛世的咸水歌》终于到了登台亮相的时候。

第二十章　欢呼

前奏缓缓响起，舞台中央出现了一个穿着水上人衣裳、背着竹篓的歌者。

她手里握着撑船的竿子，竿子斜斜地靠在地上，她抬手擦去额上汗珠时，不忘眺望远处。

悠扬的人声响起，更多身着疍家人服装的男女歌者走上了舞台，他们脸上挂着甜甜的笑，洋溢着动人的幸福之意。

史梦和张新就坐在台下，不约而同地跟着笑了起来。

这群平均年纪超过五十岁的歌手们经过了三个月的训练，这首《唱起那盛世的咸水歌》已然烂熟于心，但即便是如此，史梦对于这场演出依旧带着些许的担忧。

他们连续熬了这么久，体力能不能跟得上？从来没上过舞台的他们能否克服从来没有过的紧张？会不会忘词？……

这些问题一时间涌在了史梦的脑海里，让她不禁紧张起来，连手心都有些湿润了。

张新看出她的紧张，笑着在她耳边道："放心吧，他们可没你紧张！"

史梦笑着低下头，道："不管结果如何，回去都要给他们庆功！"

"那是自然！"张新点头，想了想道，"但就给他们？算上我没有？"

史梦抬手轻拍了拍他的肩："别闹，正比赛呢！"

张新含笑，把史梦的手握在自己的手心里，不觉地紧了紧，目光紧紧地看着台上的演出。

在最初预演的时候，这首歌原本只有一个主题和一个主歌副歌的方向，后来预演结果不大理想之后，罗玉盈加入了福源社区自己的原创内容，从而给这个歌曲加入了一个扣紧时代的主题，并在第二段副歌的部分进行了重复加强，不仅没有让这个节目变得凌乱乏味，反倒让这首歌有了更多的、耐人寻味的地方。

陈哲在观看演出之前，知道演出队的所有成员会竭尽全力完成这个任务，但却从未想过，他们，尤其是头发花白、大半辈子同咸水歌结下不解之缘的罗玉盈会如此投入、如此声情并茂地把属于他们福源社区的、更是属于水上居民的精神面貌给展现出来。

这让他不禁有些感慨。

咸水歌这东西原本就是水上居民在生活中累积下来、表达对生活的感悟的，曾经飘扬珠江边的歌声被人们熟知，但在很长一段时间里，咸水歌受到的关注越来越少了，直至被遗忘在了时代的某个角落里。

这么多年了，从罗玉盈最初提出个建议开始，到文化站开始付诸实践，他们为此前前后后忙活了许久，虽然有一定成果，但咸水歌却仍旧处在鲜有人问津的状态。

现如今，在辐射面广、受众普及的电台演播室里，陈哲和罗玉盈以及后来的史梦、张新为之努力了这么久的咸水歌终于在精心准备后重新步入人们的视野，尤其是在评委纷纷亮出意想不到的高分时，陈哲甚至激动得不知道说些什么好了。

　　参加"百花齐放"民歌歌唱比赛的参赛队伍一一登上舞台展现完毕之后，评委现场打分，组委会现场计分，按照流程，三十分钟后将会现场公布今晚比赛的最终成绩。

　　史梦紧紧靠在张新身边，微微笑着道："今天的表现对于初登台的他们来说已经很完美了，无论成绩如何，他们已经让观众、让这场比赛记住他们、记住咸水歌了！"

　　"没错！"张新叹了口气，"之前排练的时候还总是觉得有瑕疵、有有待完善的地方，今天看来，还真是这么久以来精神状态、表现最好的一次！"

　　正说着，聚光灯落在了舞台中央的大屏幕上，每一队的成绩都打在了屏幕上头。不过一会儿的工夫，台上和台下的观众便开始有人欢呼起来了。

　　史梦看清成绩的同时，也跟着喊出了声："你看！果真效果不错！总分第二名，还获得了个最佳创意奖！"

　　就是这个结果，让陈哲激动不已！

　　罗玉盈则站在台上看着这个结果，愣是呆呆地看了许久，仿佛不相信一般反复确认着。

　　史梦站在台下看着这个可爱的"老小孩儿"，喊道："罗老师，您不用再看啦，这个成绩是真的！"

　　罗玉盈回过头来看向史梦，灿烂地笑了起来。

　　直到颁奖结束，罗玉盈还在方才的愉悦中没回过神来。

　　"罗老师，看来您'放大招'是对的呀！"张新笑着道。

　　演出队的队员们紧跟着道："可不是？！我听一个评委说，之所以给咱们高分，就是因为在传统民歌上加原创，这一点很值得点赞！"

　　"看来原创还真是个夺睛点啊！"

　　"那当然！连主持人都说，咱们这个最佳创意奖实至名归！"

　　罗玉盈满脸欣喜之意，想了想，说："这要归功于咸水歌本身的魅力啊！无论是沿用咸水歌本身的特色，还是沿用后在其基础上创新，都是在传统文化的地基上盖高楼，没了地基，说啥都是空谈不是？"

陈哲连连点头："不错不错，是这个理！"

"我只是没想到，咱们的演出效果会这么好。"罗玉盈感慨道，"我也想过加入创新元素能博得大家的好感，起码也只是不想排在太后头，让咱们的努力白费，却不想，竟然能超过那么多人，一路追上来！……不容易！……也很过瘾！"

见罗玉盈感触如此之多，史梦笑着道："感觉您老就跟又年轻了一回似的，说的话怎么跟我一模一样？"

"真的吗？！那太好了！以后这样的活动你们可一定把我叫上，我还想再年轻年轻！"

言毕，听得大伙儿都哈哈大笑起来。

这场比赛前前后后推广了三四个月，参加比赛的各类民歌开始进入大众的视野，虽然也存在些褒贬不一的看法，但大方向却是向好的、被称赞的。

对此，罗玉盈和福源社区的几个小伙伴们看得很通透，故而大家的状态都很不错，关于咸水歌进一步推广宣传的新计划也在慢慢酝酿……

入冬前，气温降得很快。多数住在广州的人都说，在广州貌似只有两个季节，一个是闷热而漫长的夏季，另一个是湿冷而同样漫长的冬季。

罗玉盈才觉得秋衣秋裤没穿上几天，冬天就猝不及防地来了。

这些日子同样忙忙碌碌的，本就休息不大够，加上这天突然间凉了，罗玉盈也跟着猝不及防地病了一场。

罗玉盈躺在病床上沉沉地睡了一天一夜后，终于恢复了些体力，坐了起来。

老伴儿关切地走了过来，询问道："好点没有？"

罗玉盈微微点头："有水吗？渴了。"

"有的有的，"老伴儿把水递了过来，"刚从恒温水壶里倒出来的，适口。"

罗玉盈接过水杯，一口气喝完，精气神儿也跟着好了些。

"文化站那儿找过我没有？活儿都顺当吗？"罗玉盈回过神来第一句话便问道。

"我就晓得你要问这个，"老伴儿从口袋里拿出一个记事的小本子，连翻了好几页道，"我都给你记下了。张新打了个电话，说福源演出队新的节目排练顺利，等你回去就进行第一次彩排，争取赶在元旦前把节目排练好，参加上级部门组织的元旦文艺汇演。"

罗玉盈闻言，点点头："还有呢？"

"陈哲打电话说，卢主任已经帮着安排好几家企事业单位到福源社区的水上居民展馆做党建共建活动，具体活动方案是制订出来了，但之前没办过，所以打算等你回去商量了再报上去。"

"好。……没了？"罗玉盈等了一会儿问道。

老伴儿翻了翻本子："工作上最要紧的估计就他们俩的事儿了，其他的我也记下来了，不过张新说没这个要紧，我就没单独列出来了。"

罗玉盈接过小本子仔细地看了看，抬头又问道："就记了这么点？真没了？"

老伴儿不觉发笑："你这连着发问倒是好笑，可不就是没了吗？难不成我还藏着掖着不成，又或者你打算问谁的留言……哦，我大概也猜到了，你是想问史梦吧？"

罗玉盈笑出了声："你才知道啊！"

"是是，是我疏忽。"老伴儿带着歉意道，"你休息的时候，史梦是打过电话来的。"

"哦，怎么说？她手上的活儿完成得怎么样了？"罗玉盈问道。

"她倒没和我聊工作上的事儿，只问我你好点没有，又说你醒了让我给她打个电话，每次打电话都这样……哦对了，我还得给她打个电话。"老伴儿说着，忙起身去给史梦回电话。

罗玉盈坐在原地，听见外头老伴儿给史梦打电话的声音，微微笑了起来。

罗玉盈晓得自己为人处世的风格，向来关注人多过关注事，尤其是对身边的好友更是如此。

也不知道这丫头什么时候变得跟她一个样了。

想到这儿，罗玉盈脸上的笑意更深了。

几天后，罗玉盈恢复得差不多了，便张罗着下地回去上班，只是家里人不大同意。

女儿说，原本退休了返聘回去就很是发光发热了，再过分对抗时间留下的印迹，最后身体吃不消，岂不是适得其反，给他们添麻烦？

老伴儿说，女儿的话很有道理。

于是罗玉盈按下了蠢蠢欲动的心，耐着性子又在家休养了几天。

又过了两天，张新带着史梦拎着一大袋子水果，上罗玉盈家里探望来了。

才刚收到信息，罗玉盈就很是高兴，在屋子里来回转悠忙活。

老伴儿看了问她："你就这么盼着有人来？看把你闷的。"

罗玉盈也毫不掩饰："不瞒你说，我这还真是盼得很，好久没跟他们见面了，怪想念的！"

老伴儿一笑："想不想念的先不说，我倒觉得关键你是个闲不住的。行吧，坐下来等就是了，我去帮你把水准备好。"

罗玉盈笑着，把手里的水杯递给了老伴儿。

不到半个小时，张新带着史梦便站在门口按响了门铃。

"哎呀，你们可算来了！来，赶紧进来！"见他们来了，罗玉盈笑得很欢。

"罗老师这是等着盼着我们来啊!"张新把水果放下,从上到下打量了一遍,又道,"罗老师恢复得不错,精气神儿一点儿没差!"

"那还不是你们来了?"老伴儿在一旁道,"她呀,就是个闲不住的性子。来,喝水。"

史梦接过水,道了声谢,看向罗玉盈问道:"罗老师感觉如何?还有哪里不舒服吗?要不要再多休息几天?"

"算了算了,我呀都快待得长出毛了。"罗玉盈连连摆手,"你们来了正好,说说看最近文化站里的新鲜事!"

说完,她便竖起了耳朵,专注地盯着张新和史梦,一副洗耳恭听的模样。

史梦和张新相视一笑,张新先开了口:"最近一切都在就绪中稳步前进。自从参加了电视台的比赛,咱们的识别度和知名度还是有所提升的。按照卢主任最初的设想,目前预约到我们福源社区文化站参观或做党建共建活动的企事业单位已经有十三个了。"

"这么多!"罗玉盈有些意外,"效率可以啊!"

"没错!毕竟文化传承类的展馆并不多,戴着'非遗'光环的就更少了,所以这是个不错的'卖点',大家都很感兴趣。当然,按照陈站长的要求,咱们可是一分钱也没收的啊!"

"那是那是!"罗玉盈点头,"卢主任能带头帮咱们联系企事业单位,还把日常维护修缮的费用进行了安排,已经是对咱们极大的支持了。我现在就很想赶紧回去跟你们一起轮流当解说员,这可比在家一闷闷一整天要有意思多了。"

"您可千万别这么想,"史梦接话道,"现如今您的状况,在家休养好身体才是对文化站工作最大的支持,要知道,咱们的宣传推广才刚开始步入正轨、有些起色,往后需要您的地方还很多很多呢!换言之,您这身子骨还不单单是您自己的,晓得不?"

史梦说完，眉眼弯弯地看向罗玉盈，罗玉盈赶忙道："你这丫头可是越来越会说话啊！"

"那当然！近朱者赤，天天和我待在一起能不好吗？"张新道。

"得了吧你！"史梦笑着推了推张新，惹得罗玉盈也跟着笑了起来。

几个人正说着，罗玉盈家的门铃再一次响起。

罗玉盈看了看墙上的钟，笑着对老伴儿道："估计是梅子他们俩来了，帮我开个门去吧。"

"好，我去看看。"老伴儿应声站了起来，才刚走到门口就听见两个稚气的声音在外头喊了起来。

"婆婆，你在吗？"

罗玉盈还没来得及跟史梦他们说明是谁，便转头往门口喊道："我在呀，进来吧小可爱们！"

随后两个孩子欢快地从门外走了进来，直接奔到罗玉盈面前。

"婆婆，你好点没呀？"一个半人高的女孩子扎着辫子，笑着问道。

粤语里"婆婆"就是老奶奶的意思，尤其是邻家孩子，更喜欢喊熟悉的老人家叫婆婆。可爱的孩子用可爱的声音叫唤着罗玉盈，听得史梦跟着笑起来。

"你叫什么名字呀，小妹妹？"史梦问。

"我叫梅子。"小女孩儿道。

"我叫冬冬！"另一个孩子凑过来连忙介绍自己。

"梅子、冬冬，你们好！"史梦笑着打了声招呼。

"漂亮姐姐你好！……"梅子打量了史梦一会儿，又问道，"你也是来听婆婆唱咸水歌的吗？"

史梦有些蒙。

罗玉盈接话道："他们是邻居家的孩子，前几个月在楼下广场夜里头纳凉时听我唱过咸水歌，从那时候开始就时不时上我这儿来听歌了。最近更是走得勤快，每周这个时候都要过来我这儿听听。还真挺喜欢的！"

张新闻言，笑着道："这么小的孩子喜欢听咸水歌还真是不多见呀！很难得！他们不是多数喜欢看什么儿童节目或者动画片之类的吗？"

"喜欢听咸水歌和他们喜欢这些也不冲突吧？"史梦笑着反驳道。

"我的意思是，孩子们能主动地接触这些非遗文化是好事儿，但大多数孩子其实并不喜欢，不是吗？"张新补充道。

史梦想了想："倒还真是。……他们爸妈也支持他们课余时间过来听咸水歌吗？现如今不是大多数家长都希望孩子把时间花在学习什么钢琴芭蕾舞上吗？能放在这上头的怕是也不多吧？"

罗玉盈笑了笑道："你们俩这么年轻，知道的还不少嘛！刚才的话，你们说的都对！"

"那确实很难得！"史梦点头，转而看向梅子道，"你喜欢听罗老师唱咸水歌吗？"

"喜欢！"梅子点头。

"我也喜欢！"冬冬又跟着道。

"那你们能唱上一首吗？又或者唱上几句？"张新紧接着问道。

俩小可爱相互看了一眼，面色羞涩起来。

"这神情是能唱还是不能唱啊？"张新逗起他们来。

"能唱！"冬冬上前一步拍着胸脯道。

"可以啊，小帅哥！给哥哥露两手！"张新笑着捏了捏冬冬的脸颊。

小孩子的心思是藏都藏不住的，冬冬胸有成竹的样子一下子就浮现在脸上。

罗玉盈自然晓得这小家伙的水平如何，笑着道："来，放心地唱吧！你这些日子学得不错！"

冬冬点头，嗯了一声，拉着梅子的手一起唱了起来。

"月光光，照地堂，虾仔你乖乖瞓落床。听朝阿爸要捕鱼虾啰，阿嬷织网要织到天光……"

当稚气的童声把这首耳熟能详的咸水歌谣演绎出来时，张新竟然觉出一点感动。

听惯了演出队的演唱，也听惯了各类视听作品里专业度颇高的技巧，眼前这两个孩子们天然去雕饰的演唱让他更觉出了引人入胜的地方。

试想，那些出自水上居民的歌谣，从它诞生的那一刻起，就没有太过严苛的音律考究，更多的是人们对于感情和心境的抒发。

也正是情到浓时才唱出了令人产生共鸣的、难忘的旋律，也才能从一辈人的记忆里口口相传下来。

而传唱的时候，可不就是从这些稚气的声音开始的吗？

张新越听越觉出了与众不同的意思。

冬冬和梅子认真地、一字一句地把歌谣唱完，引来了罗玉盈和在座各位的掌声和欢笑声。

"您平时都怎么教他们的？有什么教程吗？"张新问道。

"倒也没去怎么设计什么教程，就……想起哪首唱哪首，顺带着给他们讲讲这歌里的故事和人，他们都挺喜欢的。"罗玉盈道。

对此，史梦颇有感触道："这已经是个不错的方式了。别说他们了，就连我，不也是这么被咸水歌吸引的吗？"

罗玉盈闻言，笑着道："对呀！你也是跟着我一个故事一个故事听来的！我怎么把这茬给忘了？"

"我在想……"张新微微皱着眉头，边想边道，"是不是有个新的宣传咸水歌的法子可以试着推推？"

"你又想到什么了？"史梦笑着道。

"说说看。"罗玉盈道。

"说起来，这也不算是什么别出心裁的方式了，在其他非遗文化的宣传推广上其实也是用过的。"张新道，"说起来也不算复杂，就是咱们是不是可以联系下学校，在学校里开设一些课外课程，给孩子们宣传咱们的咸水歌？就跟您给梅子、冬冬讲那样，吸引更多孩子来认识、熟悉咸水歌，岂不是更长远？"

史梦跟罗玉盈相互看了一眼，眼神中带着些意外。

"怎么样？可行吗？还是说……不可行？"张新问。

罗玉盈笑出了声："你这主意不错啊！哈哈哈……还真像陈哲说的，咱们虽然人不多，但只要群策群力，还真是能干出些事情来的！"

"我也觉得这主意不错！"史梦道，"现在学校都很注重素质教育、传统文化教育，咱们或许还真可以趁着这春风把咸水歌带到学校里去，让更多的孩子把这文化传唱下去！"

"好！既然你们都觉得好，那咱们腾空再整个方案出来报给陈站长，看能不能做出点新的样式来！"张新笑着道。

"好，你们这两天先整理，我争取尽快归队，同你们一起奋斗！"罗玉盈笑着拍拍胸脯道。

第二十一章　远见

从罗玉盈家出来，见罗玉盈状态不错，而且不日就能回来同他们共事，史梦的心情确实不错。

张新的方法能被认可，心情也不错。

两人手牵着手沿街逛了一会儿，张新道："吃不吃冰淇淋？"

"好呀！"

两人一拍即合，钻进了一家甜品屋，一人点了一份。

史梦一边尝着冰淇淋，一边想事情想得出神。

"想什么呢？是不好吃还是太好吃了？"张新笑着问道。

"我在想，要怎么让孩子们喜欢上我们的东西？"史梦抬起眼皮对上张新的眼眸，"……你笑什么？"

张新终于忍不住了："你怎么跟个孩子一样？还吃到脸上去了？"

史梦抬手擦了擦脸颊，不解道："这里？还是这里？"

张新拿了一块纸巾，照着史梦的额头擦去："原本以为你是个精明又精致的女人，现在才发现，原来也是个接地气的。"

"怎么？你嫌弃是吗？"史梦反问道。

"当然不是！相反，我更喜欢你了！"

史梦被他这么突如其来的情话砸得有些蒙，但心里禁不住乐开了花，却又说不出什么，只笑着摇了摇头。

"说起你刚刚说的问题，其实我是这么想的。"张新把话题拉了回来，"其实孩子的审美远比我们想象的要广阔，他们不像大人，有既定偏好和风格，所以接受起来或许比大人还要容易。"

"哦？你是这么想的？"史梦道。

"没错。"张新想了想说道，"我先问你一个问题。"

"什么问题。"

"在认识咸水歌前，你喜欢的是什么音乐，你身边的同龄人喜欢什么样的音乐？"

"……我想，大多数人应该都是喜欢流行音乐吧。流行的范围很广，加上各大音乐公司、广告、影视作品的宣传力度那么大，自然第一接触的就是它们了。"史梦想了想如实道。

"你说得很对。说起来，我在此之前认识和喜欢的音乐也是流行音乐，渠道和路径和你们几乎也是一样的。这样的方式在之前以及在未来的很长一段时间，估计都是一个改变不了的趋势。"

"你的意思是……"

"我的意思是，按照我们的成长轨迹，接触流行音乐的概率远远大于接触这些传统音乐，比如民歌、古典音乐等，除了音乐课程以外，几乎没有其他渠道能认识和了解到。这才是咸水歌这类传统歌曲无法广泛流传并且传承堪忧的最大原因。"

张新的话让史梦陷入了沉思。

的确，如果让一个没有接触过任何音乐的孩子来区分咸水歌和流行歌曲哪个好听、哪个不好听，事实上他是未必分得出的，因为音律本身就带着扣人心弦的元素，动听与否更多地要用内心去感受。

这也就是为什么梅子和冬冬跟着罗玉盈学了几天咸水歌之后，便很愉快、不由自主地跑来找她接着学。这里头有什么传承的责任和意义吗？显然是没有的。对于这两个孩子来讲，原因很简单，就是好听，单纯的好听。这一点，作为传统音乐传唱下去的动力，事实上已经十分足够了。

从这个角度来讲，传统音乐之所以缺乏受众，还是传播途径有限甚至受阻而致，如果能让更多的孩子尽早接触到咸水歌文化，或许就能朝着令人欣喜的方向发展而去呢！

所以，张新在这个问题上远比史梦要有远见。

张新的冰淇淋转眼就吃完了，史梦的还剩一大半。他并不急，只是把手并起来放在桌子上，优哉游哉地等着。

"你慢慢吃，我接着说。"张新道。

"嗯，你说。"史梦点了点头，一副洗耳恭听的样子。

"说起来，现在这个现象也不是一朝一夕导致的。不得不承认，流行音乐在过去的二三十年里确实随着经济的发展长势迅猛，这是文化繁荣的一支，是值得被肯定的。但反过来说，流行音乐门槛低，青少年尤其是十二三岁的孩子又缺乏艺术引导。所以，在我们身边，十二三岁的孩子只会唱满大街流行的情歌也不是什么新鲜事了。"

"应该说，孩子们也是喜欢音乐的，只是，在我们的市场上，似乎并没有适合他们的音乐，这其实是个很尴尬的现象。"史梦认同道。

"没错，而传统音乐在这方面就是很好的补充。说实在的，我并不是说传统音乐就好、流行音乐就不好，都是音符的表现，谈何好坏？从本质上来讲，所有音乐其实都是一样的。"张新紧接着道，"只是，现在的学校多为应试教育，对传统文化元素不够重视，对民间特色文化的教育也是很少的，所以孩子们自然也就跟着社会流行趋势往流行音乐那边去了。"

"所以……"史梦盯着张新，眼神中带着亮光，"你打算什么时候开始你这个同学校联合推广的计划，我都有些迫不及待了！"

张新笑了起来："看来我这计划从提出来就已经成功一半了呀！"

"怎么说？"

"谁都知道史梦小姐从来眼光极高，对跟进的项目更是精益求精。但我不过寥寥几句浅见就能让你迫不及待起来，那只能说明这个项目确实很有价值和意义，就差放手干起来了！"张新说完，自己也哈哈笑了起来。

"少贫！"史梦也跟着笑了，"我还是那句话，主意虽然是好主意，但万事开头难，如果没有一个好的方案，有可能这个好主意最后会'烂尾'哟！"

"你说得对！"张新笑着握住史梦的手，"谨记你的建议！谢谢！"

史梦笑而不语，而后舀了一口冰淇淋送到了张新面前，张新笑着尝了尝，握着史梦的手又紧了紧。

对于张新的提议，陈哲十分赞成，甚至比当初提出组建一个业余演出队的时候更加支持。

用陈哲的原话讲，这么多年了，一直都在忙着推广和宣传咸水歌，但从源头上培养传承传统文化土壤的提议倒是头一次，确实可以试一试。

于是，福源社区文化站把手头上该完成的、急切的业务完成以后，便开始投入新一轮的宣传推广活动策划。

萧晓最近好几次约史梦出来吃饭，史梦都说工作太忙了，被一个又一个的方案牵得连轴转，确实腾不出时间。

萧晓笑着说："以前看不出来，你们这几个人还真是'小马达'，永远都有使不完的劲儿和想不完的点子，倒是小瞧了这个普普通通的文化站。"

史梦道："别说你了，就连我自己都没想到这里竟是这么个思绪纷涌的地方，所以才说，永远不要小看人民群众的力量，只要他们想要办成一件事儿，还就真没办不成的。"

对这话，萧晓除了认同和感叹之外，现如今能做的就是尽量不去打扰史梦，让她把精力投入福源社区文化站工作，同时也能好好地休息休息。

而说起来，可不确实得休息休息吗？

连着三周多了，张新带着诚意满满的策划案跟史梦一起前往各个学校洽谈，却进展得并不顺利。

虽说是一个不错的主意，况且意义高度也已经有了，但张新和史梦却忽略了一点，以他们现如今的身份去同学校谈合作，绝大多数情况下是会被拒绝的。

理由很简单，几乎都是没接到上级通知或得先请示上级部门才行。

对于很多一板一眼的企事业单位而言，这样的合作邀约尚且需要在有章可循的大前提下来完成，更何况是认真得近乎刻板的学校。

接连跑了几天之后，张新和史梦的心思都有些疲惫了，但最初的想法仍然没变。

"会不会是我们的方法有什么问题？又或者说我应该先邀请他们来参观我们的展馆？"晚饭的时候，张新坐在史梦的对面，一口饭也没吃下去，一直翻着手里的资料和这几天的各类信息汇总。

菜已经上了，都是些张新喜欢吃的，还冒着热腾腾的香气，但张新连看都没看一眼。

史梦认识张新这么久，极少见他为了什么事儿心思沉成这副样子，像眼前这样连饭都吃不下的样子更是没见过。

史梦安静地看了他一会儿，见他依旧没有要动筷子，便抬手夹了一块红烧排骨放到张新的碗里头，笑着道："再忙也要吃东西不是？人是铁饭是钢，吃完了才有力气找出原因呀！"

张新闻言，停下手里的活儿，眉眼弯弯地看向史梦，自言自语道：“谢谢！要不怎么说有女朋友的人幸福呢！”说完，便拿起筷子把碗里的红烧排骨放进了嘴里，一脸满足地嚼了起来。

史梦边给他夹菜边道：“说起来，我倒是觉得咱们的方式没多大问题，你想一下，假如你现在邀请他们来参观福源社区的展览，倘若他们的有关规定里并没有这个口子呢？最后也还是会被拒的。所以，问题不在我们怎么跟他们搭话，而在于他们是不是有可以跟我们合作的空间。”

张新闻言，认同地点了点头：“那你觉得我们该怎么调整？”

“我觉得吧，这一次的方案或许自上而下推行起来更好一些。”这话，史梦倒不是刚刚才想到的。

根据她之前在上级主管部门的工作经验，她觉得跟这类机构打交道，没有文件或通知几乎都不大可能搭上话的。

只是，当时她并没有确定自己这个判断是否正确，更何况张新的话说得很有道理，说服性极高，史梦觉得或许他的这个主意会是一个例外。

可是，现实就是现实，例外始终是极少数情况。也正是因为如此，史梦才决定将自己此前的判断告诉给张新。

“我的理解是，你希望我找到上级主管部门，由他们去制定合作的方针策略？”

“嗯，可以这么理解。”

“可是……这样不会流程更长吗？”张新微微蹙眉道，“要知道，这事情如果只是基层的一两次合作，或许只是两个机构之间的沟通洽谈问题，但若是由上级部门来制定对接策略的话，那么繁杂手续和来回调研可就免不了呀。如此一来，我们的这个方案估计得黄……”

“你的话我明白，说实话，我之前也是这么想的。所以我最初是希望咱们这么一间一间学校地跑能获得突破性的进展，如此一来再由点及面地推进出去，从而让越来越多的学校、越来越多的学生参与到我们的传统文化中来，"史梦是个实在人，有一说一，"但是……这些日子下来，你觉得我们再这么一间一间地去敲门真有效果吗？"

"这……"张新也跟着犹豫起来。

"我也不想藏着掖着自己的想法，事实上，你我心里都晓得，这样的做法收效甚微，在未来的几个月甚至一整年里都未必能有突破，因为制度上的束缚就在上头，我们和我们的合作方都打破不了，这才是问题的症结所在。

"既然咱们都明白，何不动起来，主动地打破这个枷锁，问题说不定就迎刃而解了。"

史梦的话让张新顿时有了一种豁然开朗的感觉。

的确，问题就摆在那里，大家都能看得见。反正眼前情况已经如此了，再差也差不到哪儿去，何不就此试一试呢？

张新想了想，笑着对史梦道："好！你的话有道理，我明天就去跟陈站长和罗老师商量，请他们二位出马，跟上级主管部门碰一碰，争取找出一条解决问题的捷径来！"

史梦点头："好，我跟你一起去！"

趁着参加季度工作会议的机会，陈哲在会后同卢主任说起了张新的主意，以及他们希望上级部门能协助打通这条合作之路的意愿。

说实话，陈哲虽然很认同张新的这个想法，也觉得很有必要，但对能否顺利从上级主管部门那里获得帮助却仍心存疑虑。

用史梦的话说，作为上级主管部门，他们要兼顾的人和事很多，未必能逐一去满足，尤其是在目前资源和人力都偏紧的情况下，更是要做好被拒的准备。

对于史梦的话，张新虽然有些失落，但却十分理解，故而同意了陈哲的建议，由他先向卢主任提出这个想法，而后再看接下来如何安排。

陈哲言简意赅地说明了想法，卢主任闻言盯着陈哲看了好一会儿没说话。

"领导，我这话是不是有些唐突了？"陈哲有些读不懂卢主任的神情，笑着道，"我们其实也知道的，现如今大伙儿都忙，尤其是一些更'高大上'的项目都需要上级部门来协调和完成，只是我们不想就此放弃，多少也要争取争取，兴许能成呢，是不是？"

卢主任闻言，哈哈笑了起来："不不，老友，你误会我的意思了！我之所以感到意外，是因为你们总是给我带来惊喜！虽然你们的人手很有限，但每个人的能力和想法都用在了同一个地方，甚至比我们辖内一些更大的文化站还要有生命力！我倒是觉得，我得把你们福源社区文化站树立成榜样，让大家都来学习学习你们的精气神儿、干劲儿和一条心的范儿！"

"卢主任过奖了，"陈哲听明白意思，笑了起来，"我们呀就是实打实地干事儿，从来就没想过要当什么榜样，况且这么久了您也是知道的，我们福源社区虽然人少，但从来务实、不慕虚荣，您要真认可我们，就帮着我们从上头一层把合作的关系打通了，如此一来，我们的想法才能付诸实践呀！您觉得呢？"

"你这话说得就有些多余了！这么好的主意，我当然会支持到底！"卢主任的话让陈哲的心安了下来。

卢主任和陈哲虽然是上下级关系，但两人搭档了这么多年，关系可不是一般的好。

在陈哲出发前，罗玉盈就说，若是换作别人去跟卢主任说，或许很多细节上的、情绪上的想法无法一五一十地表达出来，但陈哲就不一样了。

他们俩从一个文化队出来，再到后来都在这条战线上奋战，虽然一直都是上下级关系，但共事了这么多年，早就没有这方面的条条框框了。现如今看来，他们俩更像是志同道合的兄弟，故而很多话从陈哲口里说出来还是有些不一样的。

这不，果真应了罗玉盈的这句话。

卢主任也是个务实的性子，从不玩那些虚晃的，据说曾经有一个刚晋升的小年轻因为在年终总结会议上打太多官腔，又说了诸多有的没的漂亮话，当场就被他狠狠地驳了回去，还为此让大家重新整理工作报告，择期重开总结会。

今天卢主任能点头应下这件事，陈哲是放心了，张新这几日却仍旧坐立不安。

"再转就把自己转成陀螺啦！"史梦笑着把手里的橘子递给了张新，"尝尝，新出的，据说很甜。"

张新笑着接过史梦手里的橘子，尝了一口，点了点头："是不错！"

这才坐到史梦身边微微叹了口气道："也不知道谈得如何了？"

史梦一笑："你得相信陈站长一定会尽力去争取的，也得相信卢主任会尽所能帮咱们，就冲他们这些日子以来对咱们的一贯支持，这点信心还是要有的。"

"我懂你的意思，但我就是担心这事儿最后牵扯了太多部门或事，而后阻碍重重、不了了之。"张新实话实说道。

"你说的这些事放在以前或许有可能，但现如今不同了。别人感没感觉到我不晓得，但整体作风今时不同往日我还是很有体会的。推诿的人少了、担当的人多了，退缩的人少了、站出来的人多了，你还怕问题不了了之吗？"史梦颇有信心道，"要是真解决不了，那说明方案可能还真不成熟，又或者培育这个方案的土壤还不够肥沃，如果是这样，那也不是一朝一夕、你我之力就能改变得了的呀。所以，你不用这么担心。"

史梦的一席话让张新攥紧的心放松了下来。

张新抬手轻掐了掐史梦的脸颊，眼神带着些宠溺："我越来越觉得，你是不说则已，一说便说到我心坎儿里去了呀！以后这样的开导还可以再多点。"

史梦笑着，跟着点了点头。

在同张新走到一起之前，史梦也曾幻想过自己未来的感情生活，总觉得自己并非活得轰轰烈烈的人，是不会轻易陷入一场爱恋的。

可事实却与她想象的截然不同。

眼前这个人温文尔雅、彬彬有礼，跟轰轰烈烈这四个字丝毫搭不上边。但就是这样一个人，却细水长流般地将爱意一点点注入她的内心，让她慢慢地感受到了这份温暖、依恋上了这份温暖。

他们共同奋斗在保护和传承非遗文化的战线上，虽然工作上的事情占据了他们彼此很多的时间，但对于他们而言，这样的亲近又是与众不同的。

曾几何时，她也羡慕过父母那辈相濡以沫的爱情，也曾以为在物质充盈、充斥情感诉求的现代社会里难以寻到这样一份纯粹，却意外地发现原来在这个温暖的角落里，有这世界上独一无二的一份幸运等待着她！

为此，她时常不经意间露出幸福的笑意……

第二十二章　孩童

周一一大早，罗玉盈带着史梦、张新在文化站里忙活着，陈哲一脸笑意地走了进来。

"告诉大家一个好消息！"

大家闻言，忙抬起头来。

罗玉盈看了他一会儿，笑着道："我好像大概猜到是什么事儿了！"

"哦？那您说说看。"陈哲道。

"我猜……是卢主任那儿帮我们争取到了可以合作的学校资源了，是不是？"罗玉盈道。

"哟，罗老师倒是目光如炬，一下子就看出来了。只是，没有全对。"陈哲说着，把一封打印出来的邮件递给了张新，"这是卢主任刚刚给我发的邮件。我们之前的想法上级部门很支持，他们同教育部门也碰了个头，大家的意向还是比较一致的，推进非遗文化的宣传是好事，值得支持！"

"这么快！这不才两周的时间吗？我还以为……"张新颇有些喜出望外。

"我也觉得挺快。不过话又说回来，现在上级部门的处理效率和处事风格远远比以前好了，大家都被调动起来，事情自然也就推进得更快了。"

"我看看。"史梦接过邮件看了起来，陈哲继续往下说。

"只是具体定点的学校还没有确定，教育部门倒是推荐了几个有这方面合作可能的学校，希望我们能一一上门去宣讲，并尝试着给孩子们讲一讲，而后再确定一个长期的、有效可持续的合作方案。"

"那很好啊！"张新道，"只要这步能迈出去，剩下的就看我们自己的本事了！"

"对，就是这个意思。"陈哲点头，"所以，接下来咱们的工作又多了这一项，咱们待会儿开个短会碰一碰，把各自手上的事情捋一捋，再把这件事情提上日程，争取早日到学校为孩子们讲上一课！"

城市的风随着冬季的到来冷却下来，然而，在福源社区文化站这个不大的办公室里，工作的热腾以及他们对于咸水歌宣传的热忱却从未有半分减退。

车水马龙里，越来越多的人被丰厚的经济利益和日渐繁重的工作压力主导了人生的方向，飞速发展的今天，人们在享受经济腾飞带来的种种便利的同时，对于这些缺乏"利益"的土壤也越来越缺乏耕耘的耐心。

然而，这并不意味着没有人去继承和传唱，福源社区文化站的这几个人就仍在坚持。

他们拥有不同的年龄、学历背景和人生经历，但在宣传推广非遗咸水歌这条道路上方向却出奇地一致，也正因为如此，他们才能将各自的想法和能力统统用在这一个方向，故而让福源社区文化站的非遗宣传推广走在了前列。

事实上，他们并没有说什么高远的目标和响亮的宣言，有的只是一份尽心尽职，有的只是一份脚踏实地。

关于在学校里给孩子们教授课程的事，陈哲和史梦、张新一致认为罗玉盈是最合适的人选。

理由也很简单很直观，陈哲多少缺点亲和力，史梦不擅长同孩子们打交道，张新讲得太过专业怕孩子们听不懂，而罗玉盈则在这些方面都比他们要好一些。更何况，她之前还教过邻居家的几个孩子学习咸水歌，现如今这些孩子还每天跟在她身边等着学唱咸水歌。

由她来讲，远比他们几个效果要好上很多。

于是，大家很快达成了共识，待罗玉盈把张新的课件稍微再修改完善一下，便可以同有意向的学校对接体验课的时间了。

就这么前前后后忙活了一段时间，元月的一个周五下午，罗玉盈带着课件，穿着颜色鲜艳、极具传统特色的疍家人服装，戴着水上人家的笠帽，走进了同榕小学的音乐室。

今天要授课的都是些三年级的小朋友，在罗玉盈进入教室之前，他们对摆在讲台上的竹篓、笠帽这些传统水上人家的东西就充满了好奇。

用老师的话讲，这些孩子们从来就没有接触过这些东西，今天头一回见，肯定新奇得很。

"罗老师，这个年纪的孩子们都很有好奇心，这些东西单独放在讲台上，我担心孩子们会围上去把玩，到时候弄坏了就麻烦了。这些东西还得拿回福源咸水歌展馆展览，不如……待会儿你上课的时候再拿进去吧。"班主任老师在罗玉盈上课前建议道。

罗玉盈一笑："我现在不担心他们把这些东西弄坏，就担心他们对这东西不感兴趣，说白了这都是一些寻常的小玩意儿而已，真玩坏了再买就是了。"

"是啊，是我疏忽了。早知道他们这么感兴趣，我就多准备几份了。"张新笑着道。

"没事，这可以记下来，下次再开体验课的时候完善一下就是了。"史梦道。

正说着，上课铃声响了，罗玉盈在同榕小学的第一节咸水歌体验课就要开始了。

"上课了，走，咱们一起到音乐室去。"罗玉盈对张新和史梦道。

对于罗玉盈的临时起意，两人都有些不解，张新道："我们也去吗？不怕打扰了孩子们听您的课？"

"不怕。"罗玉盈想了想道，"我刚在门口看了看，孩子们不算多，而且比我想象中的要听话，我打算把课桌挪一挪，大家围成个圈儿来听，你们穿插着坐在他们中间，咱们一边拿着准备好的道具，一边跟他们一块儿听歌、一块儿唱歌！"

来之前，张新他们想过很多方案来吸引孩子们的注意力，但大前提都是老师站在讲台上、孩子们坐在讲台下听课的模式。

但来了同榕小学才发现，这个学校的氛围远比他们想象的要宽松得多，更关键的是，孩子们特别乖。

所以，罗玉盈临时改了教授的方式，为的就是能和孩子们更加融为一体！

"张老师，您看我们这么来讲课，可以吗？"史梦转头看向班主任，询问道。

张老师笑了笑道："本来就是一种全新的尝试，在保护孩子们的大前提下，只要能生动、有意义，稍微调整下授课方式，都是可以的！"

"那太好了！我这就去音乐室准备一下。"张新说完，便往音乐室疾步走去了。

张新在音乐室里忙活了好一会儿，刚把地方腾出来，罗玉盈就带着史梦和班主任张老师一起走了进来。

平时大家都是坐在课桌前听老师在讲台上讲课，今天把课桌全部撤了，大家把椅子连成一个大圈坐在一起，这样的形式让孩子们的脸上挂上了好奇的神色。

罗玉盈见他们如此感兴趣，心里也跟着高兴起来。

当罗玉盈坐下来的时候，孩子们心里头已经有好多问题想问了。

"孩子们，我是罗玉盈，大家叫我罗奶奶就行了！"罗玉盈很有亲和力，一开口，孩子们便齐声喊了起来："罗奶奶好！"

"你们好，你们好！"罗玉盈眉眼弯弯地看着他们，犹如见着自己的孙子孙女一般，抬手抚了抚坐在自己身边的一个小男孩，"刚才放在课室里的东西你们都摸过了吗？"

"嗯嗯，摸过了。罗奶奶，这是什么东西啊？"小男孩问道。

"我也想问！"

"我也想知道！"

孩子们齐齐问道。

"这些东西是七八十年前住在珠江两岸的水上居民最寻常不过的日常用品了。"罗玉盈道。

话题一开，孩子们的兴趣也跟着来了。

"水上居民是什么人？"

"住在珠江边上？我好像从来没见过呢！"

"七八十年前啊，那不是很久了吗？"

…………

罗玉盈说得对，孩子们的好奇心果然具有非凡的魔力，还不用她从岁月的深处把这些过往提炼出来，孩子们就已经带着自己的疑问、用自己的方式探索开了。

面对孩子们的提问，罗玉盈很是高兴，开始一点一点地介绍起来。

"在七八十年前，珠江上生活着一群人，他们以艇为生，在艇上度过了一生的春秋冬夏……"

尘封的历史、不为人知的过往，从这位白发苍苍的传唱者口中，一字一句、一点一滴地传递给了这些年纪还不及她零头的孩子们。

那些年、那些事，以及罗玉盈这么多年的搜集、整理和努力耕耘，也在这一刻以这种轻松但却不乏隆重的方式传递开去。

这中间，张新和史梦这两位年轻的"老师"也把自己这些时日的收获一一分享给了这些孩子们，让他们都感到意外的是，孩子们兴趣的浓烈程度远远超出他们的想象。

比如，一个孩子问道："张新老师，您能再唱多几句吗，我觉得还蛮好听的。"

另一个孩子说："史梦老师，我们能到你们的展览去看看吗，是不是也有跟水上人、跟咸水歌有关系的东西？罗老师说的那艘船真的在展馆里吗？"

一节体验课，四十分钟，原本罗玉盈带着张新他们想了许久，生怕四十分钟讲不出出彩的地方，却不想随后他们和孩子们之间有说有笑，竟然不知不觉迎来了下课铃。

"罗奶奶，你下次什么时候来啊？"临别的时候，一个小女孩儿拉着罗玉盈的衣角问道。

身边的几个孩子也跟着问了起来。

罗玉盈和史梦不觉对视了一眼，眼中也露出了不舍。

都知道，孩子们是最天真无邪的。对于自己喜欢的东西，他们从来都不会隐藏自己的喜爱，更不懂得去应和别人的心思。

所以，孩子的话虽然简单，但却真挚得动人，这让罗玉盈他们几个对自己的传授有了前所未有的信心。

回到文化站，陈哲问："今天的课讲得怎么样？好坏倒是其次，总结经验才是要紧，我们之后还会有其他学校的课程可以争取，没有关……"

陈哲还没说完，便见罗玉盈他们站在他对面哈哈笑了起来。

"怎么了这是？"陈哲道。

"我想说，你今天没去实在太可惜了！"罗玉盈笑着道，"你知道吗，这个体验可真是前所未有，我还从来没见过那么多个孩子神情认真地盯着你看，认真地把一字一句都听了进去，这种感觉……真的很好！"

罗玉盈的话十分由衷。

相比起这么多年来他们在成人范围内的推广，对孩子们的宣传推广让他们更多了几分自信。

犹记得之前史梦还没参与进来的时候，罗玉盈碰上机会给年轻人们讲授咸水歌的时候，被他们嫌弃的事情并不少见，更有甚者，还直接同她说："阿婆，麻烦你洗洗睡啦！这年头还有谁听这东西？"

罗玉盈虽然大抵也理解他们是出于什么心态，正所谓强扭的瓜不甜，但理解归理解，听到这些话的时候她心里还是很不舒服。

但这一次的经历却不同。罗玉盈从一开始就没有想过给孩子们灌输什么厚重的历史文化，只不过是循着他们的疑问和好奇一点点地把那些尘封在时代大潮背后的故事告诉给他们，却收获了意想不到的效果和尊重。

这让她更觉得张新的这个主意很好，而且很具有长远的意义。

听了张新对今天课上愉快场面的介绍，陈哲也露出了欣慰的笑："看来我们这些日子的努力没有白费呀！有了这些孩子们的支持，咱们这个路子算是成功了一半了！"

陈哲很高兴，罗玉盈也很高兴。

"既然孩子们这么感兴趣，要不咱们再合计合计，把这个课程的内容再加以扩充，看下校方同不同意。"史梦道。

"我回来的时候倒是和张老师碰过，"张新道，"她说他们同榕小学在教学创新方面是比较有开创性的，学校的领导也比较支持，所以如果孩子们真的喜欢的话，我们可以增设几节课，但前提是他们的领导要过来旁听，看下这个课程是不是真的值得加课、推广。"

"这个没问题呀！"陈哲道，"本来就是一个合作完成的项目，虽然大家的初衷都是好的，但说到底都是合作，双方的意见要一致才行。"

"好，既然如此，那我把课程再完善一下，做出方案发给学校那边去做初审，可以的话我们再继续给孩子们讲下去。"

头一回涉足这方面，大家都是摸着石头过河，陈哲很认同张新严谨的态度和做法，点头表示赞同："好，你去准备。我这边也跟卢主任汇报一下。"

听了陈哲的汇报，卢主任十分满意，笑着道："可以啊你们！你刚才来找我，我还以为是项目进展上需要我帮着做什么，没想到是个好消息！"

"别说你了，就连我自己都觉得这个进度超出了我的预期。罗老师能把控住讲课的场面，这我还是心里有数的，但却没想孩子们会这么喜欢。我听他们说，有几个孩子还拉着她的衣角问她什么时候继续把没讲完的故事讲完呢！"

卢主任笑得更欢了："你还别说，罗玉盈真的就是你们福源社区的'宝贝'，要不是你拦着，我早就把她调上来了。"

"领导，这话可不敢这么说，怎么是我拦着呢？"陈哲笑了，"是，我之前是没同意你把她调走，但更关键的是她想留下来，把福源社区的咸水歌宣传推广工作给做好，那是她耕耘了十几二十年的沃土，她舍不得啊！"

言至此处，陈哲颇为感慨地叹了一口气道："咱们相识多年，我在你面前也不藏着掖着，说实话，我能坚持这么多年很大程度上是被罗老师带动起来的。她的这份执着和坚守确实点亮了很多人，比如我，比如史梦和张新。"

"是啊！别说福源社区了，就是咱们辖内像罗玉盈这样的榜样都是屈指可数的。我也向来知道她对于咸水歌有着与众不同的坚守，但说实话，一个人坚守不难，要调动周围的人跟着一起认可并且跟着一起坚守更是一件不容易的事情。非燃尽自己无法达到啊！"

"是啊！"陈哲信服地点了点头。

"老陈，我有一个想法，不知合不合适？"卢主任想了想接话说。

"你说。"

"现如今宣传岗位先锋的活动很多，对基层工作者的关注比以前更多、更全面了，你觉得咱们要不要借着这个机会，给罗玉盈做个专访，一来可以宣传她十几年如一日的坚守和付出，二来也能在此基础上对咸水歌做进一步的宣传，你觉得如何？"

"太好了！"陈哲道，"我倒是一直想着给罗老师做专访或宣传来着，但毕竟资源有限，始终没能实现。"

"好！既然如此，我这边去联系联系，你呢就去把罗玉盈给请来，如何？"卢主任笑着道，"当然，一切都要在自愿的大前提下，以鼓励为主，千万不要下什么硬性的任务，让她觉得不舒服就不好了。"

"放心吧，我会好好跟她说的。我猜呀，如果能借此机会对咸水歌宣传起到积极作用，她十之八九都是会答应的。"

"好，那就交给你了。"卢主任抬手拍了拍陈哲的肩膀道。

回到福源社区文化站，陈哲将此事告诉了罗玉盈，果不其然，罗玉盈连连摆手："不行不行，让我搜集整理资料、唱唱咸水歌还行，让我上电视做报道，那太难了！我肯定不行！"

平日里嘻嘻闹闹的罗玉盈这会儿竟然这么认真地怕起来，让史梦不禁笑了起来："罗老师，这可不像您的风格哟！在我心里，您可是什么都不怕的呀！"

罗玉盈大笑起来："原来我在你心里是这么样子的？那你可是片面了，我呀，不仅有怕的东西而且还有很多！你不知道，早前试过做一些短访，我每次都紧张得手心出汗，话都说不清，效果是真的很不理想。我怕我还没能给咸水歌做宣传，自己都给自己搞砸了，那可就真的不好了！"

陈哲接过话："您之前参加采访紧张那是因为采访的内容不是你擅长的，是基层管理建设方向的，自然没法儿自如起来。现在不同了，采访的内容是您喜爱和最熟悉的咸水歌，您只要把平日里跟我们讲的、跟孩子们讲的那些内容讲出来就可以了，对您而言，就是小菜一碟呀！"

"我也是这么觉得的，"张新道，"罗老师，您是不知道，今天那些孩子们对您是多么崇拜，有几个还问我罗老师怎么知道这么多故事。所以，您只要照着您熟悉的方式来就行了。"

说到这儿，罗玉盈虽然沉默，但却有些动摇了："真的行？你们不怕我搞砸了？"

陈哲哈哈笑了起来："对您我可是一百个放心啊！说到这儿，有一点我是可以跟您保证的，卢主任的初衷是让咱们福源社区和咱们宣传的咸水歌能进一步地得到推广，如果到时候您接受了采访，真的觉得效果不好的话，还是可以再沟通的。这样，您是不是可以更放心了呢？"

罗玉盈低头一笑："卢主任还真是考虑得够周全的，生怕我拒绝，连后路都给我想好了！"

"可不是！"陈哲道，"所以您考虑考虑，要真不想咱们也不勉强，决定权仍旧在您手上。"

罗玉盈垂眸沉默了一会儿，再抬眼时对陈哲道："行，既然大家的初衷都是好的，我也不能拖后腿。我同意你们的安排！"

"太好了！"陈哲喜出望外，"我一会儿就给卢主任打电话！咱们就把采访的时间安排在下个月怎么样？再晚些时候就得忙活新一年的工作部署了，到时候我们可能更没时间顾及这件事。"

"好，没问题！这几天确定之后把时间告诉我就好，我照着时间安排工作和采访内容。"罗玉盈道。

"好。你们俩到时候也看看罗老师这边有什么需要帮忙的，一起搭把手，争取把这个采访做好。"陈哲对史梦和张新道。

"没问题，您就放心吧！"张新看了一眼史梦，笑着对陈哲道。

第二十三章　心血

陈哲给的回答让卢主任十分高兴。

说起来，他其实并没有抱太大的希望，因为他熟悉罗玉盈，更不希望给她带来任何压力，故而并未想到她真能答应。

但却没想到，陈哲带着两个年轻人竟然说服了她，唯一的一点要求就是给她腾出足够的时间，让她把咸水歌进校园的活动给安排好，毕竟这件事是她现如今最为重要的工作。

卢主任当然是同意的，还问陈哲需不需要他们提供什么额外的帮助。

陈哲笑着道："事实上推进咸水歌进校园的事情已经在稳步推进了，我手下的几个人很给力，进度很让人满意，只要按部就班推进就行。"

卢主任更是满意得很，同意根据罗玉盈的时间来安排，等她什么时候空下来，便开始着手安排媒体进行采访。

对此，罗玉盈很是满意。

三周后，关于咸水歌进校园的系统性课外教育方案完成了初稿。

罗玉盈带着史梦和张新连着三天把这个方案又过了一遍，而后才递给了陈哲。

陈哲又着重修改了一两处关键的地方，赶在年底前把方案提交了上去。

卢主任对于福源社区的这个方案很是重视，更上一级的主管部门更是将其列入岁末年初的重点工作之一，专门成立了专项小组进行审批。

很快，罗玉盈他们的方案便通过了审核，进入了同校方进行实践磋商的阶段。

时隔几日再见，张老师难掩脸上颇为惊讶的神色。

"这也太高效了！"张老师道，"原本我还以为这要到明年年中才能定下来，没想到这么快就进入推进阶段了！"

张新笑着道："别说你了，就连我都感到意外。不过话又说回来，现如今社会发展日新月异，这也不是什么新鲜事了，主管部门务实干事也逐渐成了常态，所以能这么快批下来倒也是情理之中。说起来，倒是我们格局小了。"

史梦笑着接话道："主管部门的意思是把具体的实施方案和课程设置在这个学期完成，这样一来，下个学期就能推进校园试点工作了。我们昨天盘了盘时间，大抵还是足够的。"

"嗯嗯，明白！这样的安排很紧凑，能省去很多来回磨合消耗的时间，对你们实施方也好、我们校方也好，都是有好处的！"张老师道。

"这话倒是说在点子上了！"罗玉盈点头道，"既如此，那咱们就开始吧！由张新来播放演示文稿并做具体介绍。"

"好。"张新站起身，点开了事前准备好的演示文稿，开始介绍了起来，"按照我们的方案，我们打算把咸水歌课程放在课后来完成，当成一门素质教育来学习。可以当成一门选修课，让课外愿意参加传统文化学习的孩子们来报名参加。课程主要以选段欣赏为主，简单词曲学习为辅……"

　　张新详尽地把课程方案介绍了一遍，而后史梦和罗玉盈又补充了一些内容，张老师和其他校方代表对于他们的这个方案有了全面的了解，甚至起了几分敬佩之意。

　　"这是你们自己做的？就这不到一个月的时间？"张老师确认道。

　　"没错。"张新道。

　　"从方案设计到上呈敲定就只是你们几个？这哪里赶得及？"另一个校方代表问道。

　　"是啊！"史梦接话道，"赶当然是赶得及了，当然加班也加得够呛！"

　　一句话，引得大家不觉笑了起来。

　　其实不用史梦说，大家也猜得到他们过去这几周的时间里忙成了什么样子。只是，史梦把这话说了出来，虽然惹得大家发笑，但却让大家更加感受到了他们这些日子以来的不易。

　　谁都知道，这个试验性的课程校方只是给他们提供了一个平台，并没有花费过一分钱。而福源社区自推动这个项目到现在一分钱没挣不说，往里头自主投入了诸多人力和物力，而这些项目在报销制度严谨的体制内单位里，更是"师出无名"。

　　因此，罗玉盈他们几个是用自己的时间和精力，甚至自己掏腰包，才完成了这件未必能达到目标的事情。

　　然而，他们中没有一个人露出疲惫之色，相反，每每同他们接洽，他们都呈现出昂扬向上的激情和澎湃之意，在座的人无不被感染！

　　这一点，让长期处在固定工作环境和氛围内的校方代表们都不觉有了触动。

　　关于方案的具体实施，校方代表在仔细地了解了这个方案之后，又轮流提了几个问题，罗玉盈带着史梦他们耐心地一一进行解答，让大家更进一步看到了咸水歌课程的远景和可能性。

好几个问题之后，有一个校方代表颇有些犹豫地问了一个问题。

"我还有一个问题，不知……当问不当问？"校方代表想了想，问道。

"您请说！今天无论什么问题我们都会知无不言、言无不尽！"罗玉盈笑着道，脸上是一如既往的和蔼可亲之色。

"我这问题和具体方案的实施没有太大关系，只是想问……你们这么忘我地、不计回报地投入，到底是为了什么？"校方代表最终还是把这个问题给提了出来。

问题一被抛出，现场都安静了下来。

张新和史梦相视一眼，对这个问题竟觉出了几分意外。

校方代表们也不禁三三两两议论起来，把这个问题带出来的好奇给悉数表现了出来。

唯独罗玉盈似乎对这个问题没有什么意外的神色，而是想了想，真诚地、一字一句地回答道："说起来，好像也没什么好大肆泼墨的。事实上，我们想做的，只有一点，就是让更多的人、让我们的孩子们能认得它，不要把它忘了……"

它，当然就是罗玉盈为之耗费了几十年心血的水上居民的歌谣——咸水歌。

罗玉盈的话让在场的人们又一次沉默了。

说起来，这个理由宏大吗？从这件事情的出发点以及他们的付出来看，确实是一件值得称颂的、颇有宏大意义事情。

然而，这些付出的背后却有着鲜活的一面。

罗玉盈白发苍苍的神情、张新认真的神情、史梦雷厉风行的参与、陈哲持之以恒的坚守……太多太多的例子一齐涌现了出来，让大家一时间除了感慨之外，竟然找不到更好的抒发的途径。

而这，就是福源社区这么多年下来，每一代文化传唱者、每一位文化工作者最寻常不过的日常工作。

没有人听过他们高昂的口号或者兴师动众的号召，他们更多的只是在默默无闻中一点一滴地把事情办下来，目的只有一个，那就是把曾经的歌声以及这些歌声里的故事流传下去。

提出这个问题的校方代表听到罗玉盈的回答，先是一愣，而后不由自主地拍起了掌，而后整个会议室里响起了久久不停的掌声。

与同榕小学的战略合作终于敲定了，按照约定，接下来的新学期开始，同榕小学将把咸水歌的介绍和演唱作为一门校内课外选修课程，与围棋、象棋、足球、舞蹈这样的课程放在一起，供孩子们选修。

项目最终落定，陈哲很高兴。

这周的周末，陈哲给罗玉盈和张新、史梦他们发了信息，要他们一起出来饮早茶。

广府人的日常生活离不开早茶，陈哲觉得得花点时间同他们聚聚、犒劳一下他们最近的辛勤付出，故而起了这么个点子。

收到信息的罗玉盈便在群里笑话他："你自己是个老人家，也把两个年轻人当成了老人家。"

陈哲笑着道："确实是我想喝个养生早茶，希望他们能作陪。"

张新是第一个跳出来回应的："有得吃，当然去！"

史梦随即发了个"OK"的表情。

罗玉盈最后问清了地址，福源社区文化站的四个人在周末的一大早聚在了广和茶楼，点了适口的茶点，有一搭没一搭地聊了起来。

比起在办公室里交谈，今天的交谈气氛轻松了不少，加上手里头的活也完成得差不多了，包袱都已卸下，聊起来就更加愉悦了。

"同榕小学的校长给我发信息了，说那天听了罗老师的回答，很是感动。"陈哲道。

"校长？"张新道，"这么快就在学校里传遍了？"

"不，他就在现场。"陈哲道。

"不是吧？"张新有些意外，"张老师说来的只是负责实施的老师，没什么校领导参加。"

陈哲一笑："这个校长也是个极其务实的人。我听卢主任说，他那天去旁听，多少有些担心职位上让咱们有所顾忌，没办法把最真实的东西讲出来，故而想出了这么个主意。不过你们都是好样的，当场就把他拿下了。"

言毕，大家都跟着哈哈笑了起来。

"当时也没想到把他拿下不拿下的，只是真情流露，没扯大旗，也懒得说些虚的，正好对了他的胃口。"罗玉盈道。

"我倒是觉得，任何事情只要真挚付出，就一定会有回报，这才是咱们能把咸水歌进校园这个项目推进得如此神速的关键吧。"史梦道。

"你这话没错！"陈哲点头，"说到底还是咱们的咸水歌独具价值、咱们的付出被认可。现在临近年底了，年终各项工作都忙，咱们接下来要把精力用在顺利完成年前工作上，其他创新类的策划和想法等过了年，开年计划时再来梳理。"

"好。"罗玉盈点头道。

"对了，还有一个事情。"陈哲突然想到，"卢主任说，史梦的借调时间也差不多了，到现在也为咱们福源社区忙活了不少，是时候该回去了！"

一时间，坐在对面的几个人都沉默了下来。

史梦更是把头低低地压了下来。

罗玉盈看向史梦，心里头顿时涌出了几丝酸楚，可是，史梦是借调来的这事她从一早就知道的，换言之，从一开始她就知道了会有这么一天，可为什么心里会这么不舒服呢？

"史梦。"陈哲也安静了好一会儿，开口喊了她一声，又问道，

"卢主任应该和你讲过了吧？"

史梦安静地低着头，深吸了一口气抬起头道："嗯，上周提了一次。说是……一定得回去。"

讲到最后时，史梦略微有些哽咽。

罗玉盈微微地嘟着嘴，叹了口气，转而笑着道："好事呀！说到底你是个不可多得的人才，一定要到更高的平台去，才能更有作为啊！这对你来讲，是个再好不过的消息了！"

言毕，罗玉盈拿起手中的茶杯，以茶代酒地端到史梦面前敬了她一杯。

史梦看着茶杯，又看了看罗玉盈，眼角顿时红得厉害，但却说不出什么话，只抬手跟罗玉盈碰了个杯，而后小声地道了声"谢谢"。

离开福源社区文化站，回到上级部门去当个干正经事的公务人员，这曾经是史梦最心心念念的安排。在她来到福源社区之前，甚至来到福源社区之后的一两个月里，这个想法也没有改变过。

她当时还尝试着给卢主任他们写了好几封信，满纸都是回到原岗位建功立业的豪言壮语。

但现在回想起来，她竟觉出了几分可笑。

这不是她一直都很盼望的吗？既然如此，她应该高兴才是，但现如今的她，又在犹豫什么、感伤什么呢？

珠江边上，风开始刮落枯黄的叶子，簌簌落下之际，让人不觉感到几分寒意。

史梦和张新就这么并肩坐着，史梦无言地看着滚滚逝去的珠江水，却始终找不出这个问题的答案。

看久了，史梦有些累了，把头微微靠在张新的肩膀上，顿时心头的酸楚更重了。

"怎么了？"张新在史梦耳边轻声问道，"不想走，是不是？"

史梦一笑，点了点头："嗯，是的。"

"能不走吗？"张新又问。

史梦又摇了摇头："调令下周一就到了。"

"这么快？"张新也有些意外。

对于史梦离开福源社区文化站回到原来的部门这事，张新其实没有太多自己的想法，于他而言，与史梦现如今已经确定了彼此的心意，无论她到哪里去工作，他最关心的是她是否干得开心、干得愉悦。

"嗯，其实这件事情卢主任早就说了，不，应该说早就是这个结局，我总觉得自己只是不习惯而已，但却没想到会这么低落。"

"既然没办法拒绝，那就先回去吧，说白了到哪里都是工作，是不是？"张新宽慰道。

史梦一笑："现如今也只能这么说了。"

张新闻言，握着史梦的手，没再说什么，但自己的心里也有一件心事。

张新到福源社区来交流学习，既定的时长也要到了，史梦下周一走，他下下周也要离开了。

史梦的心情张新当然懂。说白了，他也不想走，那句"到哪儿都是工作"既是说给史梦的，也是说给自己的。

但服从工作安排是他们从业的基本要求，不受个人情感左右，更不会因此而更改。

他们能做的，只能是惜别。

史梦离开，只做了简单的工作交接，并没有做什么告别也没有做什么感言，只是安静地、尽量不动声色地离开。

罗玉盈没有跟史梦交接，福源社区只剩下陈哲跟她交接，史梦走的时候没有说话，脸上也带着笑意，但情绪却低落到了极点。

又过了一周，张新也走了。

不到半个月的时间，福源社区文化站没了往日的热闹，只剩下陈哲和罗玉盈两个人，伴着渐冷的天带出了几分伤感之意。

罗玉盈比往常提前了半个小时上班，一个是上级部门招聘的流程还没有启动，他们还得扛一扛；二来是她这些日子睡得很浅，一觉醒来就想起史梦和张新，心情很不好，不如早点过来忙活，还能忘掉这些不快。

跟她一样的，还有陈哲。

整整两个多星期，陈哲和罗玉盈除了必要的工作交流之外，彼此都未提及史梦和张新，甚至于很怕提起他们的近况，尽管他们很想知道，也只是在心里一直惦记着。

史梦回到了原来的工作岗位，做的是原来的工作，也加了一些新的任务。

每天有整理不完的文件、开不完的会和写不完的报告，这样的强度自然比不上当初在福源社区文化站忙着落实那几个项目时的紧迫状态，但奇怪的是，每每还没干到一半，她就累得不行，只想躺在床上睡觉，什么也不想做。

张新也回到了原来的部门，重新接了一些跟文化类传承相关的活，强度也不算大，但也累得不行——关键是心累。

南江社区的领导也想做咸水歌的宣传，让张新整理了很多之前在福源社区学到的先进经验，让他也制订一个方案出来。

张新觉得，南江社区的基础其实并不扎实，很多东西得从基础做起，这样才能长远。但他的想法和建议似乎都被领导驳回了，他所接收到的指令是用三个月的时间赶超福源社区文化站，能缩短这个时长更好。

然而，画虎画皮难画骨，福源社区是如何做到今天的领先地位，不去福源社区之前张新也觉得他们依靠的不过是些花拳绣腿的摆设，但去了之后，看到陈哲和罗玉盈他们的坚守和付出，才知道自己当初错得离谱。

可是，在回到南江之后，张新的意见完全得不到倾听。无人听进去不说，各种凌驾实践之上的要求和任务还比比皆是，压得他喘不过气来。

史梦没有和张新说起自己的状态，张新也同样守口如瓶，于他们而言，彼此已经很不容易了，不想让自己的负面情绪给对方造成负担，相互之间的理解比任何时候都显得更为重要。

终于有一天，罗玉盈还是开了口："他们……也不知道如何了？"

陈哲正写着报告，手一顿，轻笑一声道："应该还不错的！放心！"

罗玉盈看向陈哲，想了想又问道："上级主管部门打算将我们社区的空缺名额纳入年底的社会招聘，他们俩也能来参加吗？"

陈哲想了想，没有回答。

"还是说，他们不想回来？"罗玉盈终究把这个话说了出来。

陈哲闻言叹了口气，想了想道："把空缺纳入社会招聘是我跟卢主任说的，同一条线内的年轻人参加并接受调剂也是我提议的，你应该懂我是啥意思。"

罗玉盈点头，她怎么会不懂呢？

按照现行的人事体制，张新和史梦除了上级调动，是来不了他们福源社区文化站的，但如果打开了陈哲说的两个口子，只要他们能报名参加，那么十之八九还是能回来的。

当初陈哲是出于很理想的想法，但真到了把信息公布出去，又开始担心他们不愿意来。要是他们真的不愿意来，罗玉盈和陈哲也都是会表示理解和全力支持的。

只是，他们的心情可能比两个年轻人离开时还要低落。

两人安静了好一会儿，罗玉盈道："不如，我把招聘信息发给他们？"

　　"不好，这样反倒会给他们压力。你和他们感情也算不错，你也了解他们俩的性子，要是发了过去，他们真不想来，岂不是很为难？"

　　"有道理！"罗玉盈点头，"那我就发个朋友圈！起码也能当个告知不是？"

　　陈哲一笑，也看出了罗玉盈的坚持，道："行，发吧。"

第二十四章　报名

夜里十一点二十分。

这个钟点对于绝大多数年轻人来说，根本算不上晚。尤其对于史梦而言，之前在福源社区文化站赶进度的时候，哪一天不是熬到凌晨一两点，有时甚至要通宵达旦地加班加点。

这样的节奏也曾经让她觉出疲惫，但却有说不出的动力。就像萧晓跟她说的那样，做一件自己喜欢的事情，就算不小心累到打盹了，醒来还会继续干的啊！

这话里的状态像极了当初在福源社区文化站的史梦，尽管案牍成山，却有着使不完的劲儿。

不像现在，眼前还有两篇难度不算大的通讯稿要完成，但这时候的史梦已经完全不想打开电脑、不想坐在电脑前思考了。

此时她唯一的状态就是很想睡觉！非常想睡觉！

尽管她知道自己躺下后一定会看朋友圈或者看热搜，也知道自己一看朋友圈、一看热搜就会精神起来，却还是毫不犹豫地关了电脑，躺在床上刷朋友圈。

才刚看了一会儿，张新就给她发了条链接过来。

"你看看这个！！！"

对话框里的这三个感叹号让史梦生出了更大的好奇之心。张新不是个爱发标点符号的人，更不是个会一连发好几个感叹号的人，这条链接到底是什么足以让他这么激动，对此，史梦充满了期待。

果然，点开之后，史梦整个人不假思索地从床上坐了起来！

福源社区文化站要招人了，各种要求和条件一一列在上头，招聘的就是她和张新之前的岗位。看来，上头确实没办法安排什么人填补福源社区目前的人员缺口，之前在福源社区的时候，他们有多缺人，史梦不是不知道。

但自从她和张新走了之后，文化站里就只剩下罗玉盈和陈哲两个人，他们一直撑到现在，这期间有多艰难别人不知道，史梦不可能不知道。

想到这里，想到罗玉盈满头的白发和和蔼的笑容，史梦不觉叹了一口气。

"怎么样？报不报？"张新又发来了信息。

史梦退出了招聘的界面，在对话框里回答道："报！"

张新见到史梦发来的信息，不禁一笑，回复道："报！"

退出对话界面的史梦想了想，翻到了罗玉盈的头像，给她最近的这一条发布招聘信息的朋友圈点了个赞，而后心满意足地微笑着睡觉去了。

罗玉盈第二天早上吃早餐的时候才见到史梦的点赞，虽然她并不确定史梦能否如她所愿地回到福源社区，但心里还是莫名高兴起来。

回到福源社区，罗玉盈把思考了一路的问题问了出来："招聘的报名清单上能看到史梦和张新他们吗？"

陈哲一笑："这次招聘是上级部门组织的，我这里看不到。"

"那……我去问问他们，总可以吧？"罗玉盈坚持道。

"按照规定，您是招聘单位的人，应当尽量避免在招聘流程启动前后同他们有联系。"陈哲如实道。

罗玉盈闻言，心里多了几分失落。

陈哲见她这副神情，也理解她的心情，想了想道："罗老师，我知道您很想他们继续在福源社区工作，说实话，我比您更希望他们能来。只是有些事情不是我们的意愿能决定的，换个角度讲，我更相信他们是愿意来的，也是能通过层层考核回到福源社区的。您比我更欣赏他们俩，难道连我的这点信心都没有吗？"

罗玉盈一笑："你说的我都懂。我呀，就是心急了！你说得没错，一切按照流程来，相信我们总能再见到他们的！"

陈哲点头，笑着看向史梦和张新两人的工位，笑意更深了。

自从他们离开后，有好几次社区委员会都要求他们把办公室重新整理整理，腾出一部分空间给社区工作人员，但陈哲却想都没想就拒绝了。在他看来，张新和史梦一定会再回来的，故而他们俩工位上的装饰不动一丝一毫地保留了下来。

这个决定，罗玉盈自然是再支持不过了！

十五天后，张新和史梦接到了笔试通知，两人互相通知了一声之后，又各自忙活手头上的东西了。

又过了十天，笔试正式开始。那天早上，张新来到史梦公寓楼下等她，带着她一起去的考场。

史梦笑着道："你来接送我，搞得好像你不用参加考试似的。"

"你不懂，"张新一边开车一边道，"咱们俩里头你比我有学问，换言之，参加这种笔试你比我更有优势！我们俩这次的目标很一致，就是回到福源社区文化站，两人能一起回去当然再好不过了，但若是只能回一个，那当然是你的胜算更大一点。

"所以我得照看好你，如此一来，就算我没能回去，但也还是能和他们俩保持最近的距离呀！"

张新绕来绕去绕得史梦都有些晕了，笑着道："行啦，别想那么多，全力以赴就是了！我对咱们还是很有信心的！"

"没错，听你的！我们可以！"张新的自信被史梦的话点燃了，整个人的精气神也跟着被点亮了。

等待成绩的日子是很令人心焦的。

不仅史梦和张新心焦，就连陈哲和罗玉盈都觉得心焦，恨不得笔试成绩排名立马揭晓，进入面试环节，因为只有到了那个时候，陈哲和罗玉盈才能见到那些面试者，也才能知道史梦和张新是不是和他们近在咫尺。

笔试进行得很顺利，史梦和张新都进入了面试。

这个结果虽然在他们的意料之中，但其实来得并没那么容易。跟那些准备了一年多甚至更久的志在参加事业单位招聘考试的应届生或者专业人士相比，史梦和张新的笔试基础并不算牢固。

换言之，之前参加工作那会儿的基础知识很多都忘了，虽然给了时间准备，但对于现在工作颇为繁忙的他们来讲，只能在下班后加班加点地学习。

可是，这是他们都愿意参与其中的事情，即便忙到了连续熬了几个大夜的状态，他们都仍旧撑了下来。

张新和史梦皆是如此，在他们心中现如今最大的想法就是"归队"，回到福源社区，回到那个让他们感动也让他们依依不舍的福源社区文化站。

因此，当他们看到面试名单时，两人都露出了欣慰的微笑，看来，这些日子的努力没有白费！

面试定在下周三，史梦和张新空了一个晚上没有忙活准备，好好地睡了一觉之后，第二天开始便着力准备面试的事情了。

成绩虽然出来了，但罗玉盈和陈哲还没能拿到进入面试的名单，一直等到进了面试场，看到手里十余人的名单时，陈哲和罗玉盈才不约而同地笑开了花。

史梦和张新都报名了，而且他们都进入了面试！

这对于罗玉盈和陈哲来讲，实在是个令人振奋的好消息。

史梦排在第五位，进入面试室坐下之后，对上陈哲和罗玉盈的目光，禁不住愉快地笑了。

"各位面试官上午好，我叫史梦，很高兴参加今天的面试！"

面试时间不过半个小时，史梦和陈哲罗玉盈他们却相谈甚欢，连一起面试的另外两个面试官都被这种气氛所带动，参与到讨论中来。

离开福源社区的这些日子里，史梦对福源社区的工作又有了更加深刻的认识和新的想法，这让陈哲和罗玉盈都生出了满满的兴趣。

在人事上他们分属于不同的部门，但在思想上，史梦却好像从来都没有离开过一样，这一点让罗玉盈感到了欣慰，更加希望把史梦留下来！

面试完的史梦在考场门口等着张新。面试完毕的张新从面试室里走出来时，脸上满是笑意。

"怎么样？"

"感觉还不错！"

"这么说……有戏？"

"嗯，我也这么觉得！"

而后两人便牵着手离开了考场。

史梦在路上走着，脑海里都是今天面试的场景，关于问的什么问题倒是没记住多少，只记住了罗玉盈满满的微笑："罗老师看上去状态不错！原本我还担心我们走了活儿太多，把她累坏了！"

"哈哈，我一猜就知道你会说这话！"张新笑着道，"你这么久没联系罗老师，是不是也是怕一听到她的声音就鼻子酸溜溜的？"

史梦一笑："就你话多！"

张新哈哈大笑起来："我呀，现在别的都没什么想的，就希望今天的面试能通过，咱们都能回去，这活儿干起来才舒心啊！"

"我也是！"史梦也跟着笑了，"不过，这也不是我们怎么想就怎么算的，我想好了，如果真没法儿通过面试，咱们就去福源社区当志愿者，反正展览馆和演出队都需要帮手，对了，还有同榕小学的课余学习，咱们能帮上的地方肯定不少！"

"好主意！"张新道，"今天见着他们俩，我更加想回去了，你说得对，如果没能招聘成功，我们就去当志愿者！一定可以的！"

史梦看着张新，两人相视一笑，这些天来心里一会儿空荡荡，一会儿沉甸甸，现今心情倒是好多了。

把面试的成绩提交上去后，罗玉盈开始闭着眼睛祈祷。

"看不出罗老师还挺上心的呀！"陈哲笑话道。

"你呀，就少笑话我了。我就不信你不是这心思！"

"也对！比我更希望他俩能通过回到福源社区就职的，除了你，估计也没谁了！"陈哲感叹道，"不过，从今天的情况看，他们俩回来的可能性还不小。"

"那就借你吉言！希望好消息早日到来！"

二十天后，面试结果出来，史梦和张新进入最终拟录取名单，待体检完毕就能正式入职了。

罗玉盈看到这个名单的时候，禁不住湿了眼眶。

与她一样流下眼泪的，还有史梦。

当天夜里，史梦接到了罗玉盈的电话。

"阿梦，欢迎你回来！"罗玉盈笑着道。

"罗老师，很高兴再次与您共事！"史梦在电话的另一头也跟着笑了起来。

"陈哲也很高兴，特意嘱咐让我给你们俩打个电话，这眼看着就要入职体检了，要注意休息，尽量早睡早起，别胡吃海喝的……"

史梦闻言哈哈笑了起来："陈站长还关心这些事情，真的好难得！"

"当然！他现在唯一上心的就是确保你俩最后回到文化站，连你们俩的工位他都没让收拾起来给社区用，只说你们只是暂时离开，一定会回来的！"

听到这话，史梦顿时安静了下来，觉出了些哽咽："谢谢！谢谢你们，罗老师！"

"傻孩子，说的什么话！真正说谢谢的应该是我们！"罗玉盈眼眶也有些红了，"谢谢你们选择福源社区文化站！谢谢你们选择咸水歌！"

…………

周一一大早，福源社区文化站门口便站了两个人，一个是陈哲，一个是罗玉盈，他们正翘首望向远处，面带微笑地等着。

八点半的时候，史梦和张新牵着手出现在了文化站大院的门口，陈哲和罗玉盈不约而同地笑了起来。

"陈站长、罗老师！早上好！"张新打了声招呼，而后带着史梦往前走去。

"好好，你们好！"陈哲笑着握了握张新的手。

"陈站长，福源社区文化站新入职人员张新、史梦前来报到！"张新笑着汇报道。

"欢迎，热烈欢迎你们的到来！"陈哲道，"请进！"

而后，陈哲和罗玉盈把张新和史梦带进了文化站的办公室，至此，福源社区文化站的核心成员从真正意义上实现了全员到齐！

这几天，罗玉盈每天都笑得很欢，女儿见到母亲这样也觉得好奇。

"妈妈这几天是有什么喜事儿吗？每天都笑得这么开心，说出来让我们也开心开心！"

还没等罗玉盈开口，老伴儿就先开了口："你还能不知道是什么事儿？"

"哦？这么说您知道？"女儿看向父亲道。

"福源社区的社会招聘结束了，人招到了不说，还是她最看重的两个年轻人，她怎么能不高兴呢？"老伴说着，哈哈笑了起来。

"原来如此！那确实值得高兴！这么多年了，这还是头一回给他们补了充足的人力，还是心仪的人选，不容易啊！往后，您就能好好歇歇，别那么拼命啦！"

"歇不歇的暂且不说，你也知道，我不是闲得下来的人，但这两个人我确实喜欢得很，有他们在，我还真没什么太过操心的！"罗玉盈说着，禁不住哼起了小曲。

外孙子外孙女闻听，一边围在餐桌前帮忙包饺子，一边也跟着哼唱起来。

"和我们对接的小学就要推行咸水歌课外兴趣课程了，等这头一炮打响了，什么时候你们学校说不定也能参与进来，跟着一起学习咸水歌了！"罗玉盈道。

"真的吗？"外孙女高兴起来，"那到时候举办个比赛怎么样，我跟着您唱了这么多年，指定能拿第一！"

"你拿第一？"外孙子笑着道，"也得问问我同不同意呀！别忘了，咱们俩每次跟着姥姥唱，可都是表扬我多一点！"

"才没有，是表扬我多一点！"

…………

孩子们稚气的话语让平日里很少团聚的家变得更加热闹温馨起来。

新学期一开始，同榕小学的咸水歌课外兴趣课程就开始招生了。

原本是计划招生三十五人，却因为报名的人不少，故而增加到四十五个。校方同福源社区文化站商量过，能不能再多开一个班，罗玉盈和陈哲自然是希望多开一个班的，但鉴于目前还是课程试验阶段，过多地招生反而会让课程质量下降，故而直率地告知了校方自己的担忧，并且配合着增设了招生名额。

张新和罗玉盈每周往返于学校和文化站之间，虽然忙碌但却十分满足，尤其是孩子们对咸水歌越来越感兴趣，学得也越来越好，更让他们觉得自己的付出意义非常。

卢主任又给陈哲来了电话，询问咸水歌课程进校园的进展情况，以及罗玉盈最近的工作安排。

陈哲当然晓得卢主任为何打这个电话，很早以前卢主任就执意要为罗玉盈做一出访谈，只是时间上一直腾不出空来，故而拖到了现在。

陈哲快速地盘了盘最近的工作安排，直言罗玉盈近期可以排得出空档参加访谈，这让卢主任十分高兴："行！既然如此，我立即联系访谈节目组，让他们尽快安排采访！"

行程既定，罗玉盈没有再做推辞，况且现如今也确实空闲了些，故而同意了节目组的时间安排，让史梦帮着整理参加节目的材料。

这天，雨淅淅沥沥地下着，湿了屋檐，也湿了略微泛着青苔的石板路。

街边的艇仔粥冒着热气，有客人坐在店里一脸满足地尝着濑粉，此时刚出锅的萝卜牛杂香气霸道得很，隔几个档口都能闻到……

不多时，雨停了。

几个扛着摄像机的年轻人从屋里出来，快速摆好设备，以这石板长街为背景调整好机位后，才小跑着进屋喊人去。

罗玉盈满头白发、身着朱红色衣衫，看上去容光焕发。

"罗老师，准备好了，您看是现在录还是？"年轻人客气地询问道。

"辛苦你们了！听你们安排，我什么时候录都行！"罗玉盈满面笑容地应道。

"好的，谢谢罗老师！那咱们就开始吧！"

"好嘞！"

　　今天是省电视台的专访，内容在此之前已经给了大纲，大体内容都跟咸水歌有关，对此，罗玉盈并不陌生。因此，一坐下来，罗玉盈便娴熟地进入了角色。

　　摄像师是个"萌新"，平日里接触的受访者也不算少，但却很少见到这么神采飞扬的老人家。

　　"欸，你别说，罗老师还真是精神，精气神儿一点不比年轻人逊色！"摄像师一边调整焦距，一边跟身旁的执行导演说道。

　　"那是！"执行导演微微扬起下巴，说起来这是她第二次采访罗玉盈，她们之间颇为熟络，笑着道，"罗老师今天这么精神，不仅是因为她身体康健，更因为这次采访的内容是她最熟悉和喜爱的咸水歌！"

　　不远处，史梦正站在屋檐下端着一碗萝卜牛杂，笑着朝罗玉盈挥挥手，示意她买好吃的了。

　　罗玉盈冲她竖了竖大拇指，对着镜头笑得更欢了……

　　这场专访一经播放，便引起了极高的关注。

　　很多人不知道咸水歌，这个不奇怪；很多人不知道头发斑白的罗玉盈，这也不奇怪。

　　让大家真正关注的重点在于，原来，在我们看不见的那些地方、在我们不经意的那些时光里，有那么一群人带着虔诚和敬意继承和传播即将被岁月遗忘的文化，这群保护传统文化的基层文化工作者，他们所做的事情并不宏伟，但却是时代脉搏里最生动的、不可间断的一次次跳动……

第二十五章　新生

最近几天，张新跟着陈哲忙得不可开交，顾不上跟史梦好好聊上几句。

直到这天吃晚饭的时候，张新才有空详细地说一说。

"你知道吗？别说我了，就连陈站长自己都不相信，有那么多赞助商想要赞助咱们的展馆、演出队，还有那么多学校向我们提出了校内课程合作和非遗文化基地建设！"张新喝了一口茶道，"卢主任说帮我们搞一个招标之类的活动，方便寻找最优质的合作者进行合作。"

"真有这么多？看来电视台的宣传效果就是不一样！"史梦颇为感慨道。

"此话差矣！"张新笑着道，"电视台确实是个有效的渠道，但说到底是咸水歌的魅力在、罗老师坚守的感动在，这才是他们蜂拥而来的根本原因！"

"这倒是！你这话比我透彻！"史梦笑着给张新夹了一块排骨，"吃吧，我今天刚学着做的。"

"哟，不错呀！"

"你这还没尝呢，光看就能知道不错了？"

"当然！夫人的一番心意，如何坏得了？"张新哈哈笑起来。

"少贫！"史梦埋怨了一声，又给张新夹了一块。

"我说，咱们是不是该领证去了？两边爸妈可都催着呢！"张新直接道。

"哦？是吗？我怎么没被催？"史梦笑着反问道。

"你还好意思说！自从你把我电话给了你爸妈二老，他们可是隔三岔五地给我电话，说的就是这事儿！他们都知道你催不动，这不都催我来了？"

史梦笑着点了点头："也是，他们催不动我。"

"所以啊，你打算什么时候搭救我出苦海？"张新笑着给史梦夹了一块排骨。

"你真打算跟我过一辈子？"史梦抬眼看向张新，眼神中透着认真。

"多新鲜啊！这还能有假？！"张新略微往前倾身道，"是不是还得做个什么你才能确认啊？！"

张新说着，往史梦的脸颊凑过去。

史梦笑着躲了起来："呀！别过来！满嘴油！"

"信了没有？信了没有？"张新又问道。

"信了信了！信还不行吗！"

见史梦求饶，张新才坐回原位去。

"好吧，我同意了。但是我懒得搭理，定日子、安排酒席之类的你得全包了！"史梦笑着掐了掐张新的鼻子。

"那没问题！您就瞧好吧！"张新趁史梦不注意，还是在她的脸上留下了一个轻轻的吻。

张新和史梦的喜事让福源社区文化站又增添了几分喜气。

就在前几天，张新接到了市中小学艺术团展演比赛的邀请，同榕小学的咸水歌课外小组之前准备的《月光光》通过了初赛和复赛，正式进入决赛阶段。

罗玉盈很高兴，跟陈哲商量着如何把这个表演加以完善，争取再把一等奖拿下来！

为此，张新和史梦更忙了，忙得不亦乐乎。

决赛那天，比赛的主办方把会场布置在了珠江边上。

红色的布景、红色的标语还有红色的演出服，一群可爱的孩子站在珠江边上，迎着江上的日渐和煦的春风，一字一句地唱起了咸水歌，在场的所有人无不为之动容。

坐在台下的几位这些日子付出心血的工作人员各自感触良多。

罗玉盈说："这就是我心目中最动人的咸水歌，这群可爱的孩子帮我生动地展现了出来，得好好谢谢他们！"

张新说："这群孩子的悟性和感知力远远超出我的预期，决赛的演出效果真的太棒了！"

陈哲没有说话，满意地点着头，满是感慨。

萧晓拿着器材从头到尾地录制着，一边忙活一边对史梦道："不是，你们是怎么让这群孩子爱上这咸水歌的？你看他们尤其是最边上那两个小胖子，简直了！这要是不能拿第一，还真是奇怪了！"

"我们没让他们爱上，只是把咸水歌教授给了他们，是他们自己爱上了！要知道孩子们是最心地单纯的了，没人骗得了他们。"史梦笑着道。

"这话倒没错！不行，这段视频我得回去剪辑剪辑放网上，太精彩了！"萧晓认真道。

"行吧，发出去之前，记得给我们看看。"史梦嘱咐道，自从上次在文化展萧晓自行发了视频，每每遇上这样的事儿史梦总会嘱咐上这么一句。

"知道了，史大妈！"萧晓转头应和道。

史梦闻言笑出了声。

经过两轮比拼，最后，同榕小学的咸水歌演出摘得了桂冠，领奖的时候，张新和罗玉盈跟着一块儿上了台，他们和孩子们举着奖杯的合影最后被陈哲洗了出来，挂在了福源社区咸水歌展馆里头。

咸水歌展馆最近这半年里接待了越来越多的参观者，他们中有不少学生和企事业工作人员，展馆还被很多公司当成了党建、团建的活动基地。

来的人越来越多，福源社区的工作人员显然不够用了，故而招募了不少大学生做志愿者，他们的到来，给整个展馆增添了不少青春的气息。

忙过了四月份，临近五一劳动节了，市里准备举办又一届工人文化节，向福源社区的咸水歌演出队发出了邀请，张新胸有成竹地接过通知后，便开始安排演出曲目了。

说起来，福源社区咸水歌演出队虽然当初成立的时候顶着业余演出队的名头，但从创办至今尤其是最近这半年，演出队的演出压根儿就不比专业的演出队少。加上后来资金越来越充足，咸水歌队的演出水平也在不断提高，又在不断地演出中积累经验提高水准，现如今的咸水歌演出队，到哪儿都是一抹鲜艳的颜色呀！

这也是陈哲引以为傲的地方。参加的比赛多了，认识的专业演出队、合唱团也多了，彼此之间交流演出经验时，有人说福源社区的咸水歌演出队才是真正的"实践出真知"，比他们平日里照着理论知识在房间里吱吱呀呀地练牛上许多。

每到这时候，陈哲总是笑着说："都是被他们几个人'逼'出来的！"

虽然是一句玩笑话，但却道尽了这些年的坚守和不易，更道出了他们的付出和努力。

正如一位同行说的，福源社区文化站的各个项目得以落地并且屡屡夺冠，不是一蹴而就的，没有日积月累、没有倾心付出，说什么都是空谈！

说起福源社区文化站，现在在业内可算是数一数二的。

只是谈起它时，大家都有几个疑问没解开。

其一：福源社区文化站的工作做得那么好，站长陈哲为什么还没晋升？据说上级主管部门也还是有职位空缺的，他怎么不去？

对此，陈哲已经被问了许多遍了。每次他都笑着说，他们福源社区文化站四个人是金牌组合，他走了就"三缺一"了，是他们几个"耽误"了他的仕途。

但罗玉盈他们都晓得，陈哲离不开福源社区文化站，也不想离开，上级还真下了几次提聘的通知，但他都婉拒了。

其二：福源社区文化站那几个人共事了这么多年，工作越做越好，业绩也越做越出色，为啥都没走？非但没走，关系还越来越好了。能力这么强的几个人聚在一起不是应该"一山不容二虎"的状态吗？陈哲到底给他们施了什么法术？

说起来，陈哲还真是什么也没说、什么也没做，他只不过是用一颗真诚的心，做了些真挚的事情，带着他们认认真真地朝既定方向而去罢了。

卢主任很欣赏福源社区文化站，时常把他们当作榜样推介给辖内其他同事，进而有越来越多人慕名前来学习调研。

这些人中，大多数没来之前觉得不过是四个运气不错的人做了些运气不错的成果而已，但真正来了个把月后才发现，他们可是每一分每一秒都在努力的呀！而且是每个人都在用心用力地付出，这一点，确实不是所有部门都能做到的，而这也正是福源社区文化站的高明之处。

金秋的一天，罗玉盈和史梦、张新如同往常一样在文化站的办公室里忙碌着。

隐约听见脚步声由远及近地传来，而后便见陈哲气喘吁吁地站在门口，手里挥舞着什么东西。

"金金金金……"陈哲显得有些激动。

"金什么？"张新抬头看了一眼，接话道，"金子？金币？金条？……"

陈哲连忙摇头："不不，金色大厅……"

"金色大厅？"轮到史梦抬眼，接话道，"金色大厅装修？还是金色大厅倒了？"

陈哲没再摇头，只是努力地站在门口平复着气息，待到好了一些，往里走了一步道："我们受邀要去金色大厅演出啦！"

"什么？！"罗玉盈猛地抬头，满是意外。

"这不可能！"史梦道。

"对，绝对不可能！"张新补了一刀。

陈哲没说什么，满脸笑意地把手里的邀请函递给了罗玉盈，道："看吧，看完了传给下一个。"

一轮传阅下来，三个人都傻眼了！

"真的啊！"

"果然是真的！"

"我……还是不信……"

别说他们不信了，就连陈哲接到这个通知的时候都愣了好一会儿才反应过来。

原来是今年的中欧国际艺术节市里获得推荐节目参加的资格，这些年来，福源社区的咸水歌演出不仅经验丰富，更是在全市、全省乃至全国的民族文化节中获奖无数，成了脱颖而出的非遗演唱项目。

这对于福源社区而言，就是从天而降的喜讯，更是至高无上的荣誉！

从罗玉盈决定传承坚守的那一刻起，从陈哲决心将这份坚守作为使命的那一刻起，从史梦和张新决定与前一辈共进退、从他们手中接过非遗咸水歌传承的那一刻起，没有一个人是奔着殊荣而去的，他们所做的，都是从基本的一点一滴开始，从最基层的每时每刻开始，用汗水和付出去浇灌这朵被淹没在岁月深处的鲜花，让它有机会重新绽放在世人面前，让它永远这么鲜艳下去！

不得不说，罗玉盈他们做到了，今天的邀请函让他们将疍家人传唱下来的中华优秀传统文化中的一朵展现在世界面前。在艺术殿堂里，罗玉盈身着那套水上人家的衣裳，背着一个精致的手工竹篓，头上戴着一顶竹笠，在维也纳最负盛名的金色大厅里唱响了她最心爱的咸水歌。

在座的观众安静地聆听悠扬动听的旋律，在演出结束之后，罗玉盈带着福源社区咸水歌演出队的成员以及陈哲他们，在舞台上接受雷鸣般经久不息的掌声。

罗玉盈顿时热泪盈眶……

从台上下来后，史梦同样热泪盈眶，罗玉盈笑着跟史梦说："傻孩子，别哭！哭花了妆就不好看了。"

但与此同时，她自己却哭得更凶了。

"罗老师，您二三十年的心血总算没有白费！因为有您，咸水歌有了前所未有的高度，我很荣幸能与您并肩同行！"史梦认真道。

"我也很高兴你能参与进来！你这么年轻，又这么聪明，由你来接棒，非遗咸水歌的未来肯定不会止步于此！"罗玉盈激动道。

"放心吧罗老师！我们会好好传唱下去的，无论是为了您，还是为了水上居民，我们都会认认真真地把优秀的传统文化继承下去！"史梦握了握拳头，信誓旦旦道。

演出结束后的酒会上，史梦一直跟在罗玉盈身边，外国友人很多，罗玉盈不大熟悉英语，史梦一边跟着照看，一边担任起翻译的角色。

有很多外国友人称赞起了罗玉盈的歌声，也有很多人对罗玉盈身上的行头十分好奇，更有人对咸水歌背后的水上居民的故事颇感兴趣……这些问题罗玉盈都在史梦的帮助下一一进行了解答。

在这个酒会上，罗玉盈和史梦认识了同样在全球各地宣传非遗音乐文化的同行工作者。大家素不相识，但却因共同的使命而相谈甚欢。

为期三天的行程结束，回到福源社区文化站后，罗玉盈他们一行人仍旧久久不能平静……

寒来暑往，福源社区文化站的日常工作依旧进行着，张新和史梦日渐成长起来，成了宣传和推广非遗咸水歌的中流砥柱，陈哲和罗玉盈虽然年纪又大了些，但却仍旧同他们奋战在同一战线上。

于他们而言，传承非遗永远在路上，而身为一名传唱者，肩上的使命始终任重而道远……